Angelica Banks

Tuesday

und das Jahr ohne Sommer

magellan

Kapitel 1

Jeden Morgen ging die Sonne noch ein bisschen später auf als am Vortag und jede Nacht war länger, dunkler und kälter als die vergangene.

Bei Einbruch des Winters hatte Vivienne Small ihre Hängematte mit wärmenden Fellen ausgelegt und deckte sich nachts mit einer Extradecke zu. Sie hatte Holz gesammelt, das sie im Ofen auf ihrer Veranda verbrannte. An den langen Abenden hockte sie dicht neben dem Feuer und flüsterte ihrer treuen Ratte Ermengarde ins Ohr, was sie alles unternehmen würden, wenn endlich wieder der Frühling käme. Doch obwohl schon Wochen und bald Monate vergangen waren, wollte der Winter nicht weichen. Stattdessen schien er immer noch kälter und dunkler zu werden.

Immer tiefer kroch der Schnee an den Hängen der Berge von Margolov hinunter ins Tal und der Oberlauf des Rythwyck erstarrte zu Eis. Das Goldene Tal war nicht mehr golden, sondern weiß, und die fünf Leuchtenden Städte versanken in Bergen von Schnee. Die Pflanzen stellten jegliches Wachstum ein und legten sich in der frostigen Erde zur Ruhe. Die Tiere in ihren Winterquartieren schienen gar nicht mehr aufwachen zu wollen. Die Vögel legten keine Eier mehr, Insektenlarven verharrten auf ewig in ihren Kokons. Sämtlichen Lebewesen drohte der Hungertod, und Vivienne musste hilflos zusehen, wie ihre Welt Stück für Stück in tiefster Finsternis versank.

An einem besonders kalten Morgen wachte sie unter einem Berg aus Decken auf, die ungezähmten Locken unter einer Wollmütze versteckt, die sie tief ins Gesicht gezogen hatte. Trotz Decken und Mütze war sie steif gefroren, ihre Nasenspitze fühlte sich ganz taub an. Die einzige warme Stelle an ihrem Körper war der Nacken, wo Ermengarde, ihre kleine schwarze Ratte, sich unter Viviennes dichte dunkle Haarmähne gekuschelt hatte und schlief.

Als Vivienne sich gähnend aufsetzte und ihre blauen Flügel entfaltete, rieselte ein Schauer feiner Eiskristalle zu Boden. Ermengarde tauchte kurz auf, blinzelte misstrauisch in den Morgen und verschwand sofort wieder in ihrem Versteck. Vivienne schüttelte das Eis von ihren langen Lederstiefeln und schlüpfte steifbeinig hinein. Mit ein paar wackeligen Schritten trat sie an die Brüstung der Veranda, schlang die Arme schützend um ihren mageren Körper. Unter ihr wüteten die kohlschwarzen Wellen der Ruhelosen See. Graue Wolken hingen über dem Meer wie eine bleierne Last.

Der lange, grausame Winter hatte mit einem Erdbeben begonnen, das den Pfefferminzwald von den tiefsten Wurzeln bis in die höchsten Baumspitzen erschüttert hatte. Das Beben hatte gigantische Wellen ausgelöst, die mit voller Wucht auf die Küste trafen, an den Felsen nagten und den Sand von den Stränden spülten. Es hatte Berge und Täler verwüstet und einige Viertel in der Stadt der Uhren wie Kartenhäuser zusammenstürzen lassen. Dann war der Winter gekommen und nicht wieder gegangen. In der Wildnis wie in den Städten, unter Fremden wie unter Freunden wurde darüber spekuliert, dass die Welt vollkommen aus der Bahn geworfen, ja sogar aus dem Kreislauf ihrer Jahreszeiten herausgerissen worden war. Viele behaupteten, es würde nie wieder Frühling werden. Der Winter würde nicht nachlassen, bis schließlich die ganze Welt zu Eis erstarrt wäre.

Zu Anfang hatte Vivienne sich über diese düsteren Vorahnungen lustig gemacht. Doch die Wochen vergingen und der Winter wurde immer kälter und dunkler. Eine bleierne Müdigkeit legte sich über sie und allmählich fragte auch sie sich, ob der Winter diesmal für immer bleiben und ihre Welt nie wieder so sein würde, wie sie sie kannte. Unendlich müde und mit knurrendem Magen lehnte sie sich an die Brüstung. Es war bereits zwei Tage her, dass Ermengarde und sie den letzten Vorrat an Nüssen und trockenem Käse miteinander geteilt hatten. Und noch länger lag es zurück, dass sie Vorratsreste aus all ihren Unterschlüpfen und Lagern zusammengetragen und in den Pfefferminzwald geschafft hatte. Mittlerweile war in ihrem Baumhaus alles bis auf den letzten Krümel aufgegessen. Vivienne zitterte vor Kälte.

»Wird Zeit, dass wir mal wieder ein bisschen Sonnenschein bekommen!«, rief sie der unsichtbaren Sonne zu, die sich hinter dichten Unwetterwolken versteckte. »Das kann doch nicht ewig so weitergehen!«

»Ewig ist eine lange Zeit«, ertönte plötzlich eine gespenstische Stimme hinter ihr, die klang, als käme sie aus dem Jenseits. »Eine sehr, sehr lange Zeit.«

Der Geruch feuchter Erde stieg Vivienne in die Nase. Bevor sie sich umdrehen konnte, durchzuckte ein stechender Schmerz ihre Schulter, als hätte ein spitzer Pfeil sie getroffen. Sie sah ein grelles grünes Licht aufblitzen, dann gaben ihre Knie nach und um sie herum wurde alles schwarz.

Kapitel 2

Vor einem felsigen Küstenstreifen, wo hohe Klippen in den Himmel ragten und die Möwen noch höher darüber durch die Lüfte segelten, stand ein Leuchtturm. Er klebte auf der höchsten Erhebung einer Felseninsel, dem einsamsten Ort, den man sich vorstellen konnte. Wenn man Glück hatte, verirrte sich zwei- oder dreimal im Jahr ein Schiff dorthin. An diesem besonderen Tag jedoch schaukelte gleich eine ganze Flotte von Fischerbooten auf den Wellen zu Füßen des Leuchtturms. Trauben von Fotografen und Reportern drängten sich auf den Decks, alle Kameras waren auf die rote Eingangstür des Leuchtturms gerichtet. Punkt zwölf Uhr mittags öffnete sie sich.

Heraus trat eine Frau in einem leuchtend blauen Mantel mit einem Eimer in der Hand. Ein kräftiger Windstoß erfasste ihre roten Haare und wirbelte sie um ihren Kopf. Unter dem langen, flatternden Mantel blitzte ein Paar extravaganter roter Stiefel auf. Nachdem sie der Ansammlung von Fischerbooten kurz zugewinkt hatte, spazierte die Frau über den schmalen felsigen Pfad hinunter ans Wasser, wo sie sich vorsichtig bückte, um ihren Eimer zu füllen. Sobald das erledigt war, begann sie, ein dickes Tau einzuholen.

Die Versuche der Fischerboote, näher ans Ufer heranzufahren, scheiterten am starken Wellengang und an den halb aus dem Wasser ragenden Felsen, die offenbar selbst die erfahrensten Skipper abschreckten. Stattdessen versuchten einige der Journalisten, mithilfe von Megafonen gegen den Wind anzubrüllen.

»Serendipity, verraten Sie uns, woran Sie gerade schreiben?«

»Serendipity, wird Vivienne Small auch in Ihrer neuen Serie vorkommen?«

»Serendipity, wann werden Sie in die Stadt zurückkehren?«

»Serendipity, haben Sie schon gehört, dass *Vivienne Smalls letzter Kampf* mittlerweile das meistverkaufte Kinderbuch der Welt ist?«

»Das Hotel Mirage freut sich sehr auf Ihre Rückkehr und lässt fragen, ob man schon Ihre geliebte Karamellcreme anliefern lassen soll?«

»Serendipity, haben Sie eine Botschaft an Ihre jungen Leser?«

Doch die Angesprochene winkte nur kurz. All ihre Aufmerksamkeit galt wieder dem Hummerkorb, den sie aus dem Wasser gezogen hatte. Sie hievte ihn an Land und inspizierte seinen Inhalt. Dann krempelte sie die Ärmel hoch, griff mit einer Hand in den Fangkorb und brachte einen herrlichen, orange gefleckten Hummer zum Vorschein. Mit seinen langen Scheren und den ins Leere greifenden Armen und Beinen erinnerte er an ein außerirdisches Monster. Die Frau hielt ihn eine Weile hoch und stellte sich vor, wie rund um den Globus die Drähte heiß liefen, während das Foto auf allen möglichen Kanälen in die Welt hinausgeschickt wurde. Behutsam legte sie den Hummer in den mit Wasser gefüllten Eimer und drückte den Deckel fest zu. Langsam, durch das Gewicht des Eimers ein wenig zur Seite geneigt, erklomm sie den felsigen Pfad, der hinauf zum Leuchtturm führte. Exakt siebzehn Minuten nach zwölf winkte sie ein letztes Mal der auf den Wellen schaukelnden Journalistenflotte zu und verschwand wieder durch die rote Tür.

Kopfschüttelnd blickten die Journalisten ihr nach.

»Irgendwie muss es doch zu schaffen sein, auf die Insel zu gelangen«, maulte einer der Reporter.

»Ich werde mich hüten«, erwiderte die Kapitänin des Schiffes und schüttelte energisch den Kopf. »Noch näher heranzufahren wäre viel zu riskant. Selbst mit einem Ruderboot ginge das nur bei absolutem Niedrigwasser.«

»Und wann ist das?«

»Das gibt es nur einmal pro Jahr, das nächste Mal in ungefähr sechs Wochen.«

»Sechs Wochen! So lange kann doch kein Mensch warten!«

»Das müssen Sie mit dem Mond aushandeln«, erwiderte die Kapitänin trocken.

Seufzend blickte der Journalist in den grau verhangenen Himmel, an dem im Augenblick weder Sonne noch Mond in Sicht waren. »Sie hockt schon seit Monaten allein hier draußen«, murmelte er vor sich hin und beschloss, seine Taktik zu ändern. »Es ist bestimmt nicht leicht für sie, niemanden zum Reden zu haben.«

»Sie spricht mit Constanza, per Funk«, erklärte die Kapitänin und grinste schief, als habe sie ihn durchschaut.

Constanza war die Besitzerin des einzigen Ladens in dem winzigen Dorf, das wie ein Vogelnest an der steilen Felsküste gegenüber der kleinen Leuchtturminsel klebte. Jede Woche gab Serendipity im Laden eine Lebensmittelbestellung auf, die Constanza dann per Hubschrauber zu der winzigen Insel hinüberschickte.

»Constanza ist leider nicht besonders gesprächig«, sagte der Reporter. Er hatte bereits mit allen Mitteln versucht, die schweigsame Ladenbesitzerin dazu zu überreden, ihn im Hubschrauber mitfliegen oder wenigstens das Funkgerät im Laden benutzen zu lassen, um Serendipity zu kontaktieren. Leider ohne Erfolg.

»Haben Sie schon einmal daran gedacht, dass Mrs Smith vielleicht gar nicht mit Ihnen reden *will*?«, bemerkte die Kapitänin.

»Aber fehlt ihr denn nicht der Kontakt zu ihren Fans?«, fragte der Journalist.

»Meine Mutter war auch Schriftstellerin«, sagte die Kapitänin ein wenig wehmütig. »Sie hat immer behauptet, dass sie sich niemals einsam fühlte, solange ihre Romanfiguren bei ihr waren.«

»Und das soll alles sein? Sie wird nicht wieder rauskommen, bis … ja, bis wann eigentlich?«

Die Frau zuckte mit den Schultern.

»Aber es muss doch etwas geben, das wir tun können«, jammerte der Reporter. »Die ganze Welt wartet ungeduldig auf Neuigkeiten.«

Die Besitzerin des Fischerbootes seufzte. »Wenn Sie unbedingt wollen und mich dafür bezahlen, können wir den ganzen Tag hierbleiben und warten. Meinetwegen auch tagelang. Es ist schließlich Ihr Geld. Aber ich versichere Ihnen, heute werden Sie sie nicht noch einmal zu Gesicht bekommen.«

Eins nach dem anderen machten die Fischerboote kehrt und fuhren zurück in den geschützten Hafen.

Um die kleine Felseninsel tobte weiterhin der Wind. Heulend fegte er durch einen schmalen Spalt unter der roten Eingangstür und pfiff durch sämtliche Fensterritzen. Drinnen auf dem Tisch lag eine zerzauste rothaarige Perücke. Ein leuchtend blauer Mantel hing leicht schief an einem Haken an der Wand, als habe ihn jemand ebenso achtlos darübergeworfen wie die aufgeschnürten roten Stiefel auf den Fußboden.

Miss Digbys stets absolut perfekt sitzende Frisur war durch das Tragen der Perücke leicht in Unordnung geraten. Sie stand an der Spüle, die Füße in dicken Schaffellstiefeln, und blickte durch das Fenster den Richtung Festland schaukelnden Fischerbooten hinterher. Die Journalisten wurden mit jedem Tag dreister, immer näher wagten sie sich an die Felsen heran. Bald würden sie sicher einen Weg finden, um an Land zu kommen. Das wäre der Anfang vom Ende. Lange konnte es so nicht mehr weitergehen. Sie könnte die Tür verriegeln, aber früher oder später müsste sie herauskommen und sich den bohrenden Blicken der Kameras und den endlosen Reporterfragen stellen.

Miss Digby schauderte kurz bei dem Gedanken daran, dann wandte sie ihre Aufmerksamkeit wieder dem Eimer zu, der vor ihr in der Spüle stand. Als sie den Deckel abnahm, wurde sie von einem Gewirr aus korallenroten Scheren und Beinen begrüßt.

»Es tut mir so leid, Gerald«, sagte sie, hob den Hummer vorsichtig aus dem Eimer und legte ihn sanft in ein großes, mit Meerwasser gefülltes Aquarium. »Ich weiß, es ist unangenehm, aber du brauchst keine Angst zu haben. Wir beide sind doch schon ein eingespieltes Team.«

Gerald sank auf den mit feinem Kies ausgestreuten Boden des Beckens und krabbelte sofort hinter ein großes Büschel Seegras. Dort würde er sich beleidigt niederlassen und eine Weile schmollen. Sobald es draußen dunkel wurde, würde Miss Digby ihn in den Eimer verfrachten und wieder im Meer aussetzen. Seit die Presse ihren Aufenthaltsort ausfindig gemacht hatte, wiederholte sich diese Prozedur alle paar Tage. Miss Digby hatte fest damit gerechnet, dass Gerald mit der Zeit lernen würde, einen großen Bogen um den Hummerkorb zu machen, doch anscheinend konnte er ihren Austern- und Thunfischködern nicht widerstehen.

Sie machte sich einen Tee. Während sie gedankenversunken an ihrem Käsetoast mit eingelegten Zwiebeln kaute, merkte sie, wie aufgewühlt sie noch immer war. Unruhig lief sie in dem winzigen Raum einige Male im Kreis, sank schließlich auf einen Stuhl neben dem Aquarium und spähte in das trübe Wasser.

»Hast du eine Ahnung, warum sie meine Anrufe nicht beantwortet, Gerald?«, seufzte Miss Digby. »Gerald? *Gerald?*«

Doch es kam keine Antwort.

Mit einem weiteren tiefen Seufzer griff sie zum Funkgerät, obwohl sie kaum erwartete, aus dem Gerät mehr Antworten zu bekommen als von dem trübsinnig vor sich hin schmollenden Krustentier. Sie räusperte sich energisch und sagte mit ihrer besten Serendipity-Smith-Stimme: »Hallo, Constanza, hören Sie mich?«

»*Si*«, meldete sich eine tonlose Stimme.

»Constanza, könnten Sie bitte noch einmal versuchen, in der Brown Street anzurufen?«

»*Si*, Senora Smith«, sagte Constanza. Smith klang bei ihr eher wie *Smiet*.

Miss Digby konnte das Klingeln des Telefons hören. Es klingelte und klingelte. Wieder und wieder. Doch niemand nahm ab. Sie seufzte. »Ich werde es morgen noch einmal versuchen, Constanza«, sagte Miss Digby und hoffte, dass man ihr die Enttäuschung nicht allzu sehr anhörte. *»Gracias.«*

»Adios, Senora *Smiet*«, verabschiedete sich die Ladenbesitzerin.

Es war mehr als drei Monate her, seit Miss Digby zum letzten Mal mit der Frau gesprochen hatte, für die sie sich ausgab. Und noch viel länger war es her, dass sie Serendipity Smith, die weltberühmte Kinderbuchautorin, persönlich gesehen hatte. Schon über ein Jahr lebte Serendipity völlig zurückgezogen. Alle Schulen, Bibliotheken, Buchhandlungen und Fernsehsender, die Besuche planen oder Interviews anfragen wollten, bekamen stets dieselbe Antwort:

Vielen Dank für Ihr Interesse! Serendipity Smith arbeitet momentan an der Konzeption einer neuen Buchserie. Bitte haben Sie Verständnis dafür, dass sie in dieser kreativen Phase weder Interviews geben noch Lesungen abhalten kann. Die Autorin dankt ihren treuen Lesern für ihre Geduld und wünscht ihnen, dass sie viele wunderbare Geschichten entdecken mögen – sowohl in ihrem eigenen Leben als auch in den Büchern, die sie lesen.

Abgesehen von ihren Auftritten als Serendipity Smith kümmerte sich Miss Digby um die gesamte schriftliche Korrespondenz der Autorin. Der Hubschrauber, der jede Woche zum Leuchtturm kam, versorgte sie nicht nur mit Lebensmitteln, sondern brachte auch Schuhkartons voller Briefe mit. Den Kontoauszügen nach zu urteilen, schien Serendipity kaum das Haus zu verlassen. Demnach ließ sie sich gelegentlich Pizza, Nudel- und Currygerichte nach Hause liefern. Andere Einkäufe machte sie offenbar nicht, in den Abrechnungen fanden sich nicht einmal Quittungen über Bücher oder Kinobesuche. Hatte Tuesday zum Schulanfang wirklich keine neuen Schuhe gebraucht? War Serendipity nie mit ihr ins Museum oder zum Schlittschuhlaufen gegangen oder hatte ihr eine neue Winterjacke gekauft?

Miss Digby stellte sich vor, wie das Klingeln des Telefons in der Brown Street durch den Flur hallte. Sie erinnerte sich, dass die Eingangshalle früher immer vom köstlichen Duft nach Gebäck erfüllt gewesen war. Seufzend fragte sie sich, wie es jetzt dort riechen mochte.

Kapitel 3

Die Bäume an der winterlichen Brown Street reckten ihre kahlen Äste in die Höhe. Obwohl die Sonne immerhin für ein paar Stunden am Himmel gestanden hatte, hatte sie es kaum geschafft, den Nachtfrost aus den schattigen Winkeln zu vertreiben. Das Haus der McGillycuddys überragte unverändert hoch und schmal die Nachbarhäuser. Trotzdem war irgendetwas anders. Es schien, als ob es sein Selbstbewusstsein, seinen Stolz verloren hätte und sich scheute, zwischen all den anderen allzu sehr aufzufallen.

Immer noch führte dieselbe Anzahl von Stufen zur Eingangstür hinauf. Das Haus hatte immer noch genauso viele Stockwerke und Fenster wie zuvor, einschließlich des auffallend großen einzelnen Fensters im Obergeschoss. Wie ihr vielleicht wisst, lag hinter diesem großen Fenster das Arbeitszimmer der berühmtesten Schriftstellerin der Welt. Allerdings war dieses Geheimnis nur sehr wenigen Menschen bekannt, denn Serendipity Smith zog es vor, die meiste Zeit unter dem Namen Sarah McGillycuddy das Leben einer ganz normalen Frau zu führen.

Der letzte Teil ihrer Vivienne-Small-Reihe war vor gut einem Jahr erschienen, und schon davor hatte Serendipity Smith angekündigt, dass sie anfangen wollte, an einer neuen Abenteuerreihe zu schreiben. Seitdem waren viele Tage, Wochen und Monate verstrichen, aber ein neues Buch war immer noch nicht auf dem Markt, und ihre Leser wurden allmählich ungeduldig.

Ihr hättet nur einen Blick durch das Fenster ihres Arbeitszimmers werfen müssen, um zu wissen, dass in nächster Zeit wohl kaum mit dem Erscheinen eines neuen Romans zu rechnen war. Auf der einen Seite von Serendipitys Schreibtisch lag ein hoher Stapel leerer Blätter. Zwar war ein Blatt Papier in ihre altmodische Schreibmaschine eingespannt, aber es war nicht eine einzige Zeile darauf geschrieben. Die Tasten der Schreibmaschine sahen ebenso verstaubt aus wie die leere Seite, die in der Maschine klemmte, das oberste Blatt auf dem Stapel daneben oder der Deckel eines kleinen silbernen Kästchens, das immer auf Serendipitys Schreibtisch stand.

Über dem Raum hing ein abgestandener Geruch, eine Mischung aus Staub und kaltem Tee, der in einer halb vollen Tasse vor sich hin schimmelte. Es war der typische Geruch eines Zimmers, das schon seit sehr langer Zeit niemand mehr betreten hatte. Seit Monaten hatte sich niemand mehr in den großen roten Lesesessel gekuschelt, geschweige denn ein Buch aus den Regalen rundherum an den Wänden gezogen, die bis unter die Decke mit den unterschiedlichsten Werken gefüllt waren. Niemand hatte am Schreibtisch gesessen und aus dem Fenster gestarrt, niemand die Fensterflügel weit aufgerissen, sodass der fein gesponnene Silberfaden einer neuen Geschichte hätte hinaus- oder hereinfliegen können. In diesem Schreibzimmer war schon lange nichts mehr geschrieben worden, weder leise in Gedanken noch laut hämmernd auf der Schreibmaschine oder mit kratzendem Stift auf Papier.

Und auch an diesem Samstagmorgen gab es keine Anzeichen dafür, dass Serendipity vorhatte, in nächster Zeit mit dem Schreiben zu beginnen. Es war schon halb zehn und sie lag immer noch mit bis unters Kinn hochgezogener Bettdecke in ihrem Bett, obwohl sie schon eine ganze Weile wach war. Sie lauschte auf das Klingeln des Telefons unten im Haus, bis es nach einer Weile wieder verstummte. Sie sah zu, wie die Zeiger ihres Weckers langsam vorwärtskrochen. Eigentlich hätte sie längst aufstehen und den

Tag beginnen sollen, doch ihr fehlte die Kraft. Noch fünf Minuten, beschloss sie. Nur noch fünf, ja.

Wie ihr vielleicht schon wisst, gab es neben Serendipity Smith noch eine weitere Schriftstellerin in dem Haus an der Brown Street: Tuesday McGillycuddy, Serendipitys Tochter. Doch auch sie war gerade mit etwas anderem beschäftigt. Noch im Schlafanzug hatte sie sich mit ihrem Hund Baxterr im Wohnzimmer aufs Sofa gekuschelt und sah fern. Zumindest starrten sie gemeinsam auf die bunten Bilder, die vor ihren Augen abliefen, auf Menschen, die auftauchten und wieder verschwanden, gelegentlich von lauten Lachsalven unterbrochen. Aber weder das Mädchen noch der Hund hätten beantworten können, was für ein Programm dort gerade lief.

Oben in Tuesdays Zimmer stand ihre hellblaue Schreibmaschine nicht wie sonst mitten auf dem Schreibtisch, sondern war mit einigen anderen Sachen, zerknitterten Einzelteilen ihrer Schuluniform, einem Paar kaputter Schlittschuhe und einem alten Koffer, unters Bett geschoben worden. Der Koffer enthielt sämtliche Seiten, auf denen Tuesday ihre vergangenen Abenteuer aufgeschrieben hatte. Doch der Staubschicht auf dem Deckel nach zu urteilen, war er schon längere Zeit nicht mehr geöffnet worden.

Obwohl es Samstagmorgen und schon nach zehn war, drangen aus der Küche keine Geräusche oder Düfte, die auf ein leckeres Frühstück hoffen ließen. Auf dem Rost des einst blitzblanken Backofens klebten verkohlte Reste von überbackenem Schinken-Käse-Toast. Der Herd war von dunklen Soßenspritzern verkrustet und die Geschirrspülmaschine war aufgrund eines verstopften Filters seit Monaten außer Betrieb. Die Uhr an der Wand war auf Viertel vor drei stehen geblieben. Ob das am Nachmittag oder am frühen Morgen gewesen war, konnte niemand mehr sagen.

Die Tür zur Waschküche war schon seit Monaten nicht mehr geöffnet worden. Dahinter lauerte ein riesiger Berg ungewaschener Laken, Handtücher, Geschirrtücher und Socken, der, wenn nicht bald etwas geschah, das ganze Haus einnehmen würde. Nachdem vor einiger Zeit mehrere Glühbirnen den Geist aufgegeben hatten, war das Wohnzimmer ebenso wie das untere Badezimmer übersät von Kerzenstummeln und leeren Streichholzschachteln. Alles sah so aus, als wären sämtliche im Haushalt anfallenden Arbeiten, wie Putzen, Reparieren, Waschen und Aufräumen, auf unbestimmte Zeit verschoben worden. Das Schlimmste war jedoch die Kälte, die jede Ritze des Hauses durchdrang, auch wenn Tuesday die Heizung noch so hochdrehte. Außerdem hätte man den ganzen Tag am Schlüsselloch lauschen können, ohne dass der kleinste Laut, nicht einmal leises Kichern oder Lachen, zu hören gewesen wäre.

Wahrscheinlich habt ihr den Grund dafür längst erraten: Es fehlte jemand. Und dieser Jemand war Denis McGillycuddy. Er hatte das Haus für immer verlassen.

Tuesdays Vater war an einem Freitag im Städtischen Krankenhaus gestorben, während Tuesday auf der einen und Serendipity auf der anderen Seite seines Bettes gesessen und seine Hände gehalten hatten. Der Tumor, der im Jahr davor schon einmal seinen Kopf angegriffen hatte, war zurückgekommen. Und obwohl die Ärzte es mit allen Mitteln versucht hatten, war es ihnen nicht gelungen, ihn aus Denis' Körper zu vertreiben.

Eine traurige Beerdigung wäre sicher nicht in Denis' Sinne gewesen, darin waren Tuesday und Serendipity sich einig. Und so bestand die Feier vor allem aus Witzen, Gedichten, wunderbaren Reden und einigen lustigen Liedern. Sogar einen Zungenbrecher-Wettbewerb hatte es gegeben, bei dem allerdings kein eindeutiger Gewinner festgestellt werden konnte, weil niemand es geschafft hatte, *Zwischen zwei Zwetschgenzweigen zwitscherten zwei Schwalben* aufzusagen, ohne zu stolpern, aber alle wussten, dass Denis es ganz sicher gekonnt hätte. Alle hatten versucht, fröhlich zu sein, aber natürlich war es niemandem so recht gelungen.

In den ersten Wochen nach Denis' Tod hatte in der Brown Street oft das Telefon geklingelt und viele Menschen hatten Tuesday und ihrer Mutter versichert, dass sie an sie dachten. Sie hatten auch gefragt, ob sie etwas für sie tun konnten. Aber da gab es nicht viel. Eine Zeit lang fanden Tuesday und Serendipity jeden Tag Töpfe und Schüsseln voller Essen, Suppen, Bananenkuchen und Haferkeksen vor ihrer Haustür, die Freunde, Nachbarn und Bekannte aus der Schule ihnen als Zeichen ihrer Anteilnahme vorbeibrachten. Am Ende schmeckte für Tuesday selbst die leckerste Kürbissuppe nach Tränen.

Mit der Zeit wurden die Anrufe und Suppen weniger. Eine Weile hatte sich Miss Digby um alles gekümmert. Doch schon bald wurde Serendipitys treue Assistentin von einer anderen wichtigen Aufgabe in Anspruch genommen: nämlich als Serendipity Smith verkleidet in der Öffentlichkeit aufzutreten und dem Publikum zu zeigen, dass in der Welt der berühmten Autorin alles in bester Ordnung war.

Aber auch das war keine Dauerlösung, da sich Miss Digby zwar aus der Ferne fotografieren und filmen lassen, aber keine Interviews oder Fernsehauftritte übernehmen konnte. Jeder, der ein wenig genauer hinsah, hätte die feinen Unterschiede zwischen den beiden Frauen sofort erkannt und sich nicht von Brillen und Perücken, farbigen Kontaktlinsen und extravaganten Mänteln täuschen lassen. Außerdem waren Stimmfarbe und Aussprache nicht dieselbe und natürlich konnte Miss Digby in ihrem Auftreten nicht die gleiche Selbstsicherheit an den Tag legen wie die echte Serendipity Smith. Und so entschied Miss Digby nach ein paar Monaten, dass es für die berühmte Serendipity an der Zeit wäre, sich von ihren Fans in einen längeren Urlaub zu verabschieden, weit weg von der Stadt, vom Hotel Mirage und all den anderen Orten, an denen sie normalerweise auftrat.

»Aber wohin wollen Sie gehen?«, hatte Serendipity sie gefragt.

»Ans Ende der Welt, wohin sonst«, war Miss Digbys trockene Antwort gewesen.

Ein ganzes Jahr war seitdem vergangen. Tuesdays Lehrer hatten schon vor langer Zeit aufgehört, sie zu fragen, ob sie mehr Zeit für ihre Hausaufgaben benötigte. Ihre Freunde vergaßen, am Montag in der Schule nicht zu erwähnen, was für aufregende Sachen sie am Wochenende mit ihren Vätern unternommen hatten. Die Menschen lebten ihr Leben wieder weiter wie bisher. Doch für Serendipity, Baxterr und Tuesday war nichts mehr so, wie es einmal gewesen war. Es gab kein Leben mehr, das sie einfach so weiterleben konnten.

Obwohl manchmal alles fast normal weiterzulaufen schien: Tuesday stand morgens auf, duschte, zog ihre Schuluniform an, frühstückte, ging zur Schule, kam nachmittags nach Hause, sah fern, putzte nach dem Abendessen ihre Zähne, und wenn sie schlafen ging, lag Baxterr im Bett eng an sie gekuschelt neben ihr. Und der nächste Tag lief genauso ab. An den Wochenenden schlief sie morgens länger und verbrachte mehr Zeit vor dem Fernseher. Und oft konnte sie sich sogar zu ihrem üblichen Spaziergang mit Baxterr aufraffen. Doch all die Energie, die sie früher für so viele andere Dinge gehabt hatte, verbrauchte sie jetzt dafür, ein ganz bestimmtes Gefühl zu verdrängen. Und das lag nicht allein daran, dass die Abwesenheit ihres Vaters im Haus kaum zu ertragen war.

Oder dass sie das leckere Essen, das er immer gekocht hatte, so sehr vermisste, seine lustigen Spiele, die Bücher, über die sie miteinander geredet, die Gedanken, die sie miteinander geteilt hatten. Es war, als ob in allem, auch in ihrer Mutter und in ihr selbst, ein riesiges Loch klaffte.

»Waff«, sagte Baxterr, als das Fernsehprogramm zu Ende war.

»Was ist los, Strubbel?«, fragte Tuesday und gähnte.

»Hrrrrrr«, antwortete er knurrend.

»Ja, du hast recht, ich könnte auch etwas essen. Sehen wir mal nach, was wir finden.«

Tuesday öffnete die Kühlschranktür und seufzte, als sie sich an die Zeit erinnerte, in der der Kühlschrank stets randvoll gefüllt gewesen war mit Eiern, Milch, frischem Gemüse und mindestens sieben oder acht verschiedenen Käsesorten. Jetzt blickten ihr nur eine Packung H-Milch, ein schlaffes Bündel Babykarotten, ein steinhartes, vertrocknetes Stück Parmesankäse und ein Rest Butter entgegen, die schon vor sechs Monaten abgelaufen war.

»Komm, lass uns Mum aus dem Bett werfen und mit ihr frühstücken gehen. Es ist mal wieder so weit«, seufzte Tuesday.

Baxterr ließ seinen Wuschelkopf hängen und Tuesday kraulte ihm das goldbraune Fell.

»Glaub mir, Strubbel, das wird bestimmt nett. Es gibt da dieses neue Café. Das haben wir noch nicht ausprobiert. Wer weiß, vielleicht ist heute unser Glückstag und wir finden doch endlich *unser* Lieblingscafé.« Aber an seinen traurigen braunen Hundeaugen sah Tuesday, dass Baxterr genauso wenig Hoffnung hatte wie sie.

Etwa eine Stunde später verließen ein Mädchen im roten Mantel, ein Hund an einer lockeren Leine und eine Frau mit schwarzem Mantel und Filzhut das Haus in der Brown Street und gingen Richtung Stadtpark. Als Denis noch gelebt hatte, war es für sie immer etwas Besonderes gewesen, in einem der zahlreichen Cafés in der Stadt frühstücken zu gehen. Jetzt war daraus eher eine Notwendigkeit geworden.

Vor einiger Zeit hatten Tuesday, Serendipity und Baxterr ein Café in einem Blumenladen ausfindig gemacht, wo die Tische und Stühle eingequetscht zwischen riesigen Tonvasen voller rosafarbener und weißer Lilien standen. Doch noch bevor die Blaubeerpfannkuchen serviert wurden, hatte Tuesday bereits einen Niesanfall nach dem anderen bekommen. Es gab auch eine Mischung aus Waschsalon und Café, in dem riesige altmodische Waschmaschinen summten und schleuderten, während die Menschen rundherum aßen und tranken. Aber die Blaubeerpfannkuchen dort schmeckten wie Gummi. Ein anderes Café gehörte einer Künstlerin, die ihre Gemälde nicht nur auf Wände, sondern auch auf Tische und Stühle gemalt hatte. Die Szenen auf ihren Bildern wirkten so echt, dass Tuesday das Gefühl hatte, sie könnte direkt in diese Fantasiewelt hineinsteigen. Leider waren in den Blaubeerpfannkuchen viel zu wenige Blaubeeren, und der Ahornsirup, den es dazu gab, war nicht echt.

Das Café, das sie an diesem Tag ausprobieren wollten, nannte sich *Crème Brûlée.*

»*Crème Brûlée?* Das hört sich lecker an, findest du nicht, Mum?«, fragte Tuesday und versuchte, möglichst fröhlich zu klingen. »Die magst du doch am liebsten.«

»Was? Oh ja, Crème Brûlée«, antwortete Serendipity. »Mein Lieblingsnachtisch.«

Es sollte begeistert klingen, doch Tuesday konnte sie damit nicht täuschen. In Wirklichkeit war ihre Mutter in Gedanken ganz weit weg.

Im Café gab es einen schönen Parkettfußboden und Glasvitrinen voller Kuchen und Törtchen. Serendipity und Tuesday setzten sich an einen kleinen Tisch am Fenster und Baxterr legte sich auf ein sonniges Plätzchen direkt daneben. Sie bestellten beide Blaubeerpfannkuchen, Tuesday dazu eine nicht-zu-heiße Schokolade und Serendipity einen starken Kaffee.

»Mhm, nach Gummi schmecken sie nicht«, stellte Tuesday fest, als sie den ersten Bissen probiert hatte.

»Nein«, stimmte Serendipity kauend zu.

»Und es sind wirklich viele Blaubeeren drin«, fügte Tuesday hinzu. »Aber …«

Die beiden sahen sich an.

»… sie schmecken trotzdem nicht genauso«, beendete ihre Mutter den Satz.

Kapitel 4

Später saßen die beiden zu Hause am Küchentisch und spielten eine Partie Scrabble. Obwohl der Nachmittag schon fast um war, hatten sie das Spiel, das sie nach dem Frühstück angefangen hatten, erst halb zu Ende gespielt. Tuesday hatte ein paar schöne Wörter wie *antiquarisch* und *Ebenholz* und *Sorbet* gelegt, aber Serendipity hatte selbst für einfache Wörter wie *flach, Blatt* und *Tal* eine halbe Ewigkeit gebraucht. Auch jetzt war eigentlich sie an der Reihe, doch Tuesday hatte den Verdacht, dass ihre Mutter das Spiel völlig vergessen hatte. Sie wollte Serendipity nicht drängen, stattdessen streckte sie sich und gähnte, sah auf die Küchenuhr, die immer noch auf Viertel vor drei stand, presste ihre Zehen auf den Fußboden und wartete.

Es kam ihr vor, als warte sie schon seit Wochen, warte darauf, dass endlich irgendetwas passierte. Sie hatte schon mit dem Gedanken gespielt, selbst etwas nachzuhelfen. Doch die bleierne Müdigkeit, die tage- und nächtelang auf ihr lastete und sich nicht abschütteln ließ, hatte auch den kleinsten Funken Energie in ihr erstickt.

Tuesday hätte zum Supermarkt laufen und Zutaten für ein frühes Abendessen kaufen können, immerhin hatten sie schon das Mittagessen ausfallen lassen. Aber das Einzige, was sie kochen konnte, waren langweilige Nudeln mit Fertigsoße aus dem Glas. Vielleicht sollte sie ein Kartenhaus bauen? Oder eine Runde Patience spielen? Aber sie wusste nicht einmal mehr, wo das Kartenspiel war.

Dann, so plötzlich, dass sie beide wie aus dem Schlaf hochschreckten, passierte tatsächlich etwas. Die Klingel an der Haustür schrillte, lange und laut und beharrlich. Baxterr schoss hoch und sauste Richtung Flur. Serendipity und Tuesday sahen sich mit großen Augen an, als würden sie aus einem langen, tiefen Traum erwachen.

»Die gehen sicher gleich wieder«, sagte Serendipity.

Tuesday nickte. Sie hatten dieses Spiel schon unzählige Male gespielt, so getan, als ob sie das Klingeln gar nicht hörten, stumm dagesessen, während die Leute unten an die Haustür klopften, riefen und klingelten. Es war ein seltsames Gefühl, sich in seinem eigenen Haus zu verstecken. Doch es war die einzige Möglichkeit, Gesprächen, die man nicht führen, und Fragen, die man nicht beantworten wollte, aus dem Wege zu gehen.

Nach einer kurzen Pause klingelte es wieder, diesmal noch lauter und anhaltender als zuvor. Serendipity verzog gequält das Gesicht. Beim nächsten Mal schien das durchdringende Klingeln gar nicht mehr aufhören zu wollen.

»Ich gehe schon«, sagte Tuesday. »Vielleicht will jemand etwas verkaufen. Ich sage einfach, dass wir kein Interesse haben.«

»Ach bitte, tu das«, seufzte Serendipity erleichtert. »Wer immer es ist, ich bin nicht da. Okay?«

Tuesday öffnete die Haustür, während Baxterr seinen Kopf zwischen ihren Füßen hindurchstreckte. Die Frau draußen auf der Treppe verschwand beinahe in einem dicken Pelzmantel, der aussah, als habe er vor Kurzem noch einem Grizzlybären gehört. Eine Sonnenbrille klemmte wie ein Haarreif auf ihrem Kopf, um ihre widerspenstigen blonden Haare zurückzuhalten. Die fremde Frau musterte Tuesday von oben bis unten mit forschem Blick, dem das Mädchen ruhig standhielt. Hemd und Hose der Fremden schienen ebenso von der Sonne ausgebleicht wie ihr Haar. Ihre

Schnürstiefel sahen aus, als hätte sie in ihnen nicht nur die Anden, sondern gleich darauf auch noch den Himalaja durchquert (was tatsächlich der Wahrheit entsprach). Um sie herum stand eine ganze Armada silberfarbener Koffer.

»Tuesday?«, fragte die Frau mit rauer, ausdrucksstarker Stimme.

»Ja.«

»Ich bin Colette Baden-Baden. Ist deine Mutter zu Hause?«

Tuesday zögerte ein bisschen, obwohl sie schon kurz davor gewesen war, »Nein« zu sagen. Sie wusste zwar nicht, warum, aber sie konnte diese Frau nicht anlügen. »Es passt gerade nicht sehr gut.«

Die Frau presste die Lippen aufeinander. »Ich weiß. Verstehe. Sag ihr … sag ihr, dass Colette hier ist.«

»Ähm …«, begann Tuesday unsicher, weiter kam sie nicht, da erschien Serendipity auch schon hinter ihr im Flur.

»Colette?« Serendipity starrte die Frau an, als hätte sie einen Geist gesehen. »Bist du es wirklich?«

»Als ich die Nachricht bekam, habe ich mich sofort auf den Weg gemacht. Ich weiß, ich weiß. Ich komme furchtbar spät. Aber hier bin ich nun.«

Die beiden Frauen fielen sich in die Arme und es sah aus, als wollten sie einander nie wieder loslassen. Es dauerte eine ganze Weile, bis Colette einen Schritt zurücktrat und sagte: »So schlimm also. Hmm. Hab's mir schon gedacht.«

Im nächsten Augenblick schleppten Tuesday und Colette einen Haufen Koffer ins Haus, begleitet von Baxterr, der ihnen schwanzwedelnd bis in die Küche folgte. Dort fegte Tuesday mit einer schnellen Handbewegung die Scrabbleteile zurück in den Karton. Serendipity setzte abwesend Teewasser auf, wobei sie allerdings vergaß, den Herd einzuschalten. Colette übernahm das und fischte außerdem drei Tassen aus dem Stapel mit schmutzigem Geschirr und spülte sie ab. In der Vorratskammer fand sie eine fast-aber-noch-nicht-ganz-leere Packung Tee. Sie drückte Serendipity sanft auf einen Stuhl und nickte Tuesday zu, sodass die beiden schließlich am Tisch saßen, als wären sie in ihrer eigenen Küche zu Gast.

Als dann auch der Tee gekocht und eingeschenkt war, sagte Colette: »Tee hilft zwar gegen Traurigkeit, aber manchmal reicht Tee allein noch nicht.«

Sie zog aus einer der zahlreichen Taschen ihres weiten Pelzmantels eine kleine grüne Glasflasche hervor. Dann gab sie jeweils einen Tropfen davon in jede der drei Teetassen. Tuesday schnupperte an ihrer Tasse und nahm einen Schluck. Er schmeckte nach einer Mischung aus Chili und Zimt und wärmte sie bis in die Zehenspitzen. Gleichzeitig lief ihr ein angenehmer Schauer über den Rücken. Ihrer Mutter erging es anscheinend genauso.

Colettes Blick wanderte von Mutter zu Tochter. »Ich kann euch gar nicht sagen, wie gut es ist, euch beide zu sehen. Und wie leid, wie furchtbar, unsagbar leid es mir tut, was mit Denis geschehen ist. Ihr beide habt sicher das schlimmste Jahr eures Lebens hinter euch. Was immer ich für euch tun kann, wie immer ich helfen kann, ich bin da. Wenn ihr wollt, bleibe ich. Aber wenn ihr gerade keinen Besuch gebrauchen könnt, macht es mir auch nichts aus, wieder zu verschwinden.«

»Du kannst bleiben?«, fragte Serendipity.

Colette nickte. »So lange, wie du es brauchst.«

»Würde es dir etwas ausmachen, Tuesday, wenn Colette eine Weile bei uns bliebe?«, fragte Serendipity.

Tuesday zog die Augenbrauen zusammen wie immer, wenn sie über etwas nachdachte. »Ja, ich denke, Sie sollten bleiben«, sagte sie an Colette gewandt. »Aber irgendwie scheine ich etwas verpasst zu haben. Ich weiß nicht, wer Sie sind.«

»Doch, das weißt du«, entgegnete Serendipity. »Sie ist deine Patentante.«

»Oh«, sagte Tuesday. »*Die* Colette.«

Manch einer hätte den Blick, mit dem sie die fremde Frau musterte, vielleicht für unhöflich gehalten, doch Colette schien es nichts auszumachen. Tuesday hatte sich ihre Patentante immer ganz anders vorgestellt.

Nach all den Postkarten, Geschenken und nächtlichen Telefonanrufen, die ihre Eltern aus dem Schlaf gerissen hatten, hätte sie eher mit einer Art Stewardess gerechnet.

»Offiziell ernannt bei deiner Geburt«, sagte Colette. »Habe dir drei Wünsche geschenkt, dich vor den bösen Feen beschützt und nur die guten hereingelassen. Zumindest glaube ich, dass es so war. Wir haben deine Taufe ausgiebig gefeiert. Als du knapp zwei Jahre alt warst, habe ich dieses riesige Dokumentationsprojekt gestartet. Mehr als zehn Jahre lang bin ich für die Filmarbeiten um die ganze Welt gereist, nach Alaska, Afrika, Indien, Südamerika und in die Antarktis. Ich war eine furchtbar schlechte Patentante. Ich glaube, alle Geburtstagskarten, die ich dir geschickt habe, sind mindestens zwei Monate zu spät angekommen.«

»Das ist doch nicht wichtig«, sagten Tuesday und Serendipity wie aus einem Mund.

»Doch, natürlich ist es wichtig«, widersprach Colette. »Aber ich bin davon ausgegangen, dass du sicher und behütet aufwächst und ich nicht gebraucht werde. Dafür sind Patentanten schließlich gedacht, nicht wahr? Um zur Stelle zu sein, wenn sie gebraucht werden. Aber auch dabei habe ich ziemlich schlecht abgeschnitten, denn ich komme ein ganzes Jahr zu spät.«

Ihr Blick wanderte zur Decke und ihre Nasenflügel zuckten, als wäre selbst in der warmen, trockenen Küche jederzeit mit einem Regenschauer zu rechnen.

»Ja, wieder einmal viel zu spät«, seufzte sie. »Da verleiht man mir ein Mal in meinem Leben ganz unerwartet einen Titel und ich vermassle es gründlich.«

»Wer weiß«, antwortete Tuesday lächelnd, »vielleicht hat das Schicksal dich genau in diesem Moment zu uns geschickt.«

Colette sah sie mit ihren dunklen braunen Augen an und Tuesday erkannte, dass ihre Patentante zu den Menschen gehörte, die mit den Augen lächeln können.

»Ich erinnere mich noch, wie du als kleines Baby am liebsten an meiner Schulter getragen werden wolltest. Du bist sogar dort eingeschlafen, wenn gar nichts anderes half. Ich habe ein paar Fotos und Filme von damals mitgebracht.«

Tuesday schossen auf einmal tausend Fragen durch den Kopf. Woher kannten sich ihre Eltern und Colette? War das wirklich ein Bärenfell, das sie da trug? Wusste sie, dass ihre Mutter die weltberühmte Kinderbuchautorin Serendipity Smith und Verfasserin der Vivienne-Small-Abenteuer war?

»Geheimnisse sind bei mir immer gut aufgehoben«, sagte Colette mit einem Augenzwinkern. »Ich weiß, wann ich deine Mutter mit Sarah und wann mit Serendipity ansprechen muss.«

Tuesday zuckte erschrocken zusammen. Konnte ihre Patentante Gedanken lesen?

Als Serendipity Tuesdays erstauntes Gesicht sah, erklärte sie schnell: »Colette ist mit deinem Vater zur Schule gegangen. Sie haben sogar von klein auf nebeneinander gewohnt.«

»Wir sind von der Schule geflogen«, fügte Colette hinzu. »Beide gleichzeitig.«

Die beiden Frauen grinsten sich verschwörerisch an.

»Es war seine Schuld, dass ihr erwischt wurdet«, sagte Serendipity.

»Das Ganze war von Anfang an meine Idee«, ergänzte Colette

und fügte an Tuesday gewandt hinzu: »Wir sollten Freunde werden.«

»Gerne«, stimmte das Mädchen zu. Mittlerweile war ihr von dem Tee bis in die Zehenspitzen wunderbar warm geworden und sie fühlte sich auf angenehme Weise benommen. Tuesday konnte zwar nicht genau sagen, warum, aber Colette schien eine höchst ungewöhnliche Frau zu sein. Vielleicht lag es an der Art, wie sie am Tisch saß: kerzengerade und etwas steif, als ob sie es nicht gewohnt war, auf Stühlen mit einer Rückenlehne zu sitzen. Oder an ihrer auffallend tiefen, sanften Stimme und an ihrer Art, Wörter anders zu betonen, als man es erwartete. Vielleicht war es auch der ruhige, prüfende Blick, mit dem sie jede Einzelheit in sich aufnahm, fast so, als wäre sie auf der Hut, bereit, sich von einer Sekunde auf die andere zu verteidigen.

Colette füllte ein weiteres Mal die Teetassen und gab etwas von ihrem Zaubermittel hinein. Als die drei schließlich die ganze Kanne ausgetrunken hatten und auch das grüne Fläschchen bis zum letzten Tropfen geleert war, meinte Colette, sie hätte Appetit auf ein paar leckere Hamburger. Sie gingen in einen kleinen Burgerladen und Baxterr bekam ein Cuban Sandwich mit extra viel Schinken und ein bisschen Käse, was seinem Traum vom Hundeparadies schon sehr nahekam. An diesem Abend sah Tuesday ihre Mutter öfter lächeln als in den vielen Monaten, die seit Denis' Krankheit vergangen waren. Es war schon spät, als sie in die Brown Street zurückkehrten. Tuesday gab erst ihrer Mutter (die sie fest umarmte) und dann Colette (die sie ebenfalls fest umarmte) einen Gutenachtkuss und ging sofort schlafen. Baxterr folgte ihr die Treppe hinauf.

Lächelnd blickten Serendipity und Colette den beiden hinterher. Die Freundinnen kannten sich schon so lange und waren einander so vertraut, dass sie sich auch ohne viele Worte verstanden.

»Ich bin sehr froh, dass du hier bist«, sagte Serendipity. »Wir könnten die ganze Nacht reden und trotzdem gäbe es noch immer unendlich viel zu sagen. Aber es ist schon spät, ich sollte dir lieber ein Bett fertig machen.«

»Gib mir einfach irgendein Zimmer, die Wäschekammer reicht mir.«

»Das geht nicht, fürchte ich«, sagte Serendipity mit einem verlegenen Lächeln.

Stattdessen führte sie Colette, die darauf bestand, ausgerechnet die beiden schwersten Koffer allein die Treppe hinaufzubugsieren, in das Schreibzimmer im obersten Stockwerk des Hauses.

»Hm«, machte ihre Freundin und sah sich neugierig um. Als Erstes zog es sie zu den raumhohen Regalen rundherum an den Wänden, in denen sich dicht an dicht, neben- und aufeinander Unmengen von Büchern drängten. Immer wieder nickte sie, wenn sie auf einen bekannten Titel stieß.

»Es ist leider ein wenig … oh, entschuldige bitte«, sagte Serendipity und räumte hastig eine verschimmelte Tasse Tee beiseite, wobei sie eine kleine Staubwolke aufwirbelte. »Hier müsste dringend mal wieder sauber gemacht werden.«

»Das kann bis morgen warten«, beruhigte Colette sie. »Wenn du magst, kehren wir morgen gemeinsam die Traurigkeit aus den Ecken.«

»Meinst du, es ist an der Zeit?«, fragte Serendipity.

Ihre Freundin nickte.

»Wir haben da eine Matratze …«, schlug Serendipity vor.

»Nicht nötig«, winkte Colette ab und entriegelte einen ihrer silbernen Koffer. Daraus zog sie einen länglichen, fest verschnürten

Beutel hervor, in dem mehrere verlängerbare Metallstangen steckten, wie man sie für ein Zelt benutzt. Serendipity ließ sich in ihren großen dunkelroten Samtsessel sinken und sah zu, wie Colette die Stangen zu einem Gestell mit zwei riesigen Haken an jedem Ende zusammenbaute. Als Letztes entrollte sie eine Hängematte, die sie an den beiden Haken befestigte.

»Fertig«, verkündete sie grinsend. »Mein spontanes Selbstbau-Bett.«

»Ich dachte, in deinem hohen Alter würde man etwas mehr Bequemlichkeit schätzen«, sagte Serendipity.

»Pah! Ich könnte niemals auf einer Matratze schlafen, selbst wenn ich es wollte. Viel zu weich. Fühlt sich an, als würde man auf Wackelpudding liegen«, schnaubte Colette verächtlich.

Trotz ihrer beachtlichen Größe war sie erstaunlich gelenkig, kletterte in ihre Hängematte und machte es sich bequem.

»Soll ich dir eine Decke holen oder ein Kopfkissen?«, schlug Serendipity vor.

»Tss! Davon halte ich gar nichts!«, wehrte ihre Freundin ab.

Sie schlug die Beine übereinander und deckte sich mit ihrem Pelzmantel zu.

»Danke, dass du gekommen bist«, sagte Serendipity. »Wir brauchen dich. Tuesday braucht dich. Mit mir war nicht allzu viel anzufangen, seit …«

Colette nickte verständnisvoll. »Ein gutes Mädchen, deine Tochter. Eine perfekte Mischung. Etwas anderes hätte aber auch nicht dabei herauskommen können, wenn man dich und Denis mixt.«

Serendipity zuckte bei dem Gedanken unmerklich zusammen.

»Und noch dazu mit einer Prise Zauberkraft gesegnet. Sie ist sehr kreativ, nicht wahr?«

»Ja, sehr … obwohl, in letzter Zeit … eher weniger.«

»Und dann dieser Baxterr«, fuhr Colette fort und rollte durch ihren starken Akzent das R noch mehr. »Ich wette, er ist kein gewöhnlicher Hund. Frage mich, wo um alles in der Welt ihr ihn gefunden habt?«

Serendipity lächelte matt. »Du hast immer schon Dinge gesehen, die niemand sonst je bemerkt hätte.«

»Hm«, brummte Colette zustimmend. »Und wo du gerade von Dingesehen sprichst – was zum Teufel ist das da?«

Colette zeigte auf Serendipitys Schreibmaschine auf dem Tisch und auf die zugezogenen Vorhänge dahinter.

»Was meinst du?«, fragte Serendipity.

»Das da«, Colette zeigte immer noch aufgeregt Richtung Schreibtisch und saß plötzlich kerzengerade in ihrer Hängematte.

Serendipity kniff verblüfft die Augen zusammen: Etwas schien sich zwischen den Vorhängen hindurchzuschlängeln. Es sah aus wie ein hauchdünner Faden, der wie eine Spirale federleicht durch den Raum schwebte, sich über der Schreibmaschine kräuselte und geradewegs auf Serendipity zukam.

»Das ist … äh …«, krächzte Tuesdays Mutter heiser.

»Purpur«, schlug Colette vor. »Oder würdest du eher violett sagen?«

»Malvenfarben vielleicht?« In ihrem ganzen Schriftstellerinnenleben hatte Serendipity noch nie einen solchen Faden gesehen, der *nicht silbern* war.

»Das ist höchst ungewöhnlich«, stellte Colette fest.

»In der Tat.«

Colette sprang aus ihrer Hängematte und betrachtete stirnrunzelnd den seltsamen Faden. Mit großen Augen sah sie, wie er sich wie von selbst um Serendipitys ausgestreckten Zeigefinger wickelte.

»Das hat mit deinem Schreiben zu tun, nicht wahr?«, fragte Colette.

Serendipity nickte. »Es … es ist eine Geschichte. Es könnte eine werden. Oder zumindest der Anfang einer Geschichte.«

»Seltsam«, sagte Colette.

»Aber ich habe nichts zu schreiben«, murmelte Serendipity, mehr an den geheimnisvollen Faden als an ihre Freundin gerichtet.

»Aber er ist doch ganz klar zu dir gekommen«, stellte diese fest.

»Ja, das stimmt.« Der Faden hörte nicht auf, sich um Serendipitys Handgelenke zu winden, und begann jetzt, sich um ihre Knöchel zu schlingen. »Aber ich kann jetzt nicht … es geht nicht.« Sie versuchte, den Faden abzuschütteln, doch das schien ihn nur noch mehr anzustacheln. »Ich kann Tuesday unmöglich allein lassen«, stöhnte sie, »oder …« Der Name Denis hing unausgesprochen in der Luft, obwohl sie ihn beide gehört hatten.

»Weißt du ungefähr, wie lange du weg sein wirst, wenn du jetzt gehst?«, fragte Colette nachdenklich.

»Das ist schwer zu sagen. Normalerweise nicht sehr lange. Meistens bin ich gegen Morgen wieder zurück.«

»Ein kleiner Tapetenwechsel würde dir bestimmt guttun, meinst du nicht?«, sagte Colette.

»Ich weiß nicht, ob ich dazu schon bereit bin.«

»Ich finde, du solltest gehen«, drängte Colette. »Aus Erfahrung weiß ich, dass Geschichten nicht darauf warten, dass wir bereit für sie sind.«

Der Faden hatte sich mittlerweile um Serendipitys Taille gelegt und hob sie langsam aus ihrem Sessel. Staunend sah Colette zu, wie ihre Freundin, die Schriftstellerin, über ihren Schreibtisch hinwegschwebte.

»So funktioniert das also«, rief sie. »Wenn man nur lange genug lebt, erfährt man die unglaublichsten Dinge.«

Ein kaum spürbarer Windhauch blähte die Vorhänge, und die

Fensterflügel öffneten sich lautlos zum Nachthimmel wie eine Einladung. Gegen ihren Willen entfuhr Serendipity ein beinahe glückliches Lachen.

»Geh nur, meine Freundin«, ermunterte Colette sie. »Ich werde gut auf deine geliebte Tuesday aufpassen, bis du zurückkommst. Versprochen.«

»Ich werde versuchen, so schnell wie möglich zurück zu sein«, sagte Serendipity.

»Mach dir keine Sorgen, hier wird niemandem etwas passieren. Darauf gebe ich dir mein Wort.«

Mit beunruhigender Geschwindigkeit, wie Colette fand, zog der Faden Serendipity zum Fenster hinaus in die sternenklare Nacht. Colette hatte kaum Zeit, ihrer Freundin erschrocken hinterherzusehen, dann war sie plötzlich, von einer Sekunde zur nächsten, verschwunden.

Kapitel 5

Als Tuesday am Morgen darauf aus dem Schlaf hochschreckte, kam es ihr vor, als habe sie so tief und fest geschlafen wie schon lange nicht mehr. Sie stieß einen erleichterten Seufzer aus, als ihr einfiel, dass es Sonntagmorgen war und sie nicht zur Schule musste. Ein besonders sonniger Morgen schien es jedoch nicht zu werden. Draußen hörte es sich eher nach Regen an. Gerade wollte sie Baxterr sagen, dass aus einem Spaziergang im Park wohl nichts werden würde, da fiel ihr auf, dass sein Lieblingsplatz am Fußende ihres Bettes bereits leer war.

Auf dem Weg nach unten drang Tuesday Colette Baden-Badens raue Stimme entgegen, die offenbar eine etwas einseitige Unterhaltung führte. Sie fand sie schließlich zusammen mit Baxterr in der Küche, wo der Hund auf einem Stuhl am Küchentisch saß und Colette mit schief gelegtem Kopf fragend anstarrte.

»Wie gesagt, Baxterr, ich mache keine Pfannkuchen«, sagte Colette streng und wackelte warnend mit dem Zeigefinger. »Nein, nein, nein. Keine Pfannkuchen. Bei mir gibt es zum Frühstück Müsli oder Toast. Manchmal auch Chilibohnen oder frischen Fisch. Oder Eier. Aber keine aufwendigen Pfannkuchen.«

»Guten Morgen«, begrüßte Tuesday ihre Patentante.

Colette wirbelte herum. »Einen wunderschönen guten Morgen, Tuesday. Hast du gut geschlafen?«

»Ja danke, sehr gut. Sprichst du mit Baxterr?«

»Aber sicher. Er versucht gerade, mich zu überreden, ihm Pfannkuchen zu backen«, schnaubte Colette.

»Woher weißt du, dass er sich Pfannkuchen wünscht und nicht etwas anderes?«, fragte Tuesday.

»Pfff«, machte Colette, »Baxterr und ich haben heute Morgen schon einen langen Spaziergang durch den Park gemacht. Man könnte sagen, wir verstehen uns bereits ziemlich gut.«

»Du bist mit ihm spazieren gegangen?«

»So gegen sechs ist er zu mir gekommen und hat mir bei meinem täglichen Morgen-Yoga Gesellschaft geleistet. Dann wollte er unbedingt nach draußen, bevor es anfing zu regnen. Wir haben an dem großen See im Park einen herrlichen Sonnenaufgang erlebt, gemeinsam das Farbenspiel auf dem spiegelnden Wasser bewundert und dabei über dich gesprochen.«

»Über mich? Was hat Baxterr erzählt?«, wollte Tuesday wissen.

»Er hat dich seine *beste Freundin* genannt und gesagt, dass du dein Lachen und deine Fröhlichkeit verloren hast. Und er vermisst deinen Vater so sehr, dass es ihm wehtut wie ein großer, spitzer Dorn, der sich in seine Pfote bohrt.«

Tuesday vergrub ihr Gesicht in Baxterrs Wuschelkopf und hielt ihn fest im Arm. Kurz wusste sie nicht, was sie davon halten sollte, dass ihre Patentante und ihr Hund sich so gut verstanden, doch als Baxterr ihr zärtlich über die Wange leckte, waren ihre Bedenken sofort verflogen.

»Ich muss dir noch etwas sagen«, fuhr Colette fort. »Aber bekomm jetzt bitte keinen Schreck. Deine Mutter ist nicht mehr hier.«

»Nicht mehr … hier?«

»Sie ist dort, wo es Schriftsteller manchmal hinzieht«, erklärte Colette. »Ich nehme an, du kennst diesen Ort auch. Wahrscheinlich ist es für sie momentan sogar der beste Ort, den man sich vorstellen kann. Solange sie fort ist, halte ich hier die Stellung.«

Tuesday zog die Stirn kraus und nickte langsam. Ihr kam der

Gedanke, dass Colette Baden-Baden wirklich der erstaunlichste Mensch war, dem sie je begegnet war. »Woher weißt du so viel?«, fragte sie und flüsterte jetzt beinahe.

Ihre Patentante nahm einen großen Schluck von etwas, das nach sehr starkem schwarzen Kaffee aussah. »Einige von uns hatten etwas, das man als interessante Kindheit bezeichnen könnte.« Mehr wollte Colette zu diesem Thema offenbar nicht sagen. »Ich hoffe, du hättest dir nicht auch Pfannkuchen gewünscht?«, fragte sie stattdessen.

Tuesday schüttelte den Kopf. »Irgendwie schmecken sie ganz anders, seit …«

»Weißt du, was? Eines Tages, wenn du es am wenigsten erwartest, wird dir der richtige Geschmack wieder begegnen«, sagte Colette. »Und es wird dich in eine andere Zeit versetzen. Du wirst wieder Kind sein, hier in dieser Küche, und deinem Vater Denis dabei zusehen, wie er dort am Herd steht, Pfannkuchen in die Luft schleudert und sie auf deinen Teller gleiten lässt. Dieser Moment wird sich so warm anfühlen, als würde die Sonne von vier Seiten gleichzeitig auf dich scheinen. Noch ist die Zeit nicht reif dafür, aber irgendwann wird es bestimmt so weit sein.«

»Glaubst du wirklich, Colette?«, fragte Tuesday.

»Ganz sicher. Aber jetzt zu unserem Frühstück: Was hättest du gern? Ein gekochtes Ei? Toast mit Marmelade?«

»Oh ja, bitte«, sagte Tuesday. Sie wusste plötzlich, dass sie genau das wollte und nichts anderes.

Kapitel 6

Serendipitys Reise durch den Nachthimmel verlief seltsam ruhig. Wie üblich landete sie bei dem großen Baum, der hoch oben auf einem Hügel inmitten einer weiten grünen Wiese stand. Keineswegs üblich war jedoch, dass sie dort bereits erwartet wurde. Die winzig kleine Frau in dem maßgeschneiderten malvenfarbenen Hosenanzug trug ein farblich perfekt darauf abgestimmtes Seidenhalstuch und hochhackige violette Wildlederpumps. Ihre riesigen Perlenohrringe schimmerten im sanften Licht der Nachmittagssonne.

Es war, wie einige von euch sicher längst erkannt haben, die Bibliothekarin. Sie streckte Serendipity eine ihrer winzigen, knochigen Hände entgegen und stieß ein bedeutungsvolles Hüsteln aus. Wie auf ein Zeichen rollte sich der glänzende malvenfarbene Faden, der Serendipity hergebracht hatte, zu einem festen Knäuel auf und fiel direkt in die ausgestreckte Hand der Bibliothekarin.

»Frau Bibliothekarin«, grüßte Serendipity die Dame in Violett, »stimmt etwas nicht?«

»In der Tat«, antwortete diese, »Sie haben schon sehr lange nicht mehr geschrieben.«

Die Schultern der berühmten Autorin sackten nach vorn. Niedergeschlagen ließ sie den Kopf hängen. »Ich habe … habe es einfach nicht fertiggebracht …«

»Dafür habe ich vollstes Verständnis«, sagte die Bibliothekarin sanft. »Deswegen habe ich Sie hierherholen lassen.«

»Holen lassen?«, fragte Serendipity verblüfft.

Die Bibliothekarin nickte bedeutungsvoll und ließ das malvenfarbene Fadenknäuel auf ihrer Handfläche hüpfen. »Wenn die berühmteste Kinderbuchautorin der Welt einen solch furchtbaren Verlust erleidet, ist es meine Pflicht, alles in meiner Macht Stehende zu tun, um ihr zu helfen. Hier wären wir also.«

»Ja, aber Tuesday …«, sagte Serendipity leise. »Sie …«

»… braucht Sie gar nicht so sehr, wie Sie vielleicht glauben. Jedenfalls nicht, wenn ihre Patentante bei ihr ist. Ach du meine Güte, hat diese Frau sich Zeit gelassen!«, schimpfte die Bibliothekarin und fand zurück in ihren immer leicht strengen Tonfall.

»Aber …«, begann Serendipity.

»In dieser Sache kann ich keinen Widerspruch dulden«, schnitt die alte Dame ihr das Wort ab. »Ihre Tochter befindet sich in guten – und noch dazu sehr großen – Händen. Gehen wir ein Stück.« Sie tätschelte Serendipitys Hand und hakte sie bei sich unter.

Gemeinsam gingen sie den schmalen, gewundenen Pfad hinunter, dem Serendipity in ihrem Leben schon so oft gefolgt war. Sie war überrascht, wie dicht der Nebel war. So hatte sie ihn nicht mehr erlebt, seit sie vor vielen Jahren zum ersten Mal hier angekommen war.

Bald tauchten vor ihnen die beiden Steinlöwen auf, die den Zugang zur Großen Bibliothek bewachten. Der Himmel schien plötzlich zwar weniger verhangen, blieb jedoch bleich und farblos, als habe er über seine Stimmung noch nicht endgültig entschieden. Bis zur Eingangstreppe war die Welt in Nebelschleier gehüllt. Nur mit Mühe konnte Serendipity die in Stein gemeißelten Worte über dem Eingang entziffern: STELL DIR VOR … Sie seufzte leise. Gerade das war im vergangenen Jahr unsagbar schmerzhaft für sie gewesen.

»Ich weiß, meine Liebe«, sagte die Bibliothekarin, als könne sie Serendipitys Gedanken lesen, »es wird nie mehr das Gleiche sein.

Aber es wird wieder gut werden. Ich weiß, Sie können es sich jetzt noch nicht vorstellen, aber vertrauen Sie mir, es wird gut.« Statt durch die Eingangstür der Bibliothek führte die alte Dame Serendipity durch die Rosengärten zur Rückseite des Gebäudes und dann über einen verschlungenen Weg, den sie noch nie zuvor gesehen hatte. Er führte zu einem tiefblauen See, dessen Ufer von einem hellgrauen Kiesstreifen gesäumt wurde. Vor ihnen, direkt am See, stand ein wunderschöner Bootsschuppen aus Holz. Als die Bibliothekarin vor der Eingangstür stehen blieb und einen großen goldenen Schlüssel aus ihrer Hosentasche zog, fragte Serendipity: »Wo sind wir hier?«

»Schriftsteller, wie viele andere Menschen auch, machen im Laufe ihres Lebens die unterschiedlichsten Erfahrungen. Und dann schreiben sie darüber. Doch manchmal, wenn etwas Furchtbares geschieht, können sie plötzlich nicht mehr schreiben, bringen keinen einzigen Satz mehr aufs Papier. Und dann kommen sie hierher.«

»Bitte, zwingen Sie mich nicht zu schreiben. Geben Sie mir noch etwas Zeit«, bat Serendipity traurig.

»Niemand zwingt Sie, auch nur ein Wort zu schreiben. Es sei denn, Sie wollen es selbst. Vielleicht möchten Sie lieber lesen? Manche finden durch das Lesen irgendwann wieder zum Schreiben. Andere müssen einfach nur schlafen, sich ausruhen, malen. Jeder muss seinen eigenen Weg finden.« Die Bibliothekarin öffnete die Tür des Bootsschuppens.

Drinnen standen Regale voller Bücher. Über das Bett war eine weiße Tagesdecke gebreitet. Es gab eine kleine Küche mit einem Tisch und zwei Stühlen und einen Schreibtisch vor dem Fenster mit herrlichem Blick über den Balkon auf den blauen See hinaus. Serendipity strich mit den Fingern über die glatt geschliffene Holzfläche des Schreibtisches.

»Sie müssen nur verinnerlichen, dass alles, was Sie hier machen, richtig ist«, sagte die Bibliothekarin. Sie zeigte ihr eine Schublade voller leerer Notizbücher, Bleistifte und einer Auswahl von Serendipitys Lieblingsstiften. »Die Worte, die sich in solchen Zeiten einfinden, sind meistens sehr zerbrechlich. Oft können sie nicht einmal auf dem Papier verharren, sondern schweben lieber durch die Lüfte. Sätze neigen manchmal dazu zu zerfallen. Romanfiguren kommen und gehen wie flüchtige Erscheinungen. Das ist alles nicht von Bedeutung, wie Sie schnell merken werden. Doch wenn Sie diesen Ort auf sich wirken lassen …«

»Aber, Tuesday …«, begann Serendipity und spürte, wie ihre Augen brannten. Wie konnte sie hier sein, wenn sie zu Hause gebraucht wurde?

»Sie wissen doch: Die Zeit ist niemals, was sie scheint.«

»Aber …«

»Vertrauen, Serendipity. Das ist jetzt Ihre Aufgabe«, mahnte die Bibliothekarin.

Damit verabschiedete sie sich und zog die Tür hinter sich zu.

Kapitel 7

Langsam kam Vivienne Small zu sich. Als Erstes registrierte sie ein stetiges Ächzen und Knacken um sie herum und spürte, wie der Fußboden des Raumes sich in regelmäßigem Rhythmus hob und senkte. Sie war eindeutig nicht mehr in ihrem Baumhaus, so viel stand fest. Dort, wo der Giftpfeil sich in die Haut gebohrt hatte, brannte der Schmerz in ihrer Schulter noch immer wie Feuer. Ihr Kopf war schwer wie Blei. Benommen stemmte sie sich ein Stück hoch und sah aus dem schmalen Fenster.

»Nein!«, stieß sie entgeistert hervor und schnappte nach Luft.

Unmöglich. Das konnte nicht sein. Doch es bestand kein Zweifel: Sie befand sich auf einem Schiff und, so wie es aussah, mitten auf dem Meer. Im Nu hatte Vivienne ihre Müdigkeit abgeschüttelt, sprang auf und war mit drei Schritten an der Tür. Verzweifelt rüttelte sie an der Klinke. Vergeblich. Suchend blickte sie sich nach etwas um, mit dem sich das Schloss knacken ließe. Auf einem auf Hochglanz polierten Schreibtisch erspähte sie ein Glas, in dem mehrere frisch geschnittene Federkiele steckten. Hastig kippte sie das Glas um und suchte sich den kräftigsten Kiel aus. Auf einem Regal entdeckte sie ein kleines Lederetui, in dem ein paar lange Silbernadeln steckten, wie man sie zum Segelnähen benutzte. Sie zog die dickste von ihnen heraus und machte sich, den Federkiel in der einen und die Nadel in der anderen Hand, vorsichtig ans Werk. Endlich hörte sie das vertraute leise Klicken und spürte, wie das Schloss nachgab. Geschafft!

Als Vivienne die Silbernadel zurück in das Etui schieben wollte, zögerte sie kurz: So ein Werkzeug könnte vielleicht nützlich sein. Schnell ließ sie die kleine Ledertasche in einem ihrer knielangen Stiefel verschwinden. Mitten in der Bewegung erstarrte sie plötzlich, all ihre Sinne in höchster Alarmbereitschaft. Auf dem Balken über der Koje, in der sie gelegen hatte, bewegte sich etwas. Kaum mehr als ein schwacher Schatten, doch er war ihren scharfen Augen nicht entgangen.

»Ermengarde?«, rief sie leise. »Bist du das?«

Hinter einem Dachbalken kam eine lange schwarze Schnauze mit zuckenden Schnurrhaaren zum Vorschein. Zwei wachsame, dunkel schimmernde Knopfaugen blickten ihr entgegen. Vivienne kletterte auf die Koje und streckte eine Hand aus. Flink huschte die kleine Ratte über ihren Arm bis auf Viviennes Schulter und schlüpfte unter ihre wilde lockige Haarmähne. Das Mädchen kitzelte das Tier sanft unterm Kinn.

»Es könnte ganz schön gefährlich werden«, raunte sie ihrer Ratte ins Ohr. »Also, was immer du vorhast, sei auf der Hut.«

Ermengarde knabberte an Viviennes Fingerspitzen, als habe sie verstanden.

»Bist du bereit?«, fragte Vivienne. »Es geht los.«

Leise öffnete sie die Tür und spähte hinaus. Niemand zu sehen. Auf Zehenspitzen schlich sie weiter den Gang hinunter. Ihr blieb vor Staunen der Mund offen stehen. Wenn sie nicht alles täuschte, sah es hier aus wie auf einer nigelnagelneuen Ausgabe der *Silberfisch*, dem Schiff von Carsten Mothwood. Dabei war der berüchtigte Piratenkapitän vor vielen Monden bei seinem Sturz von den Klippen von Cartavia ums Leben gekommen.

Auf dem Schiff war es totenstill. Außer ihr schien niemand an Bord zu sein. Trotzdem musste es irgendjemanden oder irgendetwas geben, der oder das das Schiff auf Kurs hielt.

Vivienne tastete sich leise die Stufen hinauf, die von den Kajüten aufs Deck führten. Vorsichtig streckte sie den Kopf durch die Luke und sah sich um. Ihr Blick wanderte über die blank polierten Holzdielen und die blütenweißen Segel, über nagelneue Taue und glänzende Messingbeschläge. Sie runzelte die Stirn. Obwohl alles der *Silberfisch* täuschend ähnlich sah, war dieses hier eindeutig nicht das gefürchtete Piratenschiff. Die Übereinstimmung war trotzdem geradezu unheimlich. Auf Zehenspitzen schlich Vivienne weiter und versteckte sich hinter dem Ruderhaus. Dabei tauchte aus ihrer Erinnerung auf einmal das Bild eines kleinen Mädchens mit einem Hund auf. Für den Bruchteil einer Sekunde sah sie die beiden klar und deutlich vor sich. Doch so plötzlich, wie sie gekommen war, war die Vision im nächsten Augenblick auch schon wieder verschwunden. Als Vivienne vorsichtig aus ihrem Versteck spähte, erblickte sie neben dem Steuerrad eine grüne Gestalt. Eine männliche Gestalt, die aussah, als wäre sie von Kopf bis Fuß aus frischem grünen Gras gewebt. Bekleidet war der Unbekannte mit einem grünen Hemd und grünen Shorts, die perfekt zu seinem leuchtend grünen Wuschelkopf passten. Als er sich zu ihr umdrehte, blickte sie in ein ebenso grasgrünes Gesicht. Sie hielt vor Schreck die Luft an und duckte sich.

Aber da hörte sie ihn auch schon rufen: »Ah, es stimmt also! Du bist echt und wirklich und lebendig! Hab ich dich erwischt! War gar nicht so schwer! Da bist du endlich, Vivienne Small! Es ist ein strahlend blauer Tag und du bist in einer lebenswichtigen *grünen* Mission unterwegs. Willkommen an Bord!«

Vivienne kam zögernd aus ihrem Versteck hervor und starrte den Grasjungen an. Er ließ das Steuerrad los und tänzelte mit ein paar Seitwärtshüpfern quer über das Deck auf sie zu. Wenn Vivienne nicht so geistesgegenwärtig ausgewichen wäre, hätte er ihr auch noch die Hand geküsst.

Den Grasjungen schien ihr Rückzug nicht weiter zu kümmern.

»Du meine Güte, du bist echt klein, was? Das reinste Fliegengewicht. Und jetzt, wo du hier bist, brauche ich deine Autorin.«

Vivienne funkelte den Jungen entrüstet an.

Er hatte seltsam glänzende grün-goldene Augen mit hellen Pupillen und sehr weiße Zähne, die aus seinem grünen Gesicht leuchteten. Doch er roch wie etwas, das lange unter der Erde gelegen hat.

»Autorin?«, fragte Vivienne. »Wovon redest du überhaupt? Und warum sind wir auf der *Silberfisch*?«

»*Silberfisch?* Papperlapapp! Das hier ist nicht die *Silberfisch*. Du bist auf der *Sturmhexe*! Dieses Schiff hatte sie *für mich* schon erfunden, lange bevor du als Idee in ihrem Kopf aufgetaucht bist.«

Der Junge zeigte auf die Flagge, die am höchsten Mast des Schiffes wehte. Anstelle des Fischskeletts, das Vivienne von der *Silberfisch* kannte, war darauf eine Riesenwelle zu sehen, darüber leuchtete ein gezackter Blitz.

»Du müsstest doch besser als jede andere wissen, Vivienne Small, was Schriftsteller sich so alles ausdenken und wie sie dein ganzes Leben verändern können. Oh ja, ich glaube, das kennst du nur allzu gut!«

Vivienne fiel auf, dass er eine überraschend angenehme, beinahe singende Stimme hatte. Doch seine Augen glänzten kalt und hart wie Smaragde.

»Ich verstehe nicht. Ein Schriftsteller? Was soll das sein?«, fragte Vivienne.

»Ach, wie vergesslich wir doch sind! Wir schlafen tief und fest, und oh … auf einmal sind sie alle weg, all diese zarten, zerbrechlichen Erinnerungen«, sagte der Junge. »Komm schon, Vivienne, Schluss damit!« Er schnippte mit seinen grünen Fingern direkt vor ihrem Gesicht.

»Lass das!« Vivienne wich einen Schritt zurück.

Der Junge trat noch dichter an sie heran und schnippte wieder mit den Fingern. Vivienne funkelte ihn wütend an.

»Eins, zwei und die Drei, Erinnerungen kommt herbei!«, rief er und schnipste noch einmal.

Plötzlich erinnerte Vivienne sich. Es nahm ihr fast den Atem, so schnell prasselten die Bilder auf sie ein: das Mädchen, das Tuesday hieß, und ihr Hund Baxterr. Tuesday und Baxterr, die mit ihr auf der *Wildfang* segelten. Tuesday und Baxterr, die in einer Höhle das Abendessen zubereiteten. Tuesday und Baxterr beim Schwimmen in einem Teich. Tuesday und Baxterr zusammen mit Vivienne auf einer langen Wanderung. Tuesday, die über der Stadt der Uhren in den Klauen der Vercakas davonflog. Tuesday, die plötzlich durch die Tür in einer Mauer auftauchte.

»Da!«, rief der Junge. »Das ist deine Schreiberin. Die zufälligerweise auch meine ist. Du dachtest wohl, es wäre deine Welt, was? Aber es war schon meine, lange bevor du aus deinem schrumpeligen kleinen Ei geschlüpft bist.«

»Was willst du von ihr?«, fragte Vivienne.

»Ja, was wohl? Interessante Frage. Eine Frage, die lauter Geheimnisse in sich birgt.«

»Ach ja?«, sagte Vivienne.

»Das verrate ich nicht«, entgegnete der Junge achselzuckend. »Gar nichts werde ich verraten. Weißt du das denn nicht? In einer Geschichte werden die Geheimnisse immer erst kurz vor dem Ende verraten.«

Vivienne runzelte die Stirn.

»Geheimnisse sind schwer zu fangen«, erklärte der Junge. »Genauso wie Schreiber.«

»Fangen?«, fragte Vivienne und schluckte.

»Richtig. Aber heute ist die Gelegenheit günstig. Ruf sie herbei!«

»Herbeirufen? Wen?«

»Deine Schreiberin natürlich, Dummchen! Hat sie dir denn gar keinen Verstand mitgegeben?«

Dieser Junge musste vollkommen übergeschnappt sein. Vivienne musste so schnell wie möglich von hier weg. Ihre Gedanken rasten, während sie die Möglichkeiten überschlug, die sie auf einem Segelschiff hatte. Land war weit und breit nicht in Sicht, rundherum nur die aufgewühlte, kalte See. Andererseits würden ihre großen blauen Flügel sie überallhin tragen. Als habe er ihre Gedanken gelesen, lachte der Junge laut auf, sprang mit einem Satz hoch in die Luft und stand nach einem gekonnten Salto plötzlich hinter ihr.

Blitzschnell griff er nach ihren Fußgelenken, und ehe Vivienne wusste, wie ihr geschah, baumelte sie mit dem Kopf nach unten. Für einen Jungen aus Gras war der Kerl ganz schön kräftig.

Empört schnappte sie nach Luft und versuchte, sich loszureißen. Sie spürte, wie sich Ermengardes winzige Krallen in ihren Nacken gruben. Gleich darauf kroch die Ratte unter ihrem Hemdkragen durch, während der Junge Vivienne mit fest verschnürten Füßen an den nächsten Segelbaum band. Um ihre Handgelenke zu fesseln, zog er aus den Taschen seiner kurzen Hose breite Streifen hervor, die sich anfühlten, als wären sie aus Papier. Trotzdem gaben sie keinen Millimeter nach, sosehr Vivienne auch an ihnen zog und zerrte. Hilflos hing sie da und drehte sich wie ein Herbstblatt im Wind. Das kleine Nadeletui, das sie in ihrem Stiefel versteckt hatte, purzelte, nur wenige Zentimeter von Viviennes Nase entfernt, aufs Deck. Der Grasjunge schien es nicht bemerkt zu haben. Sie spürte wieder Ermengardes kleine spitze Krallen, als die Ratte über ihren Rücken nach oben krabbelte, unter ihrem Gürtel hindurch, dann in einem Hosenbein hinauf. Obwohl es furchtbar kitzelte, gelang es Vivienne, den grünen Jungen weiter wütend anzufunkeln.

»Du sagst, dein Schiff heißt *Sturmhexe*? Und wer bist du dann?

Prinz Tornado?«, versuchte Vivienne, den Jungen abzulenken, während Ermengarde sich in Sicherheit brachte.

»Prinz Tornado. Oh, gar nicht schlecht«, sagte er und tänzelte leichtfüßig um sie herum. Er beugte sich über sie und lachte ihr ins Gesicht. Vivienne zwang sich, ruhig zu atmen, während sie mit jeder Faser ihres Körpers fieberhaft überlegte, wie sie entkommen könnte.

»Meinetwegen kannst du mir einen Namen geben, irgendeinen«, sagte der Junge. »Nenn mich Hendrel, Fandor oder Tutelan. All diese Namen habe ich schon getragen. Windisch, Meriwan, Irmak. Ich habe alle vier Jahreszeiten durchlebt, wieder und immer wieder. Ich bin das Ohr der Zaubersprüche. Das Auge der Zeit. Ich bin der Sohn der Hoffnung und der Herr der Verzweiflung. Ich bin …«

»… eine Nervensäge?«, schlug Vivienne vor. Sie hatte in ihrem Leben schon gegen viele Bösewichte gekämpft. Dieser hier war wahrscheinlich auch nicht schlimmer als die anderen. Und zwei Dinge hatte sie über Bösewichte gelernt: Erstens wollten sie, dass man ihnen zuhörte. Zweitens wollten sie, dass man ihnen gegenüber Respekt zeigte. Und genau diesen Gefallen würde sie dem grünen Kerl garantiert nicht tun.

Der ließ sich gerade auf die Knie fallen und grinste ihr aus nächster Nähe ins Gesicht.

»Kommen wir nun zum geschäftlichen Teil. Ruf deine Autorin herbei. Ich brauche sie dringend.«

»Nein! Ruf sie doch selbst, wenn du sie so dringend brauchst!«, forderte Vivienne ihn auf. Ihr dröhnte allmählich der Schädel, lange würde sie dieses Über-Kopf-Hängen nicht mehr aushalten.

»Erst wenn du sie für mich herbeigerufen hast, lasse ich dich frei. Es ist schon so lange her, verstehst du. Und ich will sie überraschen«, bettelte der Junge in schmeichlerischem Tonfall.

»Dann mach mich endlich los«, forderte Vivienne. Ein unaufmerksamer Moment würde vollkommen ausreichen, sie brauchte sich nur in die Lüfte zu schwingen und davonzufliegen.

Der Junge stolperte plötzlich über das kleine Etui auf dem Boden.

»Aber natürlich«, sagte er freudestrahlend. »Ein Stich, zwei Stiche, drei oder vier – schon klopft ein Schreiberling an meine Tür.«

Und während er einen Faden durchs Nadelöhr zog, reimte er weiter: »Erst fünf Stiche, dann sechs, sieben und acht, wenn keiner kommt, wär das gelacht.«

Mit einem kräftigen Schwung drehte er Vivienne mit dem Rücken zu sich und begann mit schnellen Stichen, ihre wunderschönen blauen Flügel zusammenzunähen. Vivienne biss die Zähne zusammen. Bei jedem Stich hätte sie laut aufheulen können, doch sie war fest entschlossen, nicht einmal ein leises Wimmern von sich zu geben.

»Neun Stiche, zehn, elf und zwölf, die Geschichte krieg ich nur, wenn ich mir selber helf«, fuhr der Junge fort. »Dreizehn, vierzehn, immer im Kreis, noch sechs dazu, dann lohnt sich der Fleiß.«

Als er fertig war, schnitt er Viviennes Fußfesseln vom Segelbaum los und sie plumpste kopfüber aufs Deck, wo sie eine Weile benommen liegen blieb. Erschöpft und fassungslos, mit geschundenem Körper und schmerzenden Flügeln. Oben am Mast, ungefähr dort, wo eben noch ihre Füße gehangen hatten, erspähte sie ihre treue Ratte, die sich in der Takelage in Sicherheit brachte. Kluges Mädchen, dachte Vivienne.

»Ruf deine Autorin her.« Der grüne Junge lächelte sie an. »Komm schon, Vivienne Small. Wir müssen keine Feinde sein.«

»Meine Flügel …«, knurrte Vivienne böse.

»Aber, aber, Vivienne Small! Weißt du etwa nicht, wann es Zeit ist aufzugeben? Ruf deine Autorin.«

»Du kannst mich nicht zwingen«, zischte Vivienne, stemmte sich mit ihren gefesselten Händen hoch und schaffte es sogar aufzustehen.

»So, meinst du? Auch nicht, wenn ich das hier mache?« Eine Stimme, die halb nach ihm und halb nach ihr klang, kam plötzlich aus Viviennes Mund. *Was passierte mit ihr?*

Ein hämisches Lachen drang aus ihrer Kehle. »Hallo, ich heiße Vivienne Small und ich habe mich von einem Jungen aus Gras überrumpeln lassen«, sagte der Junge. Dieses Mal klang die Stimme tatsächlich beinahe wie Viviennes eigene.

Sie hustete kräftig, als hoffte sie, die fremde Stimme auf diese Weise loszuwerden. »Hör auf damit!«, forderte sie.

»Selbstverständlich werde ich tun, was du verlangst, liebe Vivienne«, säuselte er, und wieder waren es Viviennes Lippen, die gegen ihren Willen die Worte formten. »Du musst nur deine Autorin herbeirufen.«

»Das werde ich nicht tun«, sagte Vivienne, wieder mit ihrer eigenen Stimme. Unruhig suchten ihre dunklen Augen das Schiffsdeck nach einem scharfen Gegenstand ab, mit dem sie ihre Fesseln durchtrennen konnte, um mit dem grünen Jungen zu kämpfen. Sie schaffte es immerhin, bis auf das Steuerhaus zu hüpfen, wo sie schwankend stehen blieb. Mit ungeahnter Schnelligkeit und unglaublich treffsicher holte der Junge aus und beförderte sie mit einem harten Schlag zurück aufs Deck.

»Du wirst«, befahl der Grasjunge. »Es wäre um so vieles besser gewesen, du hättest es selbst getan. Aber egal. Wer allein lebt, muss erfinderisch sein.«

Und plötzlich tönten die Worte des Grasjungen aus Viviennes Mund, mit ihrer eigenen Stimme: »Schreiberin! Ich rufe dich!«

Zu Viviennes Entsetzen erschien ein silbrig grüner Faden, der sich vor ihrem Mund durch die Luft schlängelte.

»Nein!«, schrie sie.

»Oh, das macht Spaß!«, sagte der Junge.

Wieder bewegte er Viviennes Lippen, und ihre Stimme ertönte: »Schreiberin! Ich rufe dich!«

Länger und länger wurde der grüne Faden, als würde er aus einem unsichtbaren unerschöpflichen Vorrat herausgezogen. In kürzester Zeit hatte er sich zu einem tennisballgroßen Knäuel verschlungen, das außerhalb von Viviennes Reichweite in der Luft schwebte.

»Aller guten Dinge sind drei«, sagte der Grasjunge.

Viviennes Stimme, von ihm gesteuert, übertönte sogar das Rauschen der Wellen und das Ächzen der Takelage: »SCHREIBERIN! ICH RUFE DICH!«

Das silbrig grün schimmernde Fadenknäuel schoss senkrecht in die Luft und dann hoch hinauf in den Himmel.

»Nein! Nein! Komm nicht, Tuesday!«, schrie Vivienne, doch der Faden war schon viel zu weit weg, über ihre Welt hinaus und hinüber in eine andere geflogen, wo er sich zu seiner ganzen Länge entrollte.

Kapitel 8

Tuesday und Colette nutzten den ganzen langen verregneten Sonntag, um sich besser kennenzulernen. Das bedeutete, dass sie mehrere Partien Cluedo, Monopoly, Mikado und Scharaden spielten, außerdem ein wildes Kartenspiel, das Colette Spit nannte.

Doch als Tuesday ihr Scrabble hervorholte, winkte Colette ab. »Mit einer Schriftstellerin? Du machst wohl Witze!«

Es wurde ein seltsamer Tag, der Tuesday einerseits unendlich lang vorkam, gleichzeitig aber wie im Flug verging. Erst abends fiel ihr plötzlich auf, dass sie immer noch im Schlafanzug dasaß, den sie schon beim Frühstück getragen hatte. Ihr spätes Mittagessen aus Würstchen und Kartoffelbrei hatte darauf ein paar kleine Spuren hinterlassen. Colette hatte in der Vorratskammer einiges entdeckt, das Tuesday lange übersehen hatte.

»Wie wär's, wenn wir zum Appetitanregen vor dem Abendessen meine Koffer auspacken?«, schlug Colette vor.

Die meisten ihrer unzähligen silbernen Koffer lagerten seit ihrer Ankunft im Wohnzimmer hinter dem Sofa. Ihr Inhalt bestand hauptsächlich aus Kameraausrüstung und Filmmaterial. Colette nahm im Wohnzimmer ein paar Bilder ab und verwandelte so eine Wand in eine Art Bildschirm, auf dem sie Tuesday ihre aktuellen Projekte zeigte. Die erste Bildfolge wurde von einem kleinen Kind mit einem sternförmigen Tattoo auf der Stirn eröffnet. Es hatte sich an ein ziemlich großes Tier mit weißem Fell gekuschelt und schlief. Ein Rentier, vermutete Tuesday. Die Kamera fuhr zurück und zeigte im Hintergrund eine dunkelrot leuchtende Bergkette, davor weite, mit gelben Blumen gesprenkelte Wiesen und Menschen, die mehrere Schichten bunt gefärbter Kleidungsstücke übereinander trugen. Dann, in der nächsten Einstellung, war aus dem kleinen Kind ein Junge geworden, der inmitten einer Herde Rentiere lief, zwischen den staksigen Beinen der Tiere auftauchte und wieder verschwand. Kurz darauf ritt er, noch älter geworden, mit langen Haaren und einem Grashalm zwischen den Zähnen, auf einem Rentier durchs Bild. Die beiden erreichten einen helltürkis schimmernden Wasserlauf, der sich durch dunkle Felsen schlängelte, und das Tier senkte seinen Kopf, um zu trinken.

»Wie eine andere Welt«, sagte Tuesday leise.

»Eine Sache, die ich auf meinen vielen Reisen gelernt habe, ist, dass unsere Welt aus vielen verschiedenen Welten besteht«, sagte Colette und deutete auf die improvisierte Leinwand. »Das hier ist wieder eine andere.«

Die nächste Bildfolge begann mit den glänzenden Augen eines kleinen Mädchens, das von seiner Mutter in einem safrangelben Tuch auf dem Rücken getragen wurde. Die Mutter stakte ein kleines Boot einen flachen braunen Fluss hinunter. Tuesday konnte die drückende Schwüle des Urwalds, dessen Dickicht zu beiden Seiten über das Flussufer hinauswucherte, beinahe spüren. Die darauffolgende Einstellung zeigte dasselbe Mädchen, wie es – als vielleicht knapp Fünfjährige – singend an einem groben Holztisch am Ufer saß und für sein Alter verblüffend geschickt einen langen grünlichen Fisch von seinen Schuppen befreite. Die Szene ging nahtlos in eine andere über, in der aus dem Mädchen eine junge Frau geworden war, die an derselben Stelle am Fluss ihre Fische zum Verkauf anbot. Im geflochtenen Haar trug sie eine große rote Blüte und sie feilschte selbstbewusst mit einem Mann in einem Boot um den Preis des Fisches, der neben ihr in einem Korb zappelte.

»Du hast so viele erstaunliche Dinge gesehen. All die Orte, an denen du schon warst, all die Menschen, die du getroffen hast … einfach unglaublich«, sagte Tuesday mit einem leisen, sehnsüchtigen Seufzer.

Colette sah das Mädchen prüfend an. Tuesday wiederum betrachtete die feinen Linien um Colettes Mund und die vielen kleinen Lachfältchen in ihren Augenwinkeln. Im Licht des Films nahmen ihre haselnussbraunen Augen einen grünen Schimmer an. Manchmal wirkten sie eher dunkelbraun, dann wieder hatten sie kleine goldene Einsprengsel.

»Du wirst dich erinnern, Tuesday. Ganz sicher«, sagte Colette sanft.

»Erinnern, woran?«

»Daran, dass jeder Tag etwas Magisches haben kann«, erwiderte ihre Patentante.

Tuesday lächelte wehmütig.

»Sich an etwas erinnern und es nie vergessen ist sehr schwer«, sagte Colette und tippte sich an den Kopf. »Wir vergessen andauernd irgendetwas, immer wieder verlieren wir etwas in den Tiefen unseres Gehirns. Es muss nur in die falsche Schublade geraten und, schwuppdiwupp, schon ist es vergessen!«

Tuesday nickte. Ihre größte Angst war, dass sie sich irgendwann vielleicht nicht mehr an ihren Vater erinnern, dass sein Bild mit der Zeit verblassen würde. Sie wusste noch, wie erschrocken sie gewesen war, als die Zeit sich beim Tod ihres Vaters geweigert hatte, stehen zu bleiben. Wie konnte man es zulassen, dass die Sonne auf- und unterging, als wäre nichts gewesen? Jeder neue Tag zog sie weiter fort von jenem letzten Mal, als sie mit ihm gesprochen, ihn in den Arm genommen und sein Gesicht gesehen hatte.

»Komm, Kindchen, ich finde, wir haben genug Filme angeschaut«, sagte Colette. »Sieh doch mal nach, ob deine Mutter schon zurück ist. Vielleicht möchte sie mit uns zu Abend essen.«

Bei dem Gedanken an ihre Mutter huschte ein Lächeln über Tuesdays Gesicht. »Okay.«

»Komm mit, Hündchen«, forderte Colette Baxterr auf, der auf dem Teppich ein kleines Nickerchen hielt. »Schauen wir mal, was wir in der Küche finden.«

Tuesday rannte, zwei Stufen auf einmal nehmend, die Treppe hinauf. Auf dem letzten Absatz, vor der Tür zum Arbeitszimmer ihrer Mutter, blieb sie wie angewurzelt stehen. Seit ihr Vater gestorben war, hatte sie den Raum kaum betreten.

Tuesday zögerte. Es war das gleiche Gefühl wie damals, als sie zum ersten Mal heimlich die Schreibmaschine ihrer Mutter benutzt hatte. Als sie zum ersten Mal den Silberfaden gesehen hatte, der die Schriftsteller in *jene andere Welt*, die Welt ihrer Geschichten, entführte. Niemals würde sie vergessen, wie es sich anfühlte, zu dem einsamen Baum auf dem grünen Hügel transportiert zu werden, in der Großen Bibliothek die Bibliothekarin zu besuchen oder Vivienne Small zu begegnen. All das erschien ihr jetzt so lange her und so weit entfernt, als wäre es einer anderen Tuesday McGillycuddy passiert.

Sie drückte den Lichtschalter. Nichts deutete darauf hin, dass Serendipity schon zurückgekehrt war. In der Mitte des Zimmers hatte Colette ihre Hängematte aufgebaut. Darauf lag ihr dicker Pelzmantel, den sie als Bettdecke benutzte. Neugierig strich Tuesday über das raue, borstige Fell an den Rändern. Sie hatte zwar noch nie in ihrem Leben ein Yak gestreichelt, aber ungefähr so musste es sich anfühlen. Je tiefer sie die Hände in das Fell schob, desto dichter und weicher fühlte es sich an. Es roch nach Kiefernnadeln und Holzfeuer.

Tuesday nahm sich fest vor, ihre Patentante später zu fragen, wie sie zu diesem Mantel gekommen war.

Neben dem Mantel lag eine zusammengerollte, bunt gestreifte Decke, deren Farben Tuesday an einen Karneval in der Wüste erinnerten: Gold, Aquamarin, Rosa und Gelb. Auseinandergefaltet entpuppte sich die Decke als ein großer Wollponcho. Colette hätte sicher nichts dagegen, wenn sie ihn einmal anprobierte. Der Umhang reichte Tuesday bis über die Hände, seine langen Fransen an den vier Ecken berührten beinahe den Boden. Warm und weich und herrlich kuschelig fühlte er sich an und duftete, genau wie der Pelzmantel, nach Kiefernnadeln und Lagerfeuer. Colette war mit Abstand die aufregendste Patentante, die man sich vorstellen konnte.

Tuesday drehte mit dem Poncho ein paar schwindelnd schnelle Pirouetten, bis seine leuchtenden Farben vor ihren Augen verschwammen. Direkt vor Serendipitys Schreibtisch kam sie zum Stehen. Ein leeres Blatt Papier war in die Schreibmaschine ihrer Mutter eingespannt, das offensichtlich schon länger darauf wartete, beschrieben zu werden. Vom Fenster her, das nur leicht angelehnt war, drang ein kühler Luftzug ins Zimmer. Tuesday legte die Hand auf die regennasse Fensterscheibe, hinter der die Lichter der Stadt zu einem undeutlich schimmernden Meer verschwammen. Das Mädchen zuckte erschrocken zusammen, als es draußen einen feinen Faden erblickte. Zuerst sah es so aus, als würde er ungeduldig an die Scheibe klopfen. Dann schlängelte er sich durch den schmalen Fensterspalt und kreiste schwebend durch den Raum, als suche er etwas.

Tuesday streckte ihre Hand nach ihm aus. *Wie seltsam, der Faden ist grün*, dachte sie, als er plötzlich ihre Anwesenheit zu bemerken schien, geradewegs auf sie zuschoss und sich blitzschnell um ihr Handgelenk wickelte.

Er umschlang sie so fest, dass er ihr in die Haut schnitt.

»Du tust mir weh!«, rief Tuesday erschrocken und versuchte, sich zu befreien.

Aber der Faden zog sich nur noch enger um ihr Handgelenk zusammen.

»Baxterr«, schrie Tuesday voller Angst. »Strubbel? Baxterr! Colette?«

Unten in der Küche spitzte Baxterr die Ohren, dann sauste er, so schnell ihn seine kurzen Hundebeine trugen, die Treppe hinauf. Doch als er Serendipitys Schreibzimmer im fünften Stock des Hauses erreicht hatte, war das Zimmer leer. Das große Fenster stand sperrangelweit offen und von Tuesday war weit und breit nichts zu sehen.

Mit einem Satz sprang Baxterr auf den Schreibtisch und starrte ängstlich aus dem Fenster in den dunklen Abendhimmel. Dann, plötzlich, setzte eine wundersame Verwandlung ein: Eben noch hatte er ausgesehen wie ein ganz normaler kleiner Hund. Jetzt wuchsen ihm goldbraune pelzige Flügel aus dem Rücken, die er auf so natürliche Weise ausbreitete, wie ihr eure Arme ausbreiten würdet. Die Flügel wurden größer und größer und mit ihnen wuchs der ganze Hund.

Gerade als das mächtige Tier ansetzte, sich aus dem Fenster hinaus in die Lüfte zu schwingen, ertönte hinter ihm eine Stimme.

»Sieh sich einer das an! Fantastisch! Unglaublich! Aber ich hoffe, du hattest nicht vor zu verschwinden, ohne mir zu sagen, wo es hingeht!«, rief Colette Baden-Baden.

Baxterr winselte, den Blick sehnsüchtig in die Dunkelheit draußen vor dem Fenster gerichtet.

»Wer weiß, vielleicht braucht sie dich bei dieser Angelegenheit nicht«, sagte Colette.

Baxterr antwortete mit einem lauten Bellen.

»Verstehe«, antwortete Colette. »Und du bist wirklich ganz sicher, dass da irgendetwas nicht stimmt?«

Wieder bellte Baxterr, dieses Mal etwas sanfter.

»Na schön, wie du meinst. Aber ich fürchte, ich werde dich begleiten müssen.«

»Hrrrrrr«, knurrte Baxterr.

»Du vergisst, dass auch ich Serendipity versprochen habe, auf ihre Tochter aufzupassen. Du bist ein Hund, der zu seinem Wort steht – und ich stehe genauso zu meinem.«

Baxterr winselte und schüttelte seinen goldbraunen Wuschelkopf.

»Und wenn es zehnmal gegen die Regeln verstößt – das ist mir egal. Ich weiß, dass du meine Hilfe nicht brauchst, um Tuesday zu beschützen. Aber ich werde dich nicht allein gehen lassen. Ob es dir gefällt oder nicht, ich bin für sie verantwortlich.«

Widerspruchslos glitt Baxterr jetzt neben Colette zu Boden.

»Bequemer als ein Kamel scheinst du jedenfalls zu sein«, stellte sie fest. »Jetzt brauche ich nur noch meinen Mantel und meinen Hut.«

Wenn jemand an diesem regnerischen Abend zum Himmel geschaut hätte, hätte er möglicherweise, mit etwas Glück, einen dunklen Schatten beobachten können, der aussah wie ein Bär, der auf dem Rücken eines riesigen Vogels davonflog. Zurück blieb das Haus in der Brown Street, das trotz seiner hell erleuchteten Fenster jetzt menschenleer war.

Kapitel 9

Tuesdays Flug war alles andere als ruhig und beschaulich. Mit atemberaubender Geschwindigkeit hatte der grüne Faden sie aus dem Fenster hinaus in den Regen gerissen. Sie hatte noch nie einen Faden erlebt, der sie so unerbittlich hinter sich hergezogen hatte. Sie kniff die Augen fest zu, während eiskalte Regentropfen in ihr Gesicht peitschten. Ihre Hände waren beinahe erstarrt vor Kälte. Immerhin hatte sie Colettes großen warmen Poncho dabei, den sie immer fester um sich zog.

Sie fragte sich, was so dringend sein mochte, dass es anscheinend nicht warten konnte. Brauchte ihre Mutter Hilfe? Oder vielleicht Vivienne? Und wo war Baxterr? Mit zusammengekniffenen Augen spähte Tuesday zurück in den dichten Regen. Bestimmt würde ihr Hund hinter ihr herfliegen.

»Baxterr!«, schrie sie. »Baxterr!!!«

Doch er war weit und breit nicht zu sehen.

Mit einem Schlag hörte es auf zu regnen. Die Wolken, die Stadt, das schlechte Wetter, alles war plötzlich verschwunden. Tuesday sah nur noch Sterne um sich herum. Unnachgiebig riss der grüne Faden sie weiter – fest, viel zu fest hielt er ihr Handgelenk und mittlerweile auch ihre Taille umschlungen.

Weiter und immer weiter flog sie durch die Dunkelheit, so schnell, dass ihr Haar im Fahrtwind trocknete. Schließlich tauchte in der Ferne ein vertrautes helles Licht auf, das schnell größer wurde, und ihre Beklommenheit ließ ein wenig nach.

Endlich spürte sie ihre Zehen wieder. *Keine Schuhe*, schoss es ihr durch den Kopf. Sie hatte nur Strümpfe an, die immer noch feucht vom Regen waren. Bald erkannte Tuesday unter sich einen grünen Hügel, auf dem ein uralter, einsamer Baum stand.

»Ich hoffe, es gibt einen guten Grund für all das hier«, knurrte sie in den Fahrtwind, der ihr die Worte aus dem Mund riss.

Noch einmal warf Tuesday einen Blick zurück, doch von Baxterr fehlte nach wie vor jede Spur. Ohne ihn war sie noch nie hier gewesen. Es fühlte sich falsch an.

Während der Faden auf den Baum zuflog, machte sie sich zur Landung bereit.

»Halt«, schrie sie, »halt, stopp!«, als der Faden sie nicht wie erwartet freigab, sondern sie, so viel sie auch zog und zerrte, einfach um den Baum herumwirbelte.

»Ich möchte ja nicht unhöflich sein«, rief Tuesday dem Baum hastig zu, »aber ich brauche dringend Schuhe! Ganz egal, was für welche, nur passen sollten sie. Es tut mir leid, aber ich bin anscheinend sehr in Eile!«

Der Faden riss Tuesday unerbittlich weiter und sie hatte schon Angst, dass der Baum ihre Bitte vielleicht nicht gehört hatte. Doch plötzlich sah sie, dass die höchsten Zweige des Baumes zurückschnellten und zwei kleine Gegenstände, wie von einem Katapult geschleudert, hinter ihr hergeflogen kamen. Der erste kam direkt auf sie zu, den zweiten schnappte sie sich, bevor er links an ihr vorbeisausen konnte: zwei regenbogenbunte Sportschuhe mit grünen Schnürsenkeln. In einem von ihnen steckte ein Paar trockener Strümpfe.

»Vielen Dank!«, rief Tuesday dem Baum noch zu und seine Blätter antworteten mit einem kurzen Rascheln, das sie aus der Entfernung allerdings nicht mehr hören konnte.

Weiter und immer weiter riss der Faden sie mit sich, über unendliche Nebelfelder hinweg, bis es ohne Vorwarnung plötzlich in die

Tiefe ging. Tuesday tauchte in einen dichten Schleier aus weißem Nichts ein. Auf der anderen Seite erwartete sie ein düsterer Winterhimmel. Eiskalte, salzige Luft wehte ihr entgegen und peitschte ihr ins Gesicht, als der Faden wieder Fahrt aufnahm. Sie hielt ihre neuen Schuhe fest an sich gepresst, während sie über sturmgepeitschte Wellenberge hinwegflog. Mit schäumender Gischt brachen sich die Wellen an hoch aufragenden, zerklüfteten Felsen. Tuesday erkannte die vertrauten Klippen und Buchten der Ruhelosen See und atmete für einen kurzen Moment erleichtert auf. Doch so stürmisch und wild hatte sie das Wetter in Vivienne Smalls Welt bisher noch nie erlebt und so bitterkalt erst recht nicht. Schnee und Eis bedeckten das Land unter ihr und die hohen Bäume des Pfefferminzwaldes waren zu stahlgrauen Gerippen erstarrt.

In der Ferne, weit draußen auf dem Meer, schwankte ein Schiff auf den Wellenbergen. Sein spitz zulaufender, messerscharf geschnittener Bug kam Tuesday bekannt vor, doch der schwarz schimmernde Anstrich und die strahlend weißen Segel des Schiffes sahen frisch und neu aus. Keine Spur von den Schimmelflecken und den tiefen Rissen und Schrammen, die sie nur allzu gut kannte. Während sie weiter in rasender Geschwindigkeit auf das Schiff zuflog, fragte sie sich, wie es gegen den Wind Kurs halten konnte, trotz getrimmter Segel und obwohl von der Besatzung weit und breit nichts zu sehen war. Sie entdeckte nur eine einsame Gestalt, die am Steuer stand. Tuesday sah etwas Grünes aufblitzen. Es hatte die gleiche Farbe wie ihr Faden. Im selben Moment entdeckte sie neben dem Steuerhaus eine zweite, auffallend kleine Person.

Ein kräftiger Ruck ging durch den Faden und riss Tuesday mit unverminderter Geschwindigkeit nach unten. Bevor sie wie ein Sack Kartoffeln auf die harten, glitschigen Schiffsplanken purzelte, blieb ihr gerade noch Zeit, Vivienne Small zu erkennen, die neben einer leuchtend grünen, schlaksigen Gestalt mit wild abstehenden Haaren stand. Der grüne Faden ließ Tuesday los, rollte sich zu einem Knäuel auf und hatte sich im nächsten Augenblick, wie die erloschene Flamme einer Kerze, in Luft aufgelöst.

Tuesday rieb sich die von ihrer harten Landung schmerzenden Knie und rappelte sich auf, um Vivienne zu begrüßen. Der grüne, schlaksige Kerl neben ihr überragte sie um mehrere Längen. Er grinste Tuesday entgegen, als habe er sich noch nie in seinem Leben so gefreut, jemanden zu sehen. Dabei hatte er einen Arm bedrohlich eng um Viviennes Hals geschlungen.

Was für ein merkwürdiges Wesen, dachte Tuesday. Der Junge sah aus, als wäre er aus sehr langen, dicht miteinander verwobenen Grasbüscheln gemacht. Neben ihm wirkte Vivienne noch winziger, als sie ohnehin war. Ihr kleines Gesicht, in dem sich Kinn- und Wangenknochen deutlich abzeichneten, erschien Tuesday noch knochiger als sonst. Wie schmal sie geworden ist, schoss es ihr durch den Kopf. Als ihr Blick auf Viviennes Flügel fiel, staunte sie nicht schlecht. Sie sahen immer noch aus wie aus geschmeidigem, leuchtend blauem Leder, waren aber viel breiter und größer, als Tuesday sie in Erinnerung hatte. Erst auf den zweiten Blick bemerkte sie, dass die herrlichen Flügel an den Rändern grob mit einer Art Angelschnur zusammengenäht worden waren. Ob dieser Junge Vivienne das angetan hatte?

»Ich habe dich nicht hergerufen. Das war –«, krächzte Vivienne. Weiter kam sie nicht, denn der Grasjunge verstärkte seinen Klammergriff um ihren Hals.

»Still, Vivienne Small«, sagte er und drückte so fest zu, dass sie einen kleinen, erstickten Schmerzensschrei ausstieß. »Wir haben einen Gast. Es sieht so aus, als würde heute ein unglaublich *grüner* vielversprechender Tag werden, findest du nicht?«

»Was hast du mit ihr gemacht? Lass sie los!«, rief Tuesday, sprang auf den Grasjungen zu und versuchte, ihn von Vivienne loszureißen. Sie war überrascht, wie sehnig sich der Arm des Jungen anfühlte und wie mühelos er ihrem Griff entglitt und Vivienne mit sich zog.

»He, Schreiberin! Bist du nicht froh, mich zu sehen? Wo bleibt die Begrüßung? Wo sind die Tränen, die du vor lauter Wiedersehensfreude vergießen solltest? Bist du nicht froh darüber, dass ich den Tag des Großen Bruchs überlebt habe?«

Tuesday runzelte die Stirn. »Wer bist du?«

»Wage es nicht, so zu tun, als ob du dich nicht an mich erinnerst!«

»Ich verstehe nicht, was du meinst«, erwiderte Tuesday. Wieder zog der Junge seinen Arm um Viviennes Hals ein bisschen enger, sodass sie vor Schmerz zusammenzuckte. Ihre Augen funkelten kampflustig. Tuesday verstand sofort: Vivienne und sie mussten schnellstmöglich einen Weg finden, diese Kreatur irgendwie abzulenken. Anscheinend glaubte er, dass Tuesday ihn kannte. Doch sie hatte keinen Schimmer, wer er war, sie hatte ihn noch nie gesehen.

»Es tut mir leid«, sagte Tuesday. »Aber die Reise hierher kam sehr überstürzt und unerwartet. Alles ging so unglaublich schnell, dass ich noch gar keinen klaren Gedanken fassen kann. Meine Füße sind ganz nass, siehst du? Und mit nassen Füßen kann ich einfach nicht denken.« Tuesday zeigte auf ihre feuchten Strümpfe. »Könntest du mir bitte helfen, sie auszuziehen? Es ist so bitterkalt, dass meine Finger und meine Zehen schon blau gefroren sind.«

Der Junge blinzelte verwirrt.

»Bitte«, wiederholte Tuesday.

»Ich werde dir helfen«, drang Viviennes Stimme aus der Umklammerung des Jungen.

»Meinetwegen«, knurrte er, gab sie widerwillig frei und schubste sie unsanft zu Tuesday.

»Lauf!«, schrie Tuesday, sobald Vivienne frei war, und versetzte dem Jungen einen kräftigen Tritt ans Schienbein, als er sich auf sie stürzen wollte.

Genau in diesem Moment rollte eine riesige Welle gegen das Schiff. Tuesday und Vivienne wurden hoch in die Luft geschleudert, bevor sie zurück aufs Deck plumpsten. Vivienne landete auf dem Bauch, Hände und Flügel auf den Rücken gefesselt. Tuesday knallte mit dem Ellbogen hart auf die Holzplanken, dabei fiel ihr einer ihrer Schuhe aus der Hand. Der Junge drehte einen perfekten Salto in der Luft und landete mit einem Fuß auf Viviennes Rücken. Er lachte, vollkommen unbeeindruckt vom Schlingern des Schiffes.

»Schön hiergeblieben, ihr beiden! Jedenfalls bis ich euch etwas anderes sage«, grinste er. »Ist das klar? Und jetzt, liebste Schreiberin, sag doch bitte, dass du dich an mich erinnerst.«

Tuesday runzelte die Stirn, dann schüttelte sie den Kopf.

Der Junge stieß einen lauten Schrei aus. Es klang wie eine Mischung aus Schmerz und Enttäuschung.

»Wie kannst du es wagen? Ich habe dich gerettet. *Du bist mein einziger Freund*, genau das hast du immer gesagt. Du hast versprochen, mich niemals zu vergessen. Dann hast du mich dort unten alleingelassen.«

Tuesday warf einen fragenden Blick zu Vivienne, die vergeblich versuchte, sich aufzurichten. Der Junge drückte sie unerbittlich mit seinem Fuß zu Boden.

»Das ist lange her, nicht wahr, Schreiberin? Aber jetzt sind wir wieder vereint«, fügte er mit seiner seltsam singenden Stimme hinzu.

Vorsichtig rutschte Tuesday ein paar Zentimeter weiter und angelte nach dem verlorenen Schuh. Sie begann, ihre feuchten Strümpfe aus- und das trockene Paar anzuziehen. Dabei bewegte sie sich ruhig und langsam, um möglichst wenig Aufmerksamkeit zu erregen und sich nicht wieder den Zorn des Jungen zuzuziehen. Insgeheim machte sie sich bereit, bei der nächsten Gelegenheit einen neuen Fluchtversuch zu wagen. Währenddessen redete der Junge unaufhörlich weiter.

»Ich habe gewartet. *Ich werde dir immer Geschichten erzählen und dir jeden Tag welche schicken*, hast du mir versprochen. Doch dann hast du damit aufgehört. Ich habe gewartet. Habe mich mit anderen Dingen beschäftigt. Aber das reichte mir irgendwann nicht mehr. Ich wurde immer hungriger, doch du hast mir keine Geschichten geschickt. Und dann kam der Große Bruch. Alles fing an, zu wackeln und zu schwanken, als wäre aus dem Land plötzlich ein Meer geworden. Ich dachte, es wäre das Ende der Welt. Ich habe gegraben und gegraben. Die *Sturmhexe* habe ich mitgebracht. Sieh nur, wie groß und prächtig sie geworden ist! Und *ich* erst! Dann habe ich diese Welt hier entdeckt. Und ich habe *die* da gefunden.« Er zeigte auf Vivienne.

Tuesday hörte ihm nachdenklich zu. Ein Schiff namens *Sturmhexe*? Es hatte eine verblüffende Ähnlichkeit mit der *Silberfisch*, einer nagelneuen, auf Hochglanz polierten *Silberfisch*.

Doch der Junge ließ ihr keine Zeit zum Nachdenken, er redete ohne Punkt und Komma weiter. »Wenn du schon meinetwegen nicht kommen wolltest, *ihretwegen* würdest du kommen. Bei all den Geschichten über *sie*, die du mir geschickt hast! Also habe ich Vivienne Small gesucht und gefunden. Aber jetzt brauche ich sie nicht mehr, sie hat ihren Zweck erfüllt.«

Er riss Vivienne hoch und stellte sie wieder auf die Füße. Tuesday fing den Blick ihrer Freundin auf, die mit einem sekundenschnellen Zwinkern auf die Takelage über ihrem Kopf wies. Tuesday antwortete mit einem unmerklichen Kopfnicken, ohne jedoch dem Blick nach oben zu folgen.

Der Junge beugte sich über die finster blickende Vivienne und grinste ihr ins Gesicht. »Ach, wie schade, meine kleine Vivienne Small«, säuselte er, »es wird Zeit für dich, aus dieser Geschichte zu verschwinden. Irgendwelche letzten Worte? Gut, dann eben nicht – und tschüss!« Mit seinem grünen Arm riss er Vivienne hoch und schleuderte sie mit erstaunlicher Kraft über die Reling.

Vivienne flog in hohem Bogen durch die Luft, bevor sie wie ein Stein ins Wasser fiel.

»Nein!«, schrie Tuesday, als sie sah, wie eine Riesenwelle Viviennes zarten Körper mitsamt ihren blauen Flügeln verschluckte.

Doch der Junge lachte nur. »Du kannst uns nicht beide haben. Das würde nicht funktionieren.«

Tuesday stürzte an die Reling und hoffte verzweifelt, dass ihre Abenteurerfreundin zwischen den Wellenbergen auftauchen würde. Hatte sie dort in der schäumenden Brandung nicht gerade eine blau schimmernde Flügelspitze gesehen? Da. Nein, hier. Oder dort? Unaufhaltsam bahnte sich das Schiff seinen Weg durch die Wellen, und schon lag die Stelle, wo Tuesday ihre Freundin vielleicht zum letzten Mal gesehen hatte, weit, weit hinter ihnen.

»Wie konntest du nur!«, schrie Tuesday, vergaß für einen kurzen Moment die mörderischen Kräfte des Jungen und stürzte sich auf ihn. »Du hast sie umgebracht! Du hast Vivienne Small umgebracht!«

»Hoppla!«, kicherte der grüne Kerl glucksend und entschlüpfte mit unheimlicher Geschicklichkeit und Schnelligkeit ihrem Griff. »Wie wär's mal mit Zuhören, Schreiberin? Das hier ist meine Geschichte. Und in der ist für Vivienne Small kein Platz. Es soll doch zwischen uns genauso werden, wie es einmal war.«

Tuesday fühlte sich auf einmal furchtbar elend. Vielleicht lag es an ihrer überstürzten Reise von der Brown Street hierher oder an all dem Schrecklichen, das sie seit ihrer Ankunft erlebt hatte. Möglicherweise war es auch nur der hohe Seegang, der ihr zu schaffen machte, aber sie hatte plötzlich das Gefühl, als müsste sie sich übergeben.

»Du meine Güte, wie wunderschön grün du auf einmal geworden bist!«, stellte der Junge freudestrahlend fest.

»Ich weiß nicht, was du meinst!«, fauchte Tuesday und stützte sich an der Reling ab. Sie atmete tief durch und bemühte sich, ihren aufgewühlten Magen zu beruhigen. Doch es half nichts. Obwohl ihr Mittagessen mit Colette schon eine Weile her war und sie zum Abendessen gar nicht mehr gekommen war, erbrach sie sich über die Reling, bis ihr Magen wirklich nichts mehr hergeben wollte.

Als sie sich endlich umdrehte, stand der Junge abwartend hinter ihr. »Wer bist du?«, fragte sie.

»Ich bin Loddon!«, antwortete der Junge überrascht und lachte. »Weißt du noch? Du hast mir eine Kiste geschenkt, in der ich sicher war.«

Plötzlich schien sich tief in Tuesdays Erinnerung eine Schublade zu öffnen und im Geiste hörte sie, wie die Stimme ihrer Mutter einen kleinen Reim aufsagte:

Von einem Baum weit hinten im Garten
ruft ein Kind namens Loddon:
»Will nicht mehr warten!«

An die nächsten Zeilen erinnerte sie sich nicht mehr, nur der Schluss des Gedichts fiel ihr wieder ein:

Vielleicht ruft er noch immer, ich weiß es nicht,
ich schenkte ihm eine Kiste,
in der ist er sicher, geschützt vor dem Licht.

»Loddon?«, murmelte sie leise.

Nein, das konnte nicht sein. Er war bloß eine Fantasiegestalt aus einem Gedicht, das Serendipity ihr aufgesagt hatte – ein Junge, der hungrig war nach Geschichten. Was machte er hier? Und warum hatte er nach ihr gerufen?

»Ja, ich bin's!«, rief Loddon. Er klatschte begeistert in die Hände und strahlte sie an. »Wir sind wieder vereint. Endlich!«

Kapitel 10

Colette Baden-Baden hatte im Laufe ihres bewegten Lebens schon viele außergewöhnliche Dinge getan. Sie hatte in drückender Hitze Urwälder erforscht, war auf eisblaue Gletscher gestiegen, hatte rot glühende Wüsten durchwandert, war über regenbogenfarbene Sandsteinfelsen geklettert und hatte auf schmalen Ziegenpfaden Berggipfel erklommen, die über den Wolken lagen. Doch dies war ihr erster Ritt auf dem Rücken eines Geflügelten Hundes und ihr Herz schlug in rasendem Galopp, als Baxterr pfeilschnell hinauf in den nächtlichen Himmel schoss.

Viele Menschen kneifen die Augen fest zu, wenn sie Angst haben. Colette dagegen gehörte zu den wenigen, die, wenn Gefahr droht, nicht einmal imstande sind zu blinzeln. Mit Augen groß wie Untertassen starrte sie hinunter auf die Stadt mit ihren Wolkenkratzern, breiten Straßen und grünen Parks und auf das glitzernde Lichtermeer, das schon bald in der Ferne unter ihr zu einem kleinen, hell schimmernden Fleck verschwamm. Sie spürte plötzlich, wie mit einem leisen Plopp der Druck auf ihren Ohren nachließ. Gleichzeitig löste sich die Starre in ihren Lidern und sie schloss erleichtert für einen kurzen Moment die Augen. Als sie sie wieder öffnete, war der helle Fleck in der Tiefe verschwunden, und es gab nur noch das beruhigende, rhythmische Schlagen von Baxterrs pelzigen Flügeln, die sie immer höher hinauf in den mit Sternen übersäten Nachthimmel trugen. Erst jetzt fiel Colette auf, dass sie sich mit beiden Händen an seinem Nackenfell festkrallte.

»Du bist wirklich ein toller Hund, Strubbel, das muss man dir lassen«, sagte sie, als sie sich endlich wieder gefangen hatte. »Diese Fliegerei ist einfach … berauschend. Gefällt mir.«

»Waff«, antwortete Baxterr.

In diesem Moment erschien ein schmaler Lichtstreifen am Horizont – ein goldener Schimmer, wie man ihn manchmal aus einem Flugzeugfenster sieht, wenn man einem neuen Tag schneller entgegenfliegt, als er entschwinden kann. So, wie ein Schriftsteller eigentlich immer Stift und Notizblock dabeihat, war Colette nur höchst selten ohne Kamera unterwegs. Jetzt verfluchte sie sich im Stillen selbst, weil sie in der Eile nur nach Hut und Mantel gegriffen hatte und nicht schnell nach unten gelaufen war, um ihre Ausrüstung zu holen. Sie bezweifelte, dass vor ihr schon irgendjemand den Ort gefilmt hatte, zu dem sie gerade unterwegs war – und schon gar nicht vom Rücken eines Geflügelten Hundes aus. Bei dem Gedanken lief ihr ein wohliger Schauer über den Rücken und sie konnte ihr Glück kaum fassen, auf einem Geflügelten Hund zu reiten – wohin auch immer er sie bringen mochte.

Der goldene Lichtstreifen am Horizont wurde breiter und breiter, bis der Himmel über einer dichten, ellipsenförmigen Wolkenschicht in hellem Blau erstrahlte. Aus dieser Wolke ragte ein grüner Hügel hervor, auf dem ein einzelner, prächtiger Baum stand. Sein Stamm war dicker als der dickste Baobabbaum, den Colette je gesehen hatte. Baxterr flog direkt darauf zu. Oberhalb des Baumes legte er sich ohne Vorwarnung in eine steile Kurve. Beinahe wäre Colette schräg zur Seite abgerutscht, wenn sie nicht in letzter Sekunde ihre Finger tief in sein Nackenfell gegraben hätte.

»Musste das sein?«, fragte sie zähneknirschend.

»Waff«, sagte Baxterr.

»Nein, ich finde das nicht lustig«, schimpfte Colette. »Du hättest mich wenigstens vorwarnen können!«

Baxterr bellte.

»Ja, aber warum?«, fragte Colette zurück.

Anstelle einer Antwort stürzte Baxterr sich geradewegs in die Wolke hinein, die über dem grünen Hügel hing. Feuchtkalte Nebelschwaden streiften Colettes Gesicht, bevor sie auf der anderen Seite wieder auftauchten. Anders als gedacht, wartete jedoch keine sonnenbeschienene Welt auf sie, sondern eine Dunkelheit, die Colette unendlich tiefer erschien als die tiefste Nacht, die sie je erlebt hatte. Außerdem wimmelte es in dieser Dunkelheit von kugelförmigen Planeten und anderen Himmelskörpern. Rot gestreifte waren darunter und gelbe und orangefarbene mit Punkten. Es gab rubinrote und smaragdgrüne, saphirblaue und türkisfarbene, andere wiederum schimmerten wie Opale oder Turmaline. Manche Himmelskörper waren rund, andere länglich. Einige hatten die Form von Obelisken oder Halbmonden. Wieder andere sahen aus wie Quallen oder Seesterne, wie Schneckenhäuser oder Spiralen. Obwohl Colette wusste, dass es nicht so war, hatte sie das Gefühl, unter dem Meeresspiegel zu sein. Einige der schwebenden Dinger waren riesig groß, andere winzig klein und sie bewegten sich mit rasender Geschwindigkeit oder schwebten träge dahin. Es gab transparente und undurchsichtige Körper, gemusterte und glitzernde. Sie schimmerten hell wie das Mondlicht oder schwarz wie eine Katze um Mitternacht. Colette zwinkerte kein einziges Mal, mit offenem Mund drehte sie ihren Kopf hierhin und dorthin, um dieses unglaubliche und unvorstellbare Schauspiel in sich aufzunehmen. Wo waren sie? War sie aus dem ihr bekannten Universum hinaus- und in ein anderes gefallen? Ja, so musste es sein, entschied sie, und auf einmal war sie sich ganz sicher.

Baxterr schien ein klares Ziel anzusteuern. Seine Schnauze war direkt auf einen der Himmelskörper ausgerichtet, eine riesige Kugel, die in allen Regenbogenfarben sanft schimmerte wie von Regentropfen reflektierte Sonnenstrahlen. Als sie näher kamen, konnte sie durch den schimmernden Regenbogen eine schneebedeckte Bergkette erkennen, hinter der sich ein dunkles Waldgebiet erstreckte. Das unruhige, vom Wind gepeitschte Meer und die steil aufragende zerklüftete Felsenküste kamen ihr irgendwie bekannt vor. War das nicht …? Ja, natürlich, warum nicht?, schoss es ihr durch den Kopf. Sie war zwar mindestens zehn Jahre nicht in der Brown Street gewesen, aber das Wunderbare am Reisen war, dass man überall Orte fand, wo es Bücher gab – neue oder gebrauchte –, und Colette kannte sich in Vivienne Smalls Welt mindestens ebenso gut aus wie ihr.

Das sind sie, all diese Welten, dachte sie staunend, die Welten der Bücher und Geschichten. Der Anblick berührte sie so sehr, dass ihre Augen auf einmal feucht wurden und ihr eine dicke Träne übers Gesicht rann.

»Waff, waff«, warnte Baxterr, bevor er die Ohren anlegte und seine Flügel zusammenfaltete.

Colette verstärkte ihren Griff und bereitete sich darauf vor, dass sie gleich durch die glasartige Hülle stoßen und in Vivienne Smalls Welt hineinfliegen würden. Baxterr schaffte es mühelos, mit Schnauze, Augen, Ohren und Schultern durch die schimmernde Außenschicht zu gelangen. Was auf Colette Baden-Baden leider nicht zutraf. Wie ein Insekt, das gegen eine Autoscheibe fliegt, klatschte sie gegen die Membran und verlor den Halt. Verzweifelt versuchte sie, sich irgendwo festzuhalten, doch die glasartige Oberfläche war viel zu glatt. Während Baxterr weiterflog, rutschte Colette ab, immer weiter, bis es nichts mehr zum Festhalten gab und sie ins Leere fiel.

Colette fiel und fiel. Es fühlte sich an, als würde ihr Herz in seiner panischen Angst in ihrem Hals flattern wie ein verschreckter Vogel. *Wenn du in meinem Hals steckst, müsstest du aber eigentlich ein Frosch sein*, dachte Colette, und dieser kleine Witz erinnerte sie daran, dass sie sich immer fest vorgenommen hatte, ihrem Tod mit einem Lächeln im Gesicht zu begegnen.

So trudelte sie langsam – mal mit dem Kopf, mal mit den Füßen zuerst – in die Tiefe. Wie bunte, phosphoreszierende Christbaumkugeln wirbelten die schimmernden Welten um sie herum. So musste sich eine Ameise fühlen, die aus Versehen in ein Kaleidoskop hineingeraten war.

»Colette, das hier wirst du nicht überleben«, stellte sie im Fallen nüchtern fest. »Aber es gibt schlimmere Todesarten, als von einem Geflügelten Hund zu fallen«, versuchte sie, sich zu trösten. »Immerhin sehe ich dabei unglaubliche Dinge, ich sehe die Welten der Bücher. So etwas bekommt man schließlich nicht alle Tage geboten.«

Colette sah in den Welten, an denen sie vorbeiflog, tatsächlich Unglaubliches. War das dort wirklich ein Wasserfall aus Schokolade? Und das da drüben ein grünes Schaf? War das dort neben dem Jungen, der auf einem Wolf ritt, wirklich ein Bär? Balancierte dort auf dem Hochseil ein kleines Mädchen in einem roten, mit Pailletten besetzten Kleid? War das dort tief unter dem Meer ein U-Boot?

Während sie immer weiter fiel, redete Colette die ganze Zeit vor sich hin. »Weißt du noch, was sie beim Fallschirmspringen immer gesagt haben? *Nichts tut weh außer der Landung.* Und selbst das ist nach einer knappen Millisekunde schon vorbei. Wahrscheinlich hat man nicht einmal Zeit, überhaupt etwas zu spüren. Wahrscheinlich wird alles um dich herum nur schwarz. Oder gelb. Oder grün. Ich fände Orange am besten. Ein leuchtendes, sattes Orange. Auf jeden Fall ist es ein besserer Tod als verhungern. Auch besser als ertrinken. *Viel* besser als verbrennen. Ja, vom Himmel zu fallen ist gar nicht so schlecht.«

Allmählich wurde ihr ein wenig schwindelig, wie hoch in den Bergen, wo einem langsam der Sauerstoff ausgeht.

»Allerdings gibt es da ein Problem, Colette. Wie willst du dein Versprechen halten, auf Tuesday aufzupassen, bis Serendipity wieder zurück ist, wenn du jetzt stirbst? Also ich finde, du darfst nicht sterben. Noch nicht. Auch wenn dieser Sturzflug an den bunten Welten vorbei noch so angenehm sein mag. Du musst versuchen, nicht weiter zu fallen.«

Wie einige von euch vielleicht auch schon herausgefunden haben, ist es gar nicht so leicht, gegen die Schwerkraft anzukämpfen. Man braucht dazu Auftrieb und Schubkraft, Flügel aus Federn oder Reptilienhaut oder ein ausgeklügeltes technisches Gerät. Nichts von alldem stand Colette momentan zur Verfügung. Und so wurden die Welten um sie herum immer verschwommener, ihre Gedanken immer verworrener und ihre Augen immer schwerer, bis sie schließlich zufielen. Obwohl sie nichts unversucht ließ, um bei Bewusstsein zu bleiben (unter anderem versuchte sie eine Zeit lang sogar, Opernarien zu singen), wurde Colette Baden-Baden ohnmächtig.

Kapitel 11

Kurz nachdem sie bewusstlos geworden war, fiel Colette auf eine breite, mit braunweißem Kuhfell überzogene Liege. Sie war Teil einer Art Sitzgruppe vor einem flackernden Kaminfeuer, zu der außerdem ein dazu passender Sessel, zwei kleinere Sofas und zwei Teppichläufer gehörten. Auf den letzten Metern verlangsamte sich der rasante Sturzflug zu einem sanften Schweben, dem eine ebenso weiche Landung folgte. Colettes großer Körper begrub die ganze Liege unter sich. Auf dem Bauch, alle viere von sich gestreckt, den Kopf zur Seite gedreht, lag die stattliche Frau da wie ein ausgebreitetes langhaariges Tierfell. Unweit von ihr, an einem Arbeitstisch voller seltsamer Instrumente und Gerätschaften, saß ein Mann und werkelte konzentriert in einer Art überdimensionalem Goldfischglas herum. Da Colette bei ihrer Landung nicht aufgewacht war, nutzte er den Moment, sich seinen Gast erst einmal in Ruhe anzusehen.

Einige von euch haben vielleicht schon erraten, dass es sich bei dem Mann um den Gärtner handelte. Er hörte das pelzige Wesen auf seinem Sofa leise schnarchen. Erst auf den zweiten Blick erkannte er, dass in dem Mantel aus Yakfell, den Bärenfellstiefeln und der Waschbärmütze (er kannte diese wilden Tiere gut) eine Frau steckte. Der Gärtner kratzte seinen zotteligen weißen Bart und blickte nachdenklich durch die Öffnung im Dach seines Gewächshauses.

»Früher hätte ich mir so manches Mal gewünscht, dass eine Frau vom Himmel fiele«, murmelte er. »Aber jetzt, wo es geschehen ist, weiß ich nicht so recht, wie ich damit umgehen soll.«

Er sah an sich herunter. Das Hemd, das er anhatte, war dasselbe, das er schon eine ganze Zeit lang Tag und Nacht getragen hatte. Es konnten mehrere Wochen gewesen sein, so genau wusste er es nicht mehr. Die Vorderseite des Hemdes war, ebenso wie seine Hose, mit dunklen Kaffeeflecken und deutlichen Spuren vergangener Mahlzeiten übersät. Unter seinen Fingernägeln und in den Hautfalten an den Knöcheln hatten sich Reste von Erde und Sand, Schlamm und Kies, Kleber und Farbe festgesetzt. Die zu einem langen Zopf geflochtenen Haare hingen ihm wie ein alter, ausgefranster Strick über den Rücken. Seine Stiefel waren mit einer dicken Staubschicht überzogen, und er roch vermutlich nicht viel besser als das Ein-Mann-Zelt, das er auf seinen Inspektionsreisen zu den Welten außerhalb des Gewächshauses immer dabeihatte.

»Sollte mich wohl zur Abwechslung selbst mal ein wenig instandsetzen«, murmelte er und betrachtete die Frau auf dem Sofa.

Seit er sein Amt als Gärtner übernommen hatte, wurde er ständig von unvorhergesehenen Aufgaben überrascht, die es zu bewältigen galt. Einerseits brauchten die Welten routinemäßige Wartungen, gleichzeitig folgte jedoch jede einzelne von ihnen ihrem eigenen Rhythmus und brachte seine Arbeitspläne durcheinander. Im Laufe der Zeit hatte der Gärtner herausgefunden, dass er nie vorhersagen konnte, wann ein Schriftsteller in seiner Welt wieder irgendeinen Aufruhr auslösen würde. Wenn sich ein Problem nicht im Gewächshaus lösen ließ – mit all den Instrumenten und Gerätschaften, die ihm hier in den Regalen, Schubladen und Kisten zur Verfügung standen –, musste er sich in die jeweilige Welt hineinbegeben und den Schaden vor Ort beheben. So etwas dauerte manchmal mehrere Tage oder sogar Wochen, sodass er mit seinen Arbeiten ständig im Rückstand war.

Wenn es sich um eine einfache Aufgabe handelte – wenn etwa ein Fluss drohte, einen Damm zu durchbrechen, eine Spezies außer Kontrolle geriet und beinahe die anderen auslöschte oder ein Wirbelsturm alles durcheinandergebracht hatte – konnte der Gärtner seine Einsätze bequem vom Gewächshaus aus erledigen. Doch häufig gab es andere, wesentlich kompliziertere Probleme zu lösen. Neu geschaffene Welten gerieten manchmal in eine gefährliche Schräglage, sodass ihre Drehachse neu ausgerichtet werden musste. Oder sie wurden zu schnell zu groß und brachten damit sich selbst und andere Welten in Gefahr. Manche schon etwas altersschwache Welten drohten fortzutreiben, sodass er sie mit einem Lasso wieder einfangen musste. Gelegentlich kam es vor, dass ein ganzer Trupp von Nebenfiguren mitten auf einem endlosen Ozean trieb oder auf der falschen Seite eines Katastrophengebietes strandete. Ihnen zu Hilfe zu eilen oder sie wieder auf einen sicheren Weg zu lenken, zählte zu den schwierigeren Aufgaben des Gärtners.

Im Gewächshaus gab es weder Tag noch Nacht und damit auch weder Wochen noch Monate. Die Sonne ging nicht auf und demnach auch nicht unter. Der Gärtner lebte in permanenter Dunkelheit, umgeben von Himmelskörpern, die unaufhörlich um ihn kreisten, an ihm vorüberschwebten und wieder verschwanden. Immer wenn er das Gefühl hatte, es wäre mal wieder Zeit für ein Frühstück, erschienen auf einem langen Beistelltisch im Handumdrehen alle Zutaten, die man für ein leckeres Frühstück brauchte. Genauso funktionierte es auch mit dem Abendessen. Doch seit er den Posten von seinem Vorgänger übernommen hatte, hatte es immer wieder Phasen gegeben, in denen er zu jeder Mahlzeit gefrühstückt hatte. Abgesehen von seiner Hündin Apache, die sich auf dem kleinen Teppich zusammengerollt hatte und schlief, lebte der Gärtner allein hier oben. Doch jetzt hatte er Gesellschaft in Gestalt einer pelzigen Frau bekommen und er hielt es für das Beste, sich gastfreundlich zu zeigen.

Als Colette Baden-Baden aufwachte, erblickte sie als Erstes ein Paar auf Hochglanz polierte Cowboystiefel aus feinstem Schlangenleder, gefolgt von zwei langen Beinen, die in einer sorgfältig gebügelten Jeans steckten, darüber eine Gürtelschnalle in Form eines Büffelkopfes und ein rot kariertes Hemd mit Perlmuttknöpfen. Über dem Hemdkragen folgte das glatt rasierte Gesicht eines Mannes mit grauen Haaren, die er zu einem ordentlichen Zopf zusammengebunden trug. Er hatte auffallend blaue Augen und sah sie von einem benachbarten Sofa aus warmherzig an.

»Guten Tag. Ich bin der Gärtner und ich habe Kaffee gekocht«, sagte er mit seltsam näselndem Tonfall.

Er schenkte Colette eine Tasse ein, während sie sich langsam aufrichtete und in dieser seltsamen Behausung umsah. Ihr Blick wanderte über die Kuhfellteppiche und die Gemälde an den Wänden, auf denen Ponys leichtfüßig über endlos weite Prärien galoppierten. An zwei identischen Hutständern hing eine ganze Sammlung mehr oder weniger weißer Cowboyhüte unterschiedlichen Alters. Eine lange Reihe Metallhaken an der Wand war mit großen Schlingen unterschiedlich langer und dicker Seile bestückt. Daneben lehnte ein Bootshaken. In einem kreisrunden Kamin flackerte ein freundliches Feuer. Davor lag ein riesengroßer weißer Hund mit einem dunkelbraunen Fleck über einem Auge und betrachtete sie neugierig.

»Schätze, Sie haben mir das Leben gerettet«, sagte Colette zu dem Mann, während sie sich insgeheim fragte, ob sie vielleicht tot war und das hier das Leben danach. Als er ihr die Tasse reichte, stieg ihr der Duft von Malzkaffee in die Nase. Sie hatte eine große Schwäche für Malzkaffee.

»Sind Sie ein Schriftsteller?«, fragte Colette stirnrunzelnd.

»Oh, das war ich einmal. Aber jetzt bin ich der Gärtner. Freut mich, Sie kennenzulernen, gnädige Frau.«

»Colette Baden-Baden«, antwortete Colette schroff und schüttelte seine ausgestreckte Hand.

»Nun, Miss Baden-Baden«, sagte der Gärtner in seinem leicht schleppenden Südstaatler-Tonfall, »Sie scheinen ein wenig vom Kurs abgekommen zu sein. Meiner Erfahrung nach – so begrenzt sie auch sein mag – ist es höchst ungewöhnlich, dass jemand hier einfach vorbeischneit. Wohin waren Sie denn unterwegs und was wollten Sie dort?«

Colette holte tief Luft. Der Kaffee tat seine Wirkung und sie spürte, wie ihre Kräfte allmählich zurückkehrten.

Sie war sich immer noch nicht sicher, ob sie noch lebte, aber tot war sie allem Anschein nach auch nicht. Sie fragte sich, ob dieser Gärtner bei klarem Verstand war, aber wahrscheinlich war er auch nicht verrückter als manch anderer, den sie in ihrem Leben schon getroffen hatte. Sie kaute an ihrer Unterlippe und versuchte, eine Antwort auf diese schwierige Frage zu formulieren. Sie überlegte, wie viel sie diesem Mann über Serendipity, Tuesday und die Brown Street, über Silberfäden und die Tatsache, dass sie auf einem Geflügelten Hund unterwegs gewesen war, erzählen durfte. Doch bevor sie den Mund aufmachen konnte, kam plötzlich Baxterr hereingeflogen und landete auf einem der großen Teppiche.

»Ha!«, knurrte Colette. »Hast du mich doch gefunden!«

»Waff«, antwortete Baxterr, nahm wieder seine alltägliche flügellose Gestalt an und sah aus wie ein harmloser kleiner Hund mit goldfarbenem, strubbeligem Fell und treuen braunen Augen. Er sprang auf Colette zu.

»Waff, waff, waff«, fuhr er fort, sprang schwanzwedelnd an ihrem Bein hoch und legte seine Pfoten auf ihre Knie.

»Sag bloß!«, antwortete Colette. »Ich kann dir versichern, für mich war es auch nicht gerade angenehm. Ich weiß, du hast mich gewarnt, aber bis es passiert ist, habe ich nicht verstanden, warum jemand, der kein Schriftsteller ist …«

»Baxterr?«, sagte der Gärtner.

»Waff«, begrüßte Baxterr den weißhaarigen Mann freudig. »Waff, waff, waff!«

»Wuuuff.« Apache war aufgesprungen und wedelte mit dem langen, buschigen Schwanz. Neben der riesigen Hündin sah Baxterr aus wie ein Zwerg, und als sie ihn spielerisch mit ihrer breiten Schnauze anstupste, fiel der kleine Hund sofort um. Er rappelte sich wieder auf, als wäre nichts gewesen, und setzte sein Gespräch mit Colette fort.

»Waff, waff, waff«, bellte er.

»Ja, ich verstehe, du platzt beinahe vor Ungeduld und willst Tuesday so schnell wie möglich finden. Mir geht es doch genauso. Aber vielleicht bekommen wir hier Hilfe, was meinst du?«

»Wuuuff?«, meldete sich wieder die große weiße Hündin mit ihrem tiefen, freundlichen Bellen, wedelte mit dem Schwanz und sah Baxterr fragend an.

»Ich glaube, ich kann deine Frage beantworten«, mischte Colette sich ein. »Obwohl er gerade erst angekommen ist, will er schnell wieder fort, weil er sich Sorgen um seinen Menschen macht.«

»Aber natürlich, das Fräulein Tuesday«, sagte der Gärtner und runzelte besorgt die Stirn. »Wie kommt es, dass Baxterr und sie getrennt wurden? Das erscheint mir nicht normal.«

»Waff!«, stimmte Baxterr ihm zu.

Der Gärtner wandte sich an Colette. »Darf ich mich noch einmal richtig vorstellen: Ich bin der Gärtner, aber mein Name ist Silver Nightly, und ich versichere Ihnen, dass Freunde von Tuesday und Baxterr auch meine Freunde sind.«

»Waff, waff«, bellte Baxterr.

»Wuuuff, wuuuff«, bellte Silver Nightlys Hündin.

Colette seufzte tief. »Wo soll ich nur anfangen?« Dann berichtete sie Silver Nightly von Denis und wie furchtbar das Jahr nach seinem Tod für alle gewesen war. Ohne Namen oder Einzelheiten zu nennen, erzählte sie ihm, wie Tuesdays Mutter fortgegangen war und wie sie, Colette, als Tuesdays Patentante feierlich versprochen hatte, sich während ihrer Abwesenheit um Tuesday zu kümmern.

»Wie Sie selbst sehen, brauchen wir dringend Hilfe. Anscheinend ist es für mich unmöglich, in Vivienne Smalls Welt vorzudringen, weil die Gesetze dieses Universums es einfach nicht zulassen. Ich bin keine Schriftstellerin. Doch offenbar kommt Baxterr überallhin. Gilt das für Ihre Hündin Apache auch?«

»Sie kennen ihren Namen?«, fragte Silver Nightly.

»Sie hat ihn mir selbst gesagt.«

Der Gärtner sah sie überrascht an.

»Zweifellos hat sie in mir jemanden erkannt, dem man einen Namen anvertrauen kann. Aber, bitte, was würden Sie in unserer misslichen Lage vorschlagen?«

Silver Nightly fuhr sich mit der Hand durch seine weißen Haare. »Sie sind ein ganz besonderer Fall, Miss Baden-Baden. Ich denke, es gibt nur eine Person, die dieses Problem lösen könnte. Und das ist die Bibliothekarin.«

»Die Bibliothekarin?«

»Jepp. Eine äußerst interessante Frau. Eine, der man am besten nicht in die Quere kommen sollte. Aber in solch einer verzwickten Lage – noch dazu in Anbetracht von Tuesdays jungem Alter – wäre es ihr sicher wichtig, die junge Dame wohlbehalten in ihrer Geschichte zu wissen. Nicht zuletzt, damit sie gut damit vorankommt. Ich weiß zwar nicht, ob die Bibliothekarin es zulassen wird, dass Sie sich da einmischen. Aber es kann trotzdem nicht schaden, sie zu fragen.«

»Und wo ist diese Bibliothekarin?«, fragte Colette und sah auf die beiden langen Stege draußen vor dem Gewächshaus, die aussahen, als könnte jeden Augenblick ein Schiff dort anlegen. Ihr fiel auch auf, dass nur zu einem der beiden Stege eine Tür führte.

»Oh nein«, lachte Silver Nightly, als er ihren Blick bemerkte. »Frau Bibliothekarin ist in der Großen Bibliothek. Die ist so weit von hier entfernt, dass es weiter kaum geht. Angenommen, dies hier wäre der Südpol, dann wäre sie am Nordpol. Trotzdem bleibt ihr nichts verborgen. Wenn ich zu Beginn meiner Amtszeit hier Fehler gemacht habe – vielleicht etwas zu viel des Guten tun wollte, hier einen Eroberungszug gestoppt, dort einen Brief gefunden und einen Jungen wieder mit dem Mädchen zusammengebracht habe, das er liebte –, hatte sie manchmal nicht nur Nettes dazu zu sagen. Es ist immer eine Gratwanderung. Schon der kleinste Eingriff kann das größte Chaos auslösen. Gärtner ist … nun ja … eine Berufung.«

»Können Sie mir ein wenig von Ihrer Arbeit zeigen?«, bat Colette.

Baxterr winselte und schüttelte seinen zotteligen Kopf.

»Ich werde wahrscheinlich nie wieder hierherkommen. Nur ein paar Minuten, dann geht's weiter. Oh, warum habe ich nur meine Kamera nicht mitgenommen!«

Baxterr schien sich damit zufriedenzugeben, nur sein Schwanz zitterte nervös und seine Pfoten fanden keine Ruhe. Wer ihn gut kannte, sah sofort, dass er schrecklich ungeduldig war, aber viel zu gut erzogen, um es zu zeigen.

Silver Nightly führte Colette zu einer langen Werkbank mit einer Anordnung verschiedenster Instrumente und Metallarme, die mit Tüchern verhüllte kugelförmige Objekte festhielten. Eins der Tücher zog er beiseite und reichte Colette eine seltsame Brille, wie Augenärzte sie bei Untersuchungen benutzen.

»Mit diesem Ding werden Sie wesentlich besser sehen können«, erklärte er.

Colette schob sich die Brille auf die Nase und sah in die Welt hinein, die jetzt um ein Vielfaches vergrößert war.

Sie erkannte eine Stadt. Hohe, in ihrem alten Glanz stolz in den Himmel ragende Häuser säumten die Straßen, in denen sich eine Menschenmenge versammelt hatte. Einige von ihnen trugen Fackeln oder schwenkten rote Fahnen, und alle marschierten gemeinsam und schienen dabei zu singen. Colette beobachtete, wie schwarz glänzende Kanonen über das unebene Kopfsteinpflaster bugsiert wurden. Das beeindruckende Gemäuer vor ihnen musste die Bastille, das geschichtsträchtige französische Gefängnis, sein. Die ganze Szene sah aus wie eingefroren, als hätte jemand einen Zauberstab geschwungen und alle Menschen mitten in ihrer Bewegung erstarren lassen.

»Der vierzehnte Juli 1789«, flüsterte sie andächtig.

Silver Nightly lachte leise. »Sie können sich gar nicht vorstellen, wie oft ich diese Fahnen schon erneuern musste! Sie werden völlig in Fetzen gerissen.«

»Merken die Menschen dort gar nicht, dass alles angehalten wird?«

»Für sie ist es, als hätten sie alle gleichzeitig nur einmal kurz geblinzelt«, erklärte der Gärtner.

Plötzlich tauchte über ihren Köpfen etwas auf und Colette hob instinktiv den Kopf. Durch die Vergrößerungsbrille des Gärtners sah sie eine riesige Weltkugel, die direkt auf sie zuflog, und stieß einen erschrockenen Schrei aus.

Geistesgegenwärtig riss Silver Nightly ihr die Brille von der Nase und Colette atmete erleichtert auf. Die Welt bewegte sich tatsächlich auf das Gewächshaus zu, war jedoch noch ein ganzes Stück von ihnen entfernt.

»Aha, mächtig interessant. Mächtig interessant«, murmelte Silver Nightly und rieb sich das Kinn.

»Was passiert da?«, wollte Colette wissen.

»Oh, die kommt nur zu einer Routinekontrolle«, erklärte der Gärtner. »Um ehrlich zu sein, stand sie auf meiner Dringlichkeitsliste ganz oben. Macht mir schon seit einiger Zeit Sorgen. Aber das Timing ist erstaunlich passend.«

Fasziniert beobachtete Colette, wie die Weltkugel sich einem der langen Stege näherte, die seitlich des Gewächshauses abgingen. Als die Kugel schließlich gelandet war, rollte sie über den Steg auf sie zu. Auf ihrem Weg begann sie zu schrumpfen, und als sie durch eine Klappe durch die Wand des Gewächshauses hereinkam, war sie kaum größer als ein Goldfischglas. Über eine gläserne Rutsche fiel sie schließlich mit einem leisen Zischen auf ein Samtkissen auf der Werkbank des Gärtners.

Baxterr verließ seinen Platz neben Apache, trottete zur Werkbank und schnüffelte an der Weltkugel. »Waff, waff«, bellte er.

»Kluger Hund«, sagte Silver Nightly. »Das dort ist keine andere als Vivienne Smalls Welt.«

Colette erinnerte sich an die auf Hochglanz polierte Außenhülle der Welt, von der sie vor Kurzem abgerutscht war.

»Das könnte uns eine Menge Ärger ersparen«, stellte Colette fest, während der Gärtner eine drehbare Lampe über die Kugel schwenkte und einen Teil der Außenhülle abnahm, als wäre es ein Deckel.

Dann zögerte er kurz. »Von Rechts wegen dürfte ich Ihnen das nicht zeigen, aber da Sie so gut wie zur Familie gehören und die Kleine noch so jung ist, kann ich sicher eine Ausnahme machen und Sie einen Blick hineinwerfen lassen.«

Colette setzte sich auf Silver Nightlys Arbeitsstuhl und zog die Vergrößerungsbrille wieder auf die Nase. Sie erkannte Vivienne

Smalls Welt auf den ersten Blick. Dort war die Ruhelose See, dahinter die schneebedeckten Berge von Margalov. Im Pfefferminzwald herrschte tiefster Winter, der Wasserlauf des Rythwyck war zugefroren.

»Wie kalt es ist«, stellte Colette verblüfft fest.

»Ich weiß«, sagte Silver Nightly besorgt und lehnte sich neben Colette an die lange Werkbank. »Ich habe überlegt, ob ich sie nicht ein wenig aufwärme. Nur ein oder zwei Grad. Aber für so etwas hätte die Frau Bibliothekarin überhaupt kein Verständnis. Dieser Winter hält jetzt schon eine ganze Weile an und es scheint immer kälter zu werden. Aber noch viel seltsamer ist das, was Sie dort im Süden sehen. Das bereitet mir wirklich große Sorgen.«

Colettes Blick wanderte über die Ruhelose See bis zu den Xunchilla-Inseln und darüber hinaus. Sie schnappte erschrocken nach Luft. »Das sieht nicht gut aus.«

»Wie Sie deutlich sehen, verläuft er mitten aus der Wüste bis ins Meer hinein«, erklärte Silver Nightly.

»Ist das normal?«, fragte Colette, »dass Welten plötzlich so große Risse bekommen?«

»Ich habe so etwas noch nicht gesehen, aber so lange mache ich den Job ja auch noch nicht. Dieser Riss ist schon vor einiger Zeit aufgetreten. Als es passierte, war die Welt gerade ganz in der Nähe, sodass ich es sogar gehört habe. Ein furchtbares Geräusch war das. Als Gärtner steht es mir nicht zu, in den Verlauf der Geschichte einzugreifen. Möglicherweise sollte darin eine Art Erdbeben vorkommen. Doch als die Welt dann kurz darauf zu einer Routinekontrolle hereinkam, herrschte dort plötzlich Winter. Ein tiefer, bitterkalter Winter. Und ich könnte verdammt noch mal schwören, dass er schon über ein Jahr anhält. Auch dieser Riss hat sich seitdem kein bisschen verändert.« Nach einer kurzen Pause fuhr der Gärtner fort: »Eine hässliche Sache, dieser Riss. Er geht ganz durch. Aber noch viel merkwürdiger ist, dass alles so einsam und verlassen aussieht, wie ausgestorben. Irgendetwas stimmt da nicht.«

»Wie in der Brown Street«, murmelte Colette halblaut.

Silver Nightly setzte selbst auch eine Brille auf und sie inspizierten gemeinsam die seltsam veränderte Welt.

»Dort ist ein Schiff«, meldete Colette, als sie auf dem aufgewühlten Meer einen schaukelnden Mast erspähte.

»Es scheint sich also doch etwas zu tun«, sagte Silver Nightly, »ein gutes Zeichen, würde ich sagen.«

»Es ist ein Dreimaster. Auf der Fahne, die er gehisst hat, ist ein Blitz zu sehen«, verkündete Colette.

Silver Nightly nickte. »Ist anscheinend doch nicht so einsam und verlassen, wie ich dachte.«

Colette kniff die Augen zusammen und die Vergrößerungsgläser schienen sich automatisch scharf zu stellen. Auf dem Schiffsdeck erkannte sie eine Gestalt mit leuchtend grünen Haaren. Sie war sehr groß und hielt die Arme ausgestreckt, als habe sie gerade etwas in die Luft geworfen. Colettes Blick wanderte weiter über die Flanke des Schiffes und hielt erstaunt inne: Das Mädchen, das dort in Colettes regenbogenfarbenen Poncho gehüllt stand, war eindeutig Tuesday! Ihre Patentante war erleichtert zu sehen, dass das Kind wenigstens dem Wetter entsprechend gekleidet war. Dieser spezielle Poncho hatte Colette schon auf so mancher Expedition begleitet.

»Dort, im Wasser«, rief Colette aus, als sie in den Wellen etwas Blaues aufblitzen sah.

Es konnte sich nur um Vivienne Small handeln! Blau war die Farbe ihrer Flügel. Was bedeutete, dass auch der Rest von Vivienne Small dort im Meer schwamm. Colette zählte zwei und zwei zusammen und folgerte, dass dieses grüne Wesen Tuesdays Freundin ins Wasser geworfen hatte.

»Ach du meine Güte«, stöhnte Silver Nightly, nachdem er die Szene eine ganze Weile inspiziert hatte. »Tuesday hat wahrhaftig Talent, immer in irgendein Abenteuer hineinzugeraten. Aber meistens gelingt es ihr auch, heil wieder herauszukommen. Es mag ein bisschen gefährlich aussehen, aber diese mutige junge Lady lässt sich von nichts und niemandem unterkriegen.«

»Ich muss zu ihr«, sagte Colette, warf entschlossen ihre Vergrößerungsbrille beiseite und sah Silver Nightly fest an. »Können Sie mich irgendwie dorthinein bringen?«

Der Gärtner nahm ebenfalls die Brille ab und richtete sich zu voller Größe auf, wobei ihm auffiel, dass Colette genauso groß, wenn nicht sogar noch ein bisschen größer war als er. Kopfschüttelnd sagte er: »Das darf ich nicht. Tut mir leid, aber es ist wirklich streng verboten. Diese Welt wird das Labor schon bald wieder verlassen und danach … nun ja, wie Sie wissen, gibt es für das Betreten einer Welt sehr strenge Vorschriften.«

»Was ist mit dieser Bibliothekarin? Könnte sie mich hineinbringen?«

»Sie könnte … aber sie wird es nicht tun.«

»Ich habe eine Fürsorgepflicht«, sagte Colette Baden-Baden. »Ich habe mein Wort darauf gegeben, dass ich auf Tuesday aufpasse. Und ich fürchte, diese seltsame grüne Kreatur könnte ihr gefährlich werden.«

»Waff, waff«, meldete Baxterr sich zu Wort.

»Ja, du könntest zu ihr gehen. Ja, ich denke tatsächlich, das solltest du«, stimmte Colette ihm zu. »Aber vorher bringst du mich zu dieser Bibliothekarin. Wann wird diese Welt wieder da draußen sein?«, fragte sie den Gärtner und deutete mit einer vagen Handbewegung auf die Weltkugeln, die über dem Gewächshaus dahinschwebten.

»Ruck, zuck«, antwortete er.

»Waff«, bellte Baxterr.

Silver Nightly zog fragend die Augenbrauen hoch, doch Colette blieb ihm eine Erklärung schuldig.

»Ich wünschte, ich hätte Ihnen helfen können«, sagte Silver Nightly.

»Das wünschte ich auch, Herr Gärtner.«

Sie verabschiedeten sich knapp, dann sah der Gärtner Colette und Baxterr nach, als sie in die Dunkelheit hinausflogen. Der Hund wackelte zum Gruß ein paarmal mit seinen Flügeln, dann waren die beiden im Universum der Welten verschwunden.

Apache jaulte laut auf. Der Gärtner tätschelte ihren Kopf.

»Was für ein Hund. Was für eine Frau«, murmelte er und starrte noch eine Weile in den dunklen Himmel.

Kapitel 12

Höher und höher stieg Baxterr mit Colette auf seinem Rücken und wich dabei geschickt den um sie herumschwebenden Weltkugeln aus. Die beiden flogen so weit, bis über ihnen am Himmel nichts mehr zu sehen war außer einem blassen Nebelschleier. Zu Colettes großer Erleichterung schien der Nebel sie dieses Mal widerstandslos in sich aufzunehmen. Ein angenehmer, zimtähnlicher Duft umwehte sie. Einen Moment lang waren sie ganz von undurchdringlichem Weiß eingeschlossen. Als sie auf der anderen Seite wieder herauskamen, blickte Colette völlig überwältigt auf das prächtige weiße Gebäude unter ihnen herab. Es lag inmitten eines herrlichen, geometrisch angelegten Parks mit schmalen Wegen und Brunnen. Jetzt am frühen Abend badete das Gebäude geradezu in dem hellen Lichtschein, der aus den zahlreichen bodentiefen Terrassenfenstern strömte. Seine Längsseite ging auf einen breiten, gemauerten Balkon hinaus, an dessen Brüstung in regelmäßigen Abständen Ferngläser angebracht waren.

Colette zuliebe flog Baxterr in einem weiten Bogen einmal um das ganze Gebäude herum. Seine pelzigen Flügel bewegten sich sanft und lautlos wie die einer Eule.

»STELL DIR VOR …«, las Colette im Vorbeifliegen laut die Inschrift vor, die in Stein gemeißelt über dem Haupteingang stand und gleichermaßen als Vorschrift, Einladung und Mahnung zu verstehen war.

Baxterr landete unterhalb des hell erleuchteten Balkons und der gepflegten Rasenflächen, auf die bereits lange Schatten fielen. Im nächsten Atemzug hatte er auch schon wieder seine normale Größe angenommen. Eine Mischung aus Rosen- und Fliederduft stieg Colette in die Nase.

»Und wo finden wir jetzt diese Bibliothekarin?«, fragte sie den Hund.

»Waff«, antwortete Baxterr.

»Du meinst, wir sollten leise sein?« Colette flüsterte jetzt beinahe. »Aber weißt du den Weg?«

»Strubbel?«, fragte eine Stimme.

Ein hochgewachsener Junge kam aus den Tiefen des Parks auf sie zu und schlich geduckt über die Rasenfläche. Seine Kleidung sah ziemlich mitgenommen und schmuddelig aus, wie Colette auf den ersten Blick feststellte. An den Füßen trug er nachlässig geschnürte Kampfstiefel, auf dem Kopf eine zerrissene Jagdmütze. Sein Gesicht und die nackten Arme waren von oben bis unten mit blutigen Schrammen und blauen Flecken übersät, und alles war von hellgrauem Aschestaub bedeckt, als hätte er zu nah an einem explodierenden Gebäude gestanden.

Baxterr stürmte sofort auf den Jungen zu, sprang ihm mit einem Satz auf den Arm und leckte ihm das Gesicht ab.

»Sachte, sachte, er ist doch kein Lammbraten«, sagte Colette.

Der Junge warf ihr einen strengen Blick zu, der sie seltsamerweise an Jack Bonner, einen ihrer Lieblings-Actionhelden, erinnerte.

»Und würden Sie mir vielleicht verraten, wo Tuesday ist?«, fragte er barsch.

»Wer möchte das wissen?«, gab Colette ebenfalls leicht kratzbürstig zurück.

»Blake«, sagte der Junge, setzte Baxterr ab und richtete sich stolz zu voller Größe auf. »Blake Luckhurst.«

Colette starrte ihn mit offenem Mund an und brachte im ersten Moment nur einen seltsam erstickten Laut heraus. »Du …

du …«, stotterte sie schließlich. »Du bist Blake Luckhurst, der Schriftsteller, stimmt's?«

Blake grinste breit und sein wichtigtuerisches Draufgänger-Actionheld-Gehabe fiel von ihm ab. »Ja, der bin ich.«

»Ich bin ein großer Fan deiner Bücher«, sagte Colette mit Nachdruck. »Jack Bonner ist einfach …«

Colette errötete plötzlich, nahm ihren Hut ab und starrte verlegen auf ihre Fußspitzen. Dann sagte sie hastig mit rauer Stimme: »Was ich besonders mag, ist, dass du genau weißt, wie Bombengeräusche klingen. Und was Menschen tun, die vor Angst außer sich sind. Du weißt, wie man Menschen in eine brenzlige Lage versetzt, aber auch, wie man sie dort wieder herausholt. Du hast ein Händchen dafür, Herzrasen bei deinen Lesern zu verursachen. Du verrätst nie zu viel, aber auch nicht zu wenig. Ich, also ich …« Colette schienen ausnahmsweise einmal die Worte zu fehlen. »… ich danke dir für viele wunderbare Abende, die ich nur mit einer Lampe, einem Schlafsack und einem Buch verbracht habe. Du bist noch so jung und schon so talentiert. Hut ab! Es ist mir eine Ehre, dich kennenzulernen.« Sie streckte ihm ihre große Hand entgegen.

»Vielen, vielen Dank, Frau …?«, entgegnete Blake und schüttelte ihr großmütig die Hand, als habe er ein solches Lob aus dem Munde seiner Fans schon oft gehört.

»Ich bin Colette Baden-Baden«, stellte Colette sich vor und Baxterr bellte wie zur Bestätigung. »Ich bin Tuesdays Patentante und eine langjährige Freundin ihrer Mutter und ihres Vaters.«

»Mr McGillycuddy«, sagte Blake schmerzlich berührt. »Ein einzigartiger Mensch, von denen es nicht viele gibt. Tragisch.«

»Du sagst es. Er war mein ältester Freund«, seufzte Colette.

Baxterr bellte verhalten.

Blake verzog traurig das Gesicht und schüttelte den Kopf. »Es tut mir so leid. Ich wusste nicht, was ich tun sollte. Tuesday hat kaum auf meine Anrufe reagiert.«

»Wir können es alle immer noch nicht fassen«, stimmte Colette ihm zu. »Doch jetzt gibt es dringende Angelegenheiten, um die wir uns kümmern müssen.«

»Das heißt also, Tuesday … ist mit Ihnen hier?«, fragte Blake. »Oder irgendwo anders?«

»Ich bin hier, weil ich die Bibliothekarin um Hilfe bitten möchte«, erklärte Colette.

»Um Hilfe?«, wiederholte Blake und schluckte.

»Waff«, bellte Baxterr leise dazwischen. »Waff, waff.«

»Ja, du hast recht, Strubbel«, antwortete Colette. »Selbstverständlich musst du jetzt gehen. Du bist schon über alle Maßen geduldig gewesen. Von hier aus komme ich allein zurecht. Flieg du ruhig los und such nach Tuesday. Sorg dafür, dass ihr nichts passiert. Beeil dich! Und komm zurück, sobald du etwas herausgefunden hast. In der Zwischenzeit werde ich versuchen, diese Bibliothekarin zu finden. *Vite! Quick!*«

Eine weitere Ermunterung brauchte Baxterr nicht. Im Handumdrehen war er auf die beachtliche Größe eines Geflügelten Hundes gewachsen und schwang sich mit wenigen kräftigen Bewegungen hoch in die Lüfte.

Kapitel 13

Es klingt vielleicht wie ein großer Spaß, ohne Vorwarnung in eine völlig andere Welt hineingewirbelt zu werden. Stellt euch vor, wie aufregend es wäre, von einer kräftigen Brise getrieben, auf einem stolzen Segelschiff durch meeresgrüne Wellenberge zu jagen, neuen unbekannten Abenteuern entgegen. Aber wie fändet ihr es, wenn euch plötzlich klar würde, dass es von diesem Schiff kein Entkommen gibt, weil ihr von jemandem gefangen gehalten werdet, der vielleicht nicht komplett verrückt, aber auf jeden Fall unberechenbar und grausam ist?

Tuesday hatte soeben miterlebt, wie dieser Jemand ihre liebe Freundin – die sie, seit sie lesen konnte, für ihren Heldenmut bewundert hatte – zu einem Bündel verschnürt, über Bord geworfen und wahrscheinlich ertränkt hatte. Ohne Baxterr an ihrer Seite fühlte Tuesday sich furchtbar hilflos. Ihr Herz flatterte wie eine Motte, die sich zu nah an eine heiße Lampe gewagt hat. Was sollte sie nur tun? Sie wusste – genau wie ihr –, dass sie sich in einer Geschichte befand. Aber wessen Geschichte war es? War sie selbst gerade im Begriff, diese Geschichte zu erschaffen? Oder hatte dieser seltsame Grasjunge sie erfunden? Niedergeschlagen kauerte Tuesday neben dem Steuerhaus, stemmte sich gegen das Auf und Ab der heranrollenden Wellen und versuchte fieberhaft, eine Antwort auf diese Fragen zu finden.

Bei ihren letzten Besuchen in Vivienne Smalls Welt hatte sie alles genau so vorgefunden, wie sie und ihre Mutter es sich ausgedacht hatten. Über viele Jahre hatten Tuesday und Serendipity gemeinsam im Stadtpark, am Küchentisch in der Brown Street oder in Serendipitys Schreibzimmer gesessen und beratschlagt, wie es in Viviennes Welt aussehen sollte. Wie groß war der Pfefferminzwald? Welche Gerüche und Geräusche zeichneten ihn aus? Tuesday und ihre Mutter hatten an den unterschiedlichsten Orten der Welt unzählige ausgedehnte Spaziergänge unternommen. Sie waren auf steilen Pfaden unter windzerzausten Kiefern auf hohe Berge geklettert, durch sonnendurchflutete Wäldchen an einem Meeresufer entlanggewandert oder waren durch dampfenden Regenwald gestapft. Dabei hatten sie jedes Mal überlegt, ob diese Orte zu Vivienne Smalls Welt passen könnten. Sie hatten beratschlagt, welche Arten von Behausungen oder Schiffen es dort für die Menschen und Tiere geben sollte. Über Städte und Jahreszeiten, über Mondphasen und Gezeiten, Wetter und Klima hatten die beiden diskutiert. Schon als Tuesday noch ganz klein war, hatte Serendipity ihr aus den Vivienne-Small-Büchern vorgelesen, und ihr war die Welt, in der die Geschichten spielten, völlig vertraut. Und als sie dann selbst lesen konnte, hatte Tuesday in den Geschichten immer wieder diese verlässlichen, sicheren Orte vorgefunden, als würden sie jederzeit dort auf ihre Rückkehr warten. Genau das machte aus den Geschichten so wunderbare Abenteuer. Aber dieser Loddon, der plötzlich hier in Viviennes Welt aufgetaucht war, und der Winter, der sich viel zu kalt anfühlte: Beides war vollkommen neu.

Das Schiff kämpfte sich durch immer höhere und steilere Wellenberge; immer lauter heulte der Wind in Tuesdays Ohren. Sie war sicher, dass alles einen Sinn ergeben würde, aber vorerst brauchte sie ihre gesamte Kraft und Konzentration, um sich irgendwie festzuhalten. Jedes Mal, wenn das Schiff in ein Wellental hinabrauschte, zitterte und ächzte die Takelage. Und jedes Mal hatte Tuesday Angst, den Halt zu verlieren, quer übers Deck zu rutschen und mit voller Wucht gegen die Reling zu prallen oder gleich ganz über Bord geschleudert zu werden. Sie kam sich vor wie auf einer lebensgefährlichen Wasserrutsche.

Loddon schien das alles nichts auszumachen. Im Gegenteil, er stand mit weit ausgebreiteten Armen auf dem Deck, als würde er Wind und Wellen dirigieren, was vielleicht sogar stimmte. Sein Gesichtsausdruck zeigte eine seltsame Mischung aus Verzückung und höchster Konzentration, eingerahmt von seinem leuchtend grünen Haarschopf wie von einem Heiligenschein. Während Tuesday beobachtete, wie das Schiff durch die Wellen schnitt, fielen ihr plötzlich ein paar bruchstückhafte Verse ein:

Loddon heißt der Junge mit hellgrünem Haar,
wenn du ihm begegnest, droht dir Gefahr.

Waren das die richtigen Worte? Sie versuchte, sich genau zu erinnern, wie Serendipity das Gedicht rezitiert hatte.

Im Garten unter dem großen Baum
sitzt ein Junge und ruft wie im Traum.
Loddon heißt der Junge mit hellgrünem Haar,
antworte ihm nicht, sonst droht dir Gefahr …

Loddon? Wer mochte dieser Loddon gewesen sein? Und wie war der Junge in Vivienne Smalls Welt geraten? Tuesday wusste, dass es einen Sinn ergeben musste. Aber wie sie es auch drehte und wendete, die Lösung wollte ihr einfach nicht einfallen. Warum hatte Loddon sie gerufen? Warum hatte er den Faden geschickt, damit er sie hierherbrachte? Was hatte er mit ihr vor?

Und dann kam ihr plötzlich eine furchtbare Erkenntnis: Vielleicht sollte der Faden gar nicht *sie* finden? Immerhin lag hinter dem Fenster, das er sich ausgesucht hatte, das Schreibzimmer ihrer Mutter. Möglicherweise war nicht Tuesday diejenige, nach der Loddon gesucht hatte, sondern *Serendipity*. Hatte er Tuesday deswegen »Schreiberin« genannt? War er deswegen so erfreut, sie zu sehen? Glaubte Loddon, Tuesday wäre Serendipity? Eine viel jüngere Serendipity vielleicht? Sah sie ihrer Mutter wirklich so ähnlich? Tuesday wusste es nicht. Sie hatte nie Kinderfotos von ihrer Mutter gesehen.

»Wir hatten keinen Fotoapparat«, hatte Serendipity behauptet. »Wir hatten gar nichts.«

»Du hattest deine Mama und deinen Papa«, hatte Tuesday gesagt.

»Oh ja«, hatte ihre Mutter seufzend geantwortet. »Aber lass uns bitte nicht von ihnen sprechen.«

Jedenfalls schien Loddon fest davon überzeugt zu sein, Tuesday zu kennen.

Die See wälzte sich ihnen entgegen, und wieder schoss das Schiff in ein tiefes Tal, um sich gleich darauf mit der nächsten Welle hoch aufzubäumen.

Der Wind heulte schrill in Tuesdays Ohren und zerrte unerbittlich an der Kapuze ihres Ponchos. In jeder Wasserwand, die sich vor ihnen erhob, sah Tuesday Büschel von Seegras, Fische und seltsame schwarze Wesen schwimmen, die an riesenhafte Stachelrochen erinnerten. Wie es Vivienne wohl erging? Ihre Freundin hatte schon viel Schlimmeres heil überstanden, als über Bord geworfen zu werden. Aber damals hatte sie noch nicht so große Flügel gehabt. Außerdem waren diese Flügel nicht auf ihrem Rücken zusammengenäht gewesen. Ob sie damit überhaupt schwimmen konnte? Tuesday fühlte sich furchtbar elend. Lag es an der wilden Berg- und Talfahrt des Schiffes oder aber an dem Wissen, dass sie sich die größeren Flügel für Vivienne gewünscht hatte? Wenn die neuen Flügel Vivienne jetzt in den Tod rissen, würde Tuesday sich das niemals verzeihen.

Am liebsten hätte sie sich zu Hause in ihrem Bett tief in den Kissen vergraben und geweint. Stattdessen war sie mit diesem unheimlichen grünen Wesen auf diesem Schiff gefangen. Auf keinen Fall durfte sie jetzt den Kopf verlieren. Sie musste unbedingt nach Baxterr Ausschau halten. Bestimmt würde er bald kommen. Der schneidende, eisige Wind trieb ihr Tränen in die Augen und verwandelte ihre Nase in einen Eiszapfen. Zitternd zog Tuesday Colettes Poncho enger um sich. Baxterr würde sie doch finden?

Obwohl die Sonne nicht zu sehen war, spürte Tuesday, dass der Tag langsam zu Ende ging. Auf keinen Fall wollte sie eine lange dunkle Nacht auf diesem aufgewühlten Meer verbringen. Hoffnungsvoll sah sie hinauf zum Himmel, wo ein dichtes Heer grauer Wolken über sie hinwegjagte, und wünschte, Baxterr würde herbeigeflogen kommen und sie in Sicherheit bringen. Plötzlich durchzuckte sie ein Gedanke: Warum hatte Vivienne, kurz bevor Loddon sie über Bord geschleudert hatte, nach oben in die Takelage gestarrt? War das ein heimlicher Hinweis gewesen?

Tuesday stand auf und hangelte sich an der Reling entlang.

»Hast du vor, schwimmen zu gehen, Schreiberin?«, rief Loddon ihr zu.

Während sie sich zu ihm umdrehte, wanderte ihr Blick sekundenlang hinauf zur Takelage.

»Amüsierst du dich, Schreiberin? Bist du bereit, mir eine Geschichte zu erzählen?«, rief Loddon.

Über ihm am Mast bewegte sich etwas. Schnell senkte Tuesday den Blick und sah dem grünen Jungen fest in die Augen. Das winzige spitze Gesicht und die dunklen Knopfaugen, die sie erspäht hatte, kamen ihr sehr bekannt vor. *Ermengarde*, schoss es ihr durch den Kopf. Der Gedanke an Viviennes treue Gefährtin gab ihr neue Hoffnung. Loddon wäre sicher alles andere als begeistert, wenn er das Nagetier zu Gesicht bekäme. Er durfte auf keinen Fall Verdacht schöpfen. Wenn sie Vivienne jemals wiedersehen sollte, wollte sie ihr Ermengarde wohlbehalten übergeben.

Lässig lehnte Tuesday sich gegen den Mast. »Nein, ich bin immer noch nicht bereit, dir eine Geschichte zu erzählen«, rief sie dem grünen Jungen zu und war selbst erstaunt, wie selbstbewusst sie klang.

Kurz darauf spürte sie Ermengardes winzige Vorderpfoten in ihrem Nacken, und in der nächsten Sekunde war das Tier in der Kapuze von Tuesdays Poncho verschwunden. Glücklicherweise war Loddon gerade damit beschäftigt, das Schiff über den nächsten Wellenberg zu dirigieren, und bekam von alldem nichts mit.

»Aber warum willst du mir keine Geschichte erzählen?«, rief er.

»Erstens, weil mir kalt ist, und zweitens, weil ich Hunger habe«, erwiderte Tuesday, während Ermengarde es sich auf ihrer Schulter bequem machte. Das Mädchen tat so, als müsse sie sich im Nacken kratzen, und streichelte dabei heimlich den kleinen, warmen Tierkörper. Dann zog sie ihre Kapuze tiefer in die Stirn, als wolle sie ihr Gesicht vor der sprühenden Gischt schützen. »Außerdem hast du gerade meine Freundin ins Wasser geworfen. Ich wüsste nicht, warum ich *dir* eine Geschichte erzählen sollte!«

»Aber Geschichten helfen gegen Hunger. Sie machen alles besser. Das weißt du doch. Ganz gleich, ob an Regentagen oder bei Sonne. Und an den Tagen, wenn im Haus nur lautes Geschrei zu hören war und du es drinnen nicht mehr aushalten konntest. Dann bist du weggelaufen und zu mir unter den Baum gekommen und hast mir Geschichten erzählt. Geschichten, hast du immer gesagt, sind besser als Essen, denn sie gehen einem nie aus. Du hast versprochen, dass die Geschichten nie ausgehen.«

Tuesday runzelte die Stirn. Sie erinnerte sich, wie ihr Vater seine berühmten Schinken-Käse-Toasts-mit-extra-viel-Käse gemacht hatte und ihre Mutter sagte: »Bis ich deinen Vater kennenlernte, habe ich mir nie viel aus Essen gemacht. Wenn es nach mir gegangen wäre, hätte ich nur einmal die Woche etwas gegessen. Das Schreiben war mir immer viel wichtiger. Aber Denis' überbackene Käsetoasts haben mich schließlich überzeugt.«

»Und meine Käsemakkaroni.«

»Und dein Käsesoufflé.«

»Und mein Käse-Schnittlauch-Spezial-Omelette.«

Dann hatten Tuesday und ihre Eltern sämtliche Gerichte mit Käse aufgezählt, die Denis mit Vorliebe kochte. »Bolognese mit Käse. Käsebrezel. Käsepizza. Käse auf Schinkenspeck auf …«

»Loddon?«, fragte Tuesday.

»Ja?«, fragte Loddon und sein Lächeln umstrahlte ihn wie ein Regenbogen. »Ja, was ist, Schreiberin?«

»Loddon, wie lange war ich weg?«

»So lang. So, so, so lange. Ich war da unten in meiner Kiste unter dem Baum. Und plötzlich gab es keine Geschichten mehr. Sie hörten einfach auf. Es war so einsam. Ich habe gewartet, sehr lange gewartet, aber du hattest mich vergessen, stimmt's? Ich bekam Hunger. So großen Hunger. Und dann kam auf einmal der Große Bruch.«

»Der Große Bruch? Was meinst du damit?«

»Wir sind fast da«, erklärte Loddon.

»Ich verstehe immer noch nicht.«

»Gleich wirst du es sehen«, antwortete er.

Tuesday folgte seinem ausgestreckten Zeigefinger und erkannte vor ihnen in der Ferne die dunklen Umrisse einer Steilküste. Ihr fiel sofort auf, dass damit irgendetwas nicht stimmte. Mit zusammengekniffenen Augen versuchte sie, aus den unregelmäßigen Formen und seltsamen dunklen Flecken schlau zu werden. Erst im Näherkommen erkannte sie, dass in der steil aufragenden Felsküste ein tiefer Riss klaffte. *Wie konnte das passiert sein?*, fragte sie sich. Mit offenem Mund starrte sie auf die gigantischen Felsbrocken, die zertrümmert und gespalten das Ufer des Festlands säumten. Einige Felsen waren ins Meer gestürzt und ragten nun wie dunkle Eisberge aus den Wellen. Loddon lenkte die *Sturmhexe* mitten in den Felsspalt hinein.

»Was ist hier passiert?«, fragte Tuesday.

»Ich habe mir einen Weg nach draußen gegraben. Und die *Sturmhexe* habe ich mitgenommen«, erklärte Loddon. »Ganz allein. Niemand da, der mir hätte helfen können. Niemand da, der mich gehört hätte.«

Im Windschatten der Felsbrocken, die überall verstreut lagen wie kleine Inseln, war das Meer plötzlich ruhig. Der Wind hatte sich gelegt und das Ächzen des Schiffes ließ nach. Auch das Schiffsdeck unter Tuesdays Füßen hörte auf zu schwanken. Sie atmete erleichtert auf.

»Aber wie ist der Riss entstanden?«, fragte sie. »Hat es hier ein Erdbeben gegeben?«

Loddon sagte nichts. Mit konzentriertem Blick steuerte er das Schiff zwischen Felsbrocken und Geröll hindurch. Irgendwann hörte Tuesday, wie der Rumpf des Schiffes mit lautem Knirschen auf dem felsigen Untergrund aufsetzte. Die *Sturmhexe* kam zum Stehen und neigte sich leicht zur Seite.

»Von hier aus müssen wir zu Fuß weitergehen«, verkündete Loddon.

»Wohin gehen wir?«, wollte Tuesday wissen.

»Das weißt du doch«, antwortete er mit breitem Grinsen. Jetzt, da sie nicht mehr vom Wind zerzaust wurden, leuchteten seine grünen Haare noch mehr als zuvor. »Wir gehen nach Hause.«

»Was ist, wenn ich da gar nicht hin möchte, zu diesem … Zuhause?«, fragte Tuesday und versuchte alles, um das Zittern in ihrer Stimme zu überspielen. Wie sollte Baxterr oder jemand anderes sie finden, wenn sie Loddon wohin-auch-immer folgte? Wie würde sie jemals wieder zurückfinden?

»Lächerlich!«, schnaubte Loddon. »Zuhause ist der beste Ort auf der ganzen Welt. Das weißt du doch. Du hast es nur vergessen. Ich werde dir den Weg zeigen.«

»Aber ich will nirgends hingehen, Loddon«, sagte Tuesday und zwang sich zu einem Lächeln. »Ich möchte lieber hierbleiben.«

Loddon griff nach einem Seil und schlang es um seinen Arm. Tuesday wich ein paar Schritte zurück, als er auf sie zukam. »Wenn du nicht freiwillig mitkommst, werde ich dich eben fesseln und tragen.«

»Ich laufe, du musst mich nicht fesseln«, gab Tuesday schnell nach.

»Da geht's runter.« Grinsend zeigte er auf eine Leiter an der Längsseite des Schiffes.

Verstohlen fuhr sich Tuesday kurz mit der Hand in den Nacken, um Ermengarde zu versichern, dass alles in Ordnung war, dann kletterte sie Loddon voraus die Leiter hinunter. Der Boden am Ende der Leiter schimmerte dunkel. Sobald Tuesday ihren Fuß daraufgesetzt hatte, zerriss ein bedrohliches Knacken die Stille. Direkt unter ihr bildete sich ein Riss, der sich in einer langen Zickzacklinie von ihrer Fußspitze aus verlängerte. Sie stand auf einer Eisfläche!

»Ganz schön kalt, was?« Loddon lachte meckernd. »Aber zu Hause nicht. Nein, nein, nein.«

Unbekümmert huschte er auf seinen nackten Füßen über den frostigen Boden und vertäute das Schiff an einem mächtigen Felsbrocken.

»Ich zeige dir den Weg, Schreiberin. Wie war noch die Geschichte, die du mir erzählt hast? Der erste Stern zu deiner Rechten, dann weiter geradeaus bis zum Morgen!«

Tuesday war ziemlich sicher, dass es »der zweite Stern zu deiner Rechten« heißen musste, doch sie korrigierte Loddon nicht. Soeben war tatsächlich der erste Stern am Himmel erschienen. Es wurde Nacht. Verzweifelt hielt sie nach einem geflügelten Schatten Ausschau, doch über ihnen am dunkel verhangenen Himmel war nur der eine einsame Stern zu sehen. Es war bitterkalt und ihr Atem verwandelte sich in der eisigen Luft zu weißem Nebel. Plötzlich streifte etwas Kaltes, Weiches ihr Gesicht: eine Schneeflocke. Tuesday streckte ihre Hände aus und blickte staunend auf die Handflächen, auf denen winzige weiße Schneekristalle glitzerten.

»Komm schon, Schreiberin«, sagte Loddon, »der Winter wird noch eine Weile bleiben.«

Als Tuesday die Kapuze fest um den Kopf zog, strichen ihre Finger noch einmal über Ermengardes weichen Körper, und sie war sehr froh, auf dieser seltsamen Reise wenigstens eine kleine, heimliche Begleiterin zu haben.

Zielstrebig stapfte Loddon voraus, während dichter Schneefall einsetzte, der alle Geräusche um sie herum erstickte, und die Felslandschaft allmählich unter einer weißen Decke verschwand. Bald hörte man nur noch ihre knirschenden Schritte. Als Tuesday einen Blick zurück zum Schiff warf, zeichneten sich am dunklen Horizont gerade noch dessen schemenhafte Umrisse ab. Die vormals weißen Segel nahmen ein gespenstisches Grau an, bis sie sich in dem dichten Schleier aus Schnee schließlich ganz auflösten.

Bald war der schmale Pfad, dem sie folgten, nur noch eine Spalte zwischen zwei Felswänden, die zu beiden Seiten hin höher und höher wurden und immer enger zusammenzurücken schienen. Nur etwas sehr Großes und sehr Schweres, das stark genug war, um Felsen und Gestein zu durchschlagen, konnte diesen Durchgang geschaffen haben. Was für ein Monstrum war das bloß gewesen? Tuesday war sicher, dass Loddon etwas damit zu tun hatte.

»Komm schon, Schreiberin«, rief er wieder, während er vor ihr herhüpfte.

Es ist wie beim Schreiben, dachte Tuesday. *Man hat zwar keine Ahnung, wie es weitergehen wird, doch es gibt trotzdem kein Zurück.* Ihr blieb nichts anderes übrig, als weiter hinter dem seltsamen grünen Wesen herzutraben. Wie gut, dass sie Ermengarde dabeihatte. Nach einer Weile schoss ihr eine weitere Gedichtzeile durch den Kopf:

Der Junge namens Loddon dort unter dem Baum.
Ruft er nach mir oder ist es ein Traum?
Ich tat ihn in eine Kiste, bat ihn zu gehen
an den Ort, den sonst nur Geschichten sehen.

»Mir geht es gut«, murmelte sie leise. »Dir geht es gut«, flüsterte sie Ermengarde zu. »Uns beiden geht es gut.«

Kapitel 14

Immer tiefer führte Loddon Tuesday in die Felsspalte hinein. Bald hatten sie das Meer weit hinter sich gelassen. Es war Nacht geworden. Nachdem sie eine ganze Weile durch den mittlerweile mehr als knöchelhohen Schnee gestapft waren, öffnete sich vor ihnen am Ende der Felsspalte der dunkle Schlund eines Tunnels.

»Hier ist es!«, verkündete Loddon und zeigte mit einer überschwänglichen Geste auf den höhlenartigen Eingang.

»Dadrin?«, fragte Tuesday.

»Unten, ganz tief unten«, antwortete Loddon.

Hilfe suchend blickte Tuesday sich um, doch sie sah nur, was sie ohnehin schon wusste: Einen anderen Weg als diesen gab es nicht. Sie saß in der Falle. Zögernd ging sie ein paar Schritte in den finsteren Tunnel hinein. Drinnen herrschte eine gespenstische Stille. Nur das laute Pochen ihres eigenen Herzschlags dröhnte in ihren Ohren.

»Weißt du nicht mehr? Ganz tief unten«, wiederholte Loddon. »Genau, wie du es dir vorgestellt hast.« Er übernahm wieder die Führung.

An der Tunneldecke waren deutliche Schleifspuren zu erkennen und am Boden entlang zog sich eine tiefe Furche. Die Wände sahen aus, als wären sie von einer Planierraupe glatt geschliffen worden. Tuesday nahm Loddons üblen Geruch hier in der Dunkelheit viel stärker wahr, und ihr fiel auf, dass ein schwaches Leuchten von ihm ausging. Zumindest gegen das Licht hatte sie nichts einzuwenden. Es war, als liefe ein riesiges Glühwürmchen vor ihr her.

Als sie an einer steil aufragenden vereisten Wand vorbeikamen, verstand Tuesday endlich, wodurch dieser Tunnel entstanden war: Wie einen riesigen Abdruck erkannte man deutlich die Umrisse der *Sturmhexe* auf den Felsen. Irgendwie musste Loddon das riesige Segelschiff aus den Tiefen der Erde hinter sich her nach oben gezogen haben. Ein eisiger Schauer lief ihr über den Rücken. Als wäre er nicht schon unheimlich genug, schien dieser Grasjunge auch noch unglaubliche Kräfte zu besitzen.

Dann blieb Tuesdays Blick an etwas anderem hängen, das sich unter der eisigen Oberfläche abzeichnete. Sie kniff die Augen zusammen und wischte mit der Hand ein paarmal über die eiskalte, beinahe gläserne Wand. Tief im Inneren eingeschlossen, erspähte sie ein großes helles Blatt Papier, auf das in riesigen, verschwommenen Buchstaben ein paar Wörter gedruckt waren. Es sah aus, als habe jemand eine Seite aus einer Speisekarte vergrößert. *Crème Brûlée* war dort in wunderschöner Handschrift zu lesen. Darunter stand *Mousse au Chocol…* Der Rest des Wortes war anscheinend weggebrochen, als Loddon sich gewaltsam durch den Untergrund gegraben hatte. Mit großen Augen lief Tuesday hinter dem Jungen her, immer weiter durch den wie ein Schiffsbauch geformten Tunnel. Kurz darauf kamen sie an der nächsten Eiswand vorbei, aus der die flackernden Überreste einer rosafarbenen Neonreklame ragten. *Süßer Kaktus*, las Tuesday. Noch ein Stück weiter entdeckte sie einen riesengroßen Plattenspieler, bei dem sogar die Nadel noch die Platte berührte, als könne die Musik jederzeit wieder ertönen.

An einer anderen Stelle war das Eis von einem langen Riss durchzogen, der hinunter in unendliche Dunkelheit zu führen schien. Aus der Tiefe leuchtete ihnen, in einer Pfütze eingefroren, eine riesenhafte pinkfarbene Anzugjacke entgegen. Irgendetwas an dieser Jacke machte Tuesday auf einmal furchtbar traurig. Auf seltsame Weise erinnerte sie sie an ihren Vater. Ihr wurde plötzlich bewusst, dass sie nach allem, was geschehen war, seit sie die Brown Street verlassen hatte, kaum noch an Denis gedacht hatte. Im vergangenen Jahr hatte es Zeiten gegeben, in denen sie bewusst versucht hatte, nicht mehr an ihren Vater zu denken. Doch mittlerweile wusste sie, dass es oft weniger schmerzhaft war, die Gedanken zuzulassen. Also versuchte sie, sich vorzustellen, was Denis von alldem gehalten hätte.

Es ist ein magisches Mysterium, Tuesday. Eine schaurige Schauergeschichte. Eis reimt sich nicht immer auf weiß. Es ist Winter und die Wände der Welt sind verrutscht. Halte deine fünf Sinne beisammen. Es ist ein Rätsel, aber möglicherweise nicht unmöglich zu lösen.

Instinktiv tastete Tuesday nach Ermengardes warmem, weichem Körper auf ihrer Schulter. Die kleine Ratte schnupperte an Tuesdays Fingern und knabberte ein wenig daran.

»Ja, ich habe auch Hunger«, murmelte Tuesday leise.

In einer halb abgebrochenen Eismauer steckte ein leuchtend orangefarbener Tanzschuh, der um ein Vielfaches größer war, als er es normalerweise hätte sein sollen. Als Nächstes kamen sie an einer riesigen Kaffeetasse mit zerbrochenem Henkel und dem aufgemalten Bild eines Kamels vorbei und kurz danach an einem Paar übergroßer Skier. Immer wieder galt es, plötzlich vor ihnen im Boden klaffende Risse zu überwinden. Sie mussten sich am Rand tiefer Gletscherspalten entlangtasten und an einzelnen Stellen, wo der Tunnel halb eingestürzt war, versperrten ihnen hohe Geröllhaufen den Weg. An einem Mauervorsprung hing eine überdimensionale Gänseblümchenkette. Als Tuesday sie mit der Hand berührte, merkte sie, dass die Blumen aus Papier waren.

Unzählige Male hatte Tuesday schon gefragt, wie weit es noch war, wann sie endlich da wären und wohin sie gingen, doch sie hatte von Loddon immer wieder dieselbe nervtötende Antwort bekommen: »So weit musste ich gehen, um dich zu finden, Schreiberin.«

Tuesday konnte sich nicht entscheiden, was ihr mehr auf den Geist ging, diese nichtssagende Antwort oder sein andauerndes Vor-sich-hin-Gesumme. »Hm hm hm, ni ni ni, nai nai nai ni, hmmmm, wa wa waaa …«

Kurz darauf begann er, etwas unsicher, ein Gedicht zu zitieren:

Ich bin Loddon, da unter dem Baum,
ich kann dich nicht sehen und du siehst mich kaum.

Unter dem Baum musst du mich suchen,
bist du gekommen, mich zu besuchen?
Ich kann mich sehen, ich kann …
Sehen, sehen, sehen, mich, mich, mich,
hinten im Garten, bedauerlich …

Loddon drehte sich zu Tuesday um. »Wie geht es weiter, Schreiberin?«

»Ich weiß es nicht und werde es auch nicht wissen, bis wir da sind.«

Achselzuckend begann er wieder, seine ausdruckslose Melodie vor sich hin zu summen. Um ihn zu übertönen, fing Tuesday an zu pfeifen, was sie seltsam fröhlich stimmte.

Der Tunnel wurde allmählich schmaler. Immer enger schienen Decke und Wände zusammenzurücken. Die tiefe Furche, die der Kiel des Schiffes auf dem Weg hinterlassen hatte, war noch deutlich zu erkennen, ebenso wie die Kratzspuren der Masten in der Decke. Doch es schien, als wäre die *Sturmhexe* sehr viel kleiner gewesen, als sie noch hier unter der Erde war.

Je länger sie liefen, umso wärmer wurde es, und das Eis begann zu schmelzen. Auf dem Weg sammelte sich das Wasser in immer größeren Pfützen und lief in langen Rinnsalen an den Wänden hinunter. Tuesday hielt ihre Zunge unter einen der winzigen Wasserfälle. Es schmeckte leicht salzig, aber nicht bitter. Sie merkte erst jetzt, wie ausgetrocknet ihr Mund war. Gierig schleckte sie die Tropfen von den Felsen. Sie ließ Loddon ein wenig Vorsprung, dann hob sie Ermengarde aus dem Versteck in ihrem Poncho und ließ auch sie von dem Wasser trinken. Mit wachsamem Blick beäugte die kleine Ratte die Umgebung. Ihre feinen Barthaare zuckten nervös. Schnell verstaute Tuesday das zitternde Tier wieder unter ihrem Poncho, und weiter ging es, steil abwärts, in die Erde hinein.

Seltsamerweise schien es vor ihnen anstatt dunkler plötzlich heller zu werden. Aus der Tiefe des Tunnels strahlte ein schwacher Lichtschimmer, vor dem der grünlich leuchtende Schein, der Loddon umgab, allmählich verblasste. Außerdem war es deutlich wärmer geworden. Tuesday nahm erst die Kapuze ab, dann zog sie den Poncho ganz aus und legte ihn sich wie ein Strandtuch um den Hals, sodass Ermengarde trotzdem ein sicheres Versteck hatte.

Der Durchgang verkleinerte sich mehr und mehr; bald war der Tunnel kaum noch höher als Loddon. Auch die Gegenstände, die immer noch vereinzelt aus den Wänden, aus der Decke oder dem Boden ragten, hatten wieder ihre Originalgröße: hier ein blaues Holzauto, dort ein ebenso blauer Partyhut, an dem noch Reste von Glitzer klebten. Tuesday blieb stehen und zog vorsichtig ein Stück von der Wand ab. Was sie in der Hand hielt, war eine Buchseite. Der Text, der darauf gestanden hatte, war zur Unkenntlichkeit verblasst. Nur ein kleiner Teil eines Bildes war noch schwach zu erkennen: ein Baumhaus in einem Wald.

Bald war von Eisschmelze, Feuchtigkeit und von den Schleifspuren des Schiffes nichts mehr zu erkennen. Der Tunnel war auf einmal vollkommen trocken und sah aus, als wäre er von einem großen Tier gegraben worden. Tuesday warf einen prüfenden Blick auf Loddons Rücken. Hatte wirklich er diesen Durchgang gegraben?

Je weiter sie gingen, desto mehr Papier fand Tuesday. Die Wand, an der sie gerade vorbeigingen, war über und über mit brüchigen, vergilbten Notizbuchseiten beklebt. Bald bestanden die Wände komplett aus unzähligen Schichten Papier.

Wo sind wir hier?, fragte Tuesday sich.

Hier ist eine absolut arglistige Aufgabe anzugehen, hörte sie im Geist Denis sagen.

Was soll ich nur tun, Dad?, fragte sie. *Wie soll ich jemals wieder an die Erdoberfläche zurückkommen?*

Vor jeder Antwort steht eine Frage, antwortete Denis. *Jeder Weg führt irgendwohin.*

Vor ihr ließ Loddon sich auf Hände und Knie fallen und Tuesday hoffte, dass der Tunnel nicht noch enger werden würde. Immerhin bewegten sie sich eindeutig auf einen hellen Lichtkreis zu. Tuesday holte tief Luft und kroch auf allen vieren hinter Loddon her. Nachdem sie sich durch ein enges Loch gezwängt hatte, fand sie sich in einer großen hellen Höhle wieder.

»Willkommen zurück, Schreiberin«, sagte Loddon mit einer tiefen Verbeugung und wies mit ausholender Geste auf einen Raum, in dem mindestens drei oder vier Häuser Platz gefunden hätten.

Stattdessen wimmelte es in der Höhle von frei stehenden, papiernen Treppen ohne Geländer. Einige schraubten sich endlos in die Höhe, kreuzten sich, trafen aufeinander und teilten sich dann wieder. Andere Treppenaufgänge führten zu dunklen Öffnungen in den Höhlenwänden. Grotten, dachte Tuesday. Ein paar von ihnen endeten irgendwo im Nichts oder waren so weit von den Höhleneingängen entfernt, dass man nur mit einem äußerst gewagten Sprung hinübergelangen konnte.

Zwischen all diesen Treppen aus Papier wuchs aus dem Boden der Höhle ein beeindruckender Baum mit heller Rinde und tief dunkelgrünem Laub. An einem seiner ausladenden Äste hing eine Schaukel, deren Sitz aus einem Gummireifen bestand. Drumherum wucherte hohes Gras von derselben Farbe wie Loddons Haare. Sonnenblumen schossen in die Höhe, weitere rote, violette, gelbe und blaue Blumen sprenkelten wie bunte Farbtupfer die Wiese. Hoch über dem Baum, inmitten der höchsten Treppenaufgänge, schaukelte eine riesige Sonne mit spitzen Strahlen in leuchtendem Gelb und Orange sanft im Wind. Daneben schwebten in luftiger Höhe ein paar Wolken und sogar mehrere Vögel. Aber alles, die Treppen, der Baum, die Blumen, die Sonne, die Wolken und das Gras, alles, was Tuesday sah, war aus Papier gemacht.

Kapitel 15

Nachdem die Bibliothekarin sie im Bootshaus am See allein gelassen hatte, zog Serendipity ihre Stiefel aus, legte sich aufs Bett, schlug die Tagesdecke über ihre Beine und schlief auf der Stelle ein. Sie schlief und schlief, tief und traumlos. Sie wusste selbst nicht mehr, wann sie das letzte Mal so lange geschlafen hatte.

Als sie aufwachte, tasteten sich die ersten rotgoldenen und orangegelben Sonnenstrahlen zögernd über den Horizont in den Himmel. Sie sah zu, wie die Sonne aufging und der Himmel in den glühendsten Farben erstrahlte, die erst zu sanften Rosatönen verwischten, bevor sie in ein herrliches Blau übergingen, die schönste Wandfarbe für ein Zimmer, die man sich vorstellen konnte. Zufrieden seufzend reckte und streckte Serendipity sich. Der Gedanke an einen frühen Morgenspaziergang erschien ihr sehr verlockend. Auf dem Küchentisch entdeckte sie eine grüne Birne, die am Vorabend ganz sicher noch nicht dagelegen hatte. Sie lauschte. Von draußen waren nur das Gezwitscher der Vögel und das leise Geräusch der Wellen zu hören, die sanft auf die Kieselsteine am Ufer plätscherten. Sie steckte die Birne ein, öffnete die Glastür und trat hinaus auf den Balkon. Zu beiden Seiten führte eine Treppe zum See hinunter. Während Serendipity noch überlegte, welche der Treppen sie wählen sollte, führten ihre Füße sie auch schon nach links.

Sie schlenderte am Ufer entlang und nahm die Steine, das Schilf, die Lichtreflexe auf dem Wasser und die Vögel am Himmel in sich auf. Dabei atmete sie ein paarmal tief ein und aus, fast so, als hätte sie vergessen, wie das ging. Eigentlich war es ein vollkommen unspektakulärer Spaziergang am Ufer eines Sees, nachdem sie eine Nacht weit weg von zu Hause verbracht hatte, doch Serendipity hatte das Gefühl, etwas ganz Neues zu erleben. Sie konnte ihre Empfindung nicht richtig fassen, es fühlte sich ein wenig bedrückend an, gleichzeitig aber belebend wie prickelndes Brausepulver.

Als sie plötzlich wieder vor dem Bootshaus stand, hätte sie beim besten Willen nicht sagen können, ob sie nur ein paar Minuten oder mehrere Stunden unten am See gewesen war. Sie aß, obwohl sie hinterher kaum sagen konnte, was sie gegessen hatte, dann legte sie sich schlafen. Als sie das nächste Mal aufwachte, ging gerade wieder die Sonne auf und auf dem Tisch lag wieder eine grüne Birne. Serendipity machte einen weiteren Spaziergang, hörte die Vögel singen und beobachtete winzige Fliegen, die über die Wasseroberfläche huschten. Hin und wieder schnellte ein Fisch aus dem Wasser und schnappte sich eine.

Ich sollte zu Hause sein, dachte sie. *Oder Tuesday müsste hier bei mir sein.*

Doch jedes Mal hörte sie im Geist die Stimme der Bibliothekarin: *Möglicherweise ist Ihre Tochter gerade dabei, etwas Neues zu beginnen. Sie sollten sich ihr nicht in den Weg stellen.*

Und Colette sagte: *Ich werde gut auf alle aufpassen, mein Wort darauf.*

Serendipity ging spazieren und schlief und so verging die Zeit. Es hätten Tage oder auch Wochen sein können. Auch wie viel Zeit zu Hause in der Brown Street vergangen sein mochte, konnte sie beim besten Willen nicht sagen. Vielleicht war es nicht mehr als ein Tag. Nur eins wusste sie sicher: Tuesday war bei Colette, und Colette würde auf sie aufpassen.

Eines Morgens steckte Serendipity gedankenverloren ein Notizbuch ein, als sie sich zu ihrem Spaziergang aufmachte. Am Ufer des Sees, wo bislang nur ein Wald gewesen war, entdeckte sie eine verwitterte weiße Pforte mit rostigen Scharnieren. Sie öffnete das Tor und folgte einem schmalen Pfad zu einem Garten, wo zwischen hohem Gras mehrere Birnbäume wuchsen, die voller Früchte hingen.

Sie blieb wie angewurzelt stehen und hielt den Atem an. Diesen Ort kannte sie. Hinten im Garten sah sie das Haus mit der abblätternden blauen Farbe und der altersschwachen Veranda. Unter dem hölzernen Vordach baumelten Makramee-Pflanzenhalter, aus denen welkende Blumen herunterhingen. Die Hintertür stand offen, aus dem Haus drang Radiomusik. Serendipity durchquerte den Garten und stieg die knarrende Treppe zur Veranda hinauf. Auf dem Fenstersims lag eine Katze, eine andere rekelte sich auf einem zerschlissenen Sofa.

Drinnen saß eine Frau am Küchentisch. Sie hielt den Kopf gesenkt, während sie mit flinken Fingern einen weiteren Pflanzenhalter knüpfte.

»Hallo, Mama«, sagte Serendipity.

Serendipity hatte ihre Mutter seit vielen Jahren nicht mehr gesehen. Sie war gestorben, kurz nachdem Serendipity Denis kennengelernt hatte. Jetzt saß sie wieder vor ihr und alles war wie früher. Der nackte Fußboden und die verblichene grüne Arbeitsplatte. Der leicht muffige Geruch nach Spinnweben und Mäusedreck. Der mit abgeschnittenen Bindfäden übersäte Tisch. Das braune Radio auf dem Brett über der Spüle. Das laute Schnarchen ihres Vaters, das aus dem Flur drang, obwohl es mitten am Tag war.

Serendipity öffnete den Kühlschrank, der bis auf einen vergammelten Rest Kohl leer war.

»Es gibt nichts zu essen, also frag nicht«, sagte ihre Mutter barsch, ohne von ihrer Handarbeit aufzublicken. »Und du weißt, was passiert, wenn du deinen Vater weckst.«

Serendipity ging nach draußen und zog sehr leise die Tür zur Veranda hinter sich zu. Sie ging durch das hohe Gras in den hinteren Teil des Gartens und legte sich unter einen Birnbaum. Auf einmal war sie furchtbar hungrig, als hätte sie seit Tagen nichts gegessen. Sie erinnerte sich, wie sie aus Gras eine kleine Puppe gemacht hatte. Sie hatte schon seit Jahren nicht mehr an den Jungen gedacht. Fröstelnd setzte sie sich auf. Wolken schoben sich vor die Sonne.

»Loddon«, flüsterte sie.

Seine Gestalt zeichnete sich als dunkler Schatten vor dem Licht ab.

»Hallo, Schreiberin«, sagte er.

Sie merkte plötzlich, wie klein sie geworden war: ein Kind mit schmutzigen, nackten Füßen in einem dünnen Nachthemd. Ihr knurrte der Magen vor Hunger. Sie schlug das Notizbuch auf, das sie vorhin so unbedacht eingesteckt hatte, und begann, eine Geschichte zu schreiben, bei der sie hin und wieder eine kleine Zeichnung einfügte.

Loddon ließ sich neben sie ins Gras fallen. »Ich habe Hunger«, maulte er. »Erzähl mir eine Geschichte.«

»Wenn ich fertig bin«, sagte sie. Dann las sie dem Jungen, den sie aus Gras gemacht hatte, die Geschichte vor.

»Aber die handelt gar nicht von mir!«

»Natürlich nicht, sie handelt von Kapitän Mothwood. Ich werde ganz viele Geschichten über ihn schreiben.«

»Aber du sollst über *mich* schreiben!«

»Über dich habe ich doch schon haufenweise Geschichten geschrieben.«

»Ich mag diesen Mothwood nicht!«, maulte Loddon, schnappte sich das Notizbuch, riss die Seiten heraus und stopfte sie sich in die Taschen. »Haha«, lachte er. »Jetzt musst du mir noch eine schreiben.«

»Warum kannst du nie genug bekommen?«

»Weil ich hungrig bin«, erwiderte er. »Erzähl mir eine Geschichte. Noch eine neue Geschichte.«

»Na gut«, gab sie seufzend nach. Ihr eigener Hunger war verflogen. Sie fühlte sich, als hätte sie eine ganze Mahlzeit zu sich genommen. »Du musst mir nur mein Notizbuch wiedergeben.«

Als sie nach dem Buch greifen wollte, wurde Loddon auf einmal groß und immer größer, bis sein dunkler Schatten die Nachmittagssonne verdeckte. Serendipity hörte ihre eigene Stimme von sehr weit weg rufen: »Loddon, Loddon, sei nicht so gemein! Warum musst du immer so gemein sein?«

Als Serendipity aufwachte, lag sie im Bootshaus unter der weißen Tagesdecke und sah draußen über dem See die Sonne aufgehen.

Kapitel 16

Auch in Vivienne Smalls Welt ging, kraftlos und blass, die Sonne auf. Dort, auf einer kleinen Insel in den Weiten der Ruhelosen See, lag etwas, das man auf den ersten Blick vielleicht für einen großen blauen Schmetterling hätte halten können, den der letzte Sturm übel zugerichtet hatte. Das Etwas war knapp oberhalb der Wasserlinie auf den feuchten, grobkörnigen Sand gespült worden. Es hielt die zerzausten, triefend nassen Flügel fest an den kleinen Körper gepresst, den es zum Schutz vor der Kälte eng zusammengerollt hatte. Die Nacht brach herein. Es wurde Tag und bald darauf wieder Nacht. Doch das winzige Wesen regte sich nicht. Allein die äußeren Ränder seiner Flügel zitterten ein wenig, wenn eine eisige Windböe sie erfasste.

Viviennes Lippen und Wangen hatten beinahe dieselbe blaue Farbe wie ihre qualvoll zusammengehefteten Flügel angenommen. Die meisten von Loddons Nadelstichen hatten gehalten, nur an wenigen Stellen war die lederartige Haut ausgerissen.

Doch Vivienne bewegte sich nicht. Lebte sie oder war sie tot? Sie wusste es selbst kaum. Als sie nach langer Zeit blinzelnd die Augen öffnete und den schiefen Bildausschnitt einer Landschaft aus Meer und Sand erblickte, spürte sie ihre steif gefrorenen Arme und Beine nicht mehr. Das Gewicht ihrer wassergetränkten Flügel drückte ihren Oberkörper erbarmungslos zu Boden. Einzelne Erinnerungsfetzen tauchten vor ihrem inneren Auge auf. Oder war es ein Traum? Tief hängende Unwetterwolken flogen über sie hinweg. Sie wurde durch die Luft geschleudert. Weiße Schaumkämme, himmelhohe Wellen. Schneidende Kälte. Die Stille. Dann stürzte sie in die Tiefe, hinunter in eine Dunkelheit, die mit jedem Meter, den sie fiel, immer undurchdringlicher wurde. Nein, sie war nicht in Panik ausgebrochen. Es gab ein ungeschriebenes Gesetz, dass eine Vivienne Small niemals in Panik geriet. Hätte sie ihre Flügel frei bewegen können, hätten die sie mit kraftvollen Schwüngen zurück zur Oberfläche getragen wie die Flossen eines Riesenrochens. Auf dem Rücken zusammengenäht, waren sie zu einer nutzlosen Last geworden, die Vivienne in die Tiefe gezogen hatte, während sie mit kräftigem Beinschlag versucht hatte, dem unendlich weit entfernten Lichtschimmer über ihr entgegenzuschwimmen. Sie hatte nicht aufgegeben. Sie war wild entschlossen gewesen, sich nicht unterkriegen zu lassen, zu überleben. Nach zähem Kampf hatte sie es schließlich bis zur Wasseroberfläche geschafft und war nach Luft und Leben ringend aufgetaucht.

Lange Zeit war sie Wasser tretend im Kreis geschwommen und hatte nach Anzeichen von festem Boden oder einer anderen Hoffnung Ausschau gehalten. Doch weit und breit gab es nur Wasser, kalte, auf und ab rollende Wellenberge, die das letzte Fünkchen Wärme und Kraft aus ihrem Körper spülten. Immer tiefer war sie in einem gefährlichen Schlafzustand versunken. So trieb sie auf den Wellen, sah hinauf in den grau verhangenen Himmel, in dem Wissen, dass das Meer alles irgendwann irgendwo an Land spülen würde.

Fröstelnd lag Vivienne auf dem Sand und spürte, wie nach und nach ihre Lebensgeister zurückkehrten. Zuerst fing es in ihren Armen und Händen, dann in Beinen und Füßen heftig an zu kribbeln. Sie hatte einen furchtbaren Brummschädel. Ein stechender

Schmerz durchbohrte ihren Körper, als es ihr gelang, einen Flügel zu bewegen. Leise stöhnend zwang sie sich, ruhig durchzuatmen, um die Schmerzen zu unterdrücken. Dann sackte sie auf dem Sand zusammen und dachte an Ermengarde.

»Jetzt könnte ich deine Hilfe gut gebrauchen«, flüsterte Vivienne und stellte sich vor, wie schnell die Ratte mit ihren scharfen Zähnen Loddons furchtbare Näharbeit zernagt hätte.

»Hör auf mit dem Gejammer, Vivienne«, ermahnte sie sich dann selbst. »Hoch mit dir! Beweg dich!«

Mehr mit Willens- als mit Körperkraft schaffte sie es schließlich, sich aufzusetzen. Beinahe wäre sie vor lauter Schmerz und Anstrengung ohnmächtig geworden. Vor ihren Augen drehte sich alles, und sie musste kurz den Kopf auf den Knien ablegen, um sich ein wenig zu erholen. Als Erstes zog sie ihre Stiefel aus und kippte das Wasser, das sich darin gesammelt hatte, auf den Sand. Dann kamen ihre durchweichten Strümpfe an die Reihe. Leider blieb ihr nichts anderes übrig, als die immer noch feuchten Sachen wieder anzuziehen. Unsicher stand sie auf und stolperte auf wackeligen Beinen zu ein paar höher gelegenen Dünen.

Die Insel war wirklich winzig, umrandet von einem breiten Sandstreifen, aus dem hier und dort kleine Felsen ragten. In der Inselmitte wuchs eng aneinandergedrängt eine Baumgruppe, deren Kronen bis auf wenige palmwedelähnliche Blätter vollkommen kahl gefegt waren. Bei ihrem Anblick konnte man sich die wilden Stürme vorstellen, die hier während des langen, bitterkalten Winters gewütet hatten. Am Fuß der Bäume entdeckte Vivienne kleinere, zarte Pflanzen oder zumindest das, was von ihnen übrig geblieben war. Ihre Blätter erinnerten an Salat. Sie schienen zuerst gefroren und dann zu kleinen, matschigen Klumpen halb wieder aufgetaut zu sein.

Trotzdem war Vivienne froh, dass ihr die Baumgruppe ein wenig

Schutz vor dem eisigen Wind bieten würde. Mit schwankenden Schritten ging sie auf sie zu und versuchte, ihre Sinne zu schärfen und einen klaren Gedanken zu fassen. Wer lebte hier? Was für Wesen mochten das sein, die sich auf dieser entlegenen Insel niedergelassen hatten? Waren die Bäume eventuell das Zuhause eines Vogels, der eine Nachricht überbringen könnte? Sie lauschte und schnupperte so angestrengt, dass sie sich zwischendurch immer wieder hinlegen musste, weil ihr schwindelig wurde. Aber nichts deutete darauf hin, dass es hier Tiere oder Vögel gab. Stattdessen fand sie etwas anderes. Mitten unter den Bäumen versteckte sich ein kleiner, zugefrorener Süßwasserteich. Mit einem Stein schlug Vivienne ein Loch in die Eisdecke und schlürfte das kalte, frische Wasser gierig aus beiden Händen. Sie spürte, wie es durch ihre ausgetrocknete, salzverkrustete Kehle hinunter in den Magen rann. Sie spürte auch, wie ihr Kopf und ihre Gedanken um einiges klarer wurden.

Jetzt, mit frischem Blick, entdeckte sie auch die Pikwanranke, die sich um einen der Baumstämme wand. Viviennes Herz machte vor Freude einen kleinen Sprung, gleichzeitig meldete sich mit lautem Knurren ihr hungriger Magen. Sie nahm den Stein, mit dem sie das Loch ins Eis gehackt hatte, und schlug das stachelige Gehäuse der Pikwanfrucht auf.

Gierig stopfte sie sich das schrumpelige, vertrocknete Fruchtfleisch in den Mund. Es schmeckte bitter und war so zäh, dass sie Mühe hatte, es zu zerkauen. Immerhin besser als nichts, dachte Vivienne.

Nachdem sie sich an den bitteren Früchten einigermaßen satt gegessen hatte, kehrte Vivienne an den verlassenen Strand zurück. Es war dämmrig geworden, als hätte sich die Sonne ein kleines Stück von der Welt entfernt. Wohin sie auch blickte, es gab immer noch nichts anderes zu sehen als den weiten, endlosen Ozean und dicht darüber den dunkel verhangenen Himmel. Keine Vögel, keine Meerestiere, nirgends ein Hoffnungsschimmer, nichts … bis auf … einen unscharfen dunklen Fleck in der Ferne.

Vivienne blinzelte. Da war wirklich etwas … Noch war es so weit von ihr entfernt, dass es vor den düsteren stahlgrauen Wolken kaum zu erkennen war. Bildete sie es sich nur ein oder kam das unscharfe Etwas wirklich langsam näher? Es schwebte am Himmel, als ob es nach irgendetwas suchte: Nach ein paar kräftigen Flügelschlägen segelte es eine Weile im Gleitflug dahin, um gleich darauf wieder Schwung zu holen. Dabei hielt es den Blick die ganze Zeit aufs Wasser gerichtet. Was immer dieses Wesen sein mochte, es war auf der Jagd. Und es war riesengroß.

Könnte es womöglich …?, schoss es Vivienne durch den Kopf. *War es vielleicht …?*

»Strubbel?«, schrie sie, so laut sie konnte. »Strubbel! Bist du das? HIER! Ich bin hier!« Doch das Wesen war viel zu weit entfernt, um sie zu hören. »Strubbel!«, rief sie noch einmal. »Strubbel, hier bin ich!«

Er hatte sie doch gehört! Pfeilschnell flog er auf sie zu. Wie gebannt verfolgte Vivienne, wie der Hund Sekunden später am Strand landete und die Insel angesichts seiner enormen Spannweite noch kleiner wirken ließ. Beinahe hätte Vivienne vor Freude und Erleichterung geweint, doch sie wischte die aufsteigenden Tränen mit einer unwirschen Bewegung beiseite. Baxterr begrüßte sie überschwänglich und leckte sie mit seiner feuchtwarmen Zunge einmal von der Stirn bis zu den Knien ab.

»Du wunderbarer, wunderbarer Hund!«, sagte Vivienne und umschlang eine seiner riesigen Vorderpfoten.

»Waff«, antwortete Baxterr.

»Wir müssen Tuesday retten«, sagte Vivienne. »Und Ermengarde.«

»Waff«, bellte der Geflügelte Hund zustimmend.

»Sie sind in großer Gefahr. Dieser gemeine grüne Grasjunge hat sie in seiner Gewalt!«

Um nicht noch mehr Zeit zu verlieren, griff Vivienne mit beiden Händen in Baxterrs dichtes Fell und kletterte auf seine Schultern. Gleichzeitig berichtete sie ihm in allen Einzelheiten, was Tuesday und ihr zugestoßen war. Sie schmiegte sich in sein langes, weiches Nackenfell und spürte, wie Baxterrs Wärme in sie hineinströmte und sich ihre steif gefrorenen Gliedmaßen entspannten. Baxterr breitete seine Schwingen aus und mit kräftigen Flügelschlägen erhoben sie sich in die Lüfte. Hoch und immer höher hinauf schraubte sich Baxterr in den Himmel. Vivienne warf einen kurzen, dankbaren Blick zurück zu der kleinen Insel, die in dem unendlichen Wasser unter ihnen weit und breit das einzige Fleckchen Festland war.

Kapitel 17

Zeit für eine Geschichte!«, sagte Loddon und deutete mit einer Handbewegung an, dass Tuesday sich auf die Schaukel aus Papier setzen sollte.

Aber sie war unfähig, sich zu bewegen, so sehr war sie damit beschäftigt, ihre Umgebung in sich aufzunehmen: unzählige, schwindelerregende Treppen, die sich über ihr in die Höhe schraubten. Das Gras reichte ihr fast bis zur Brust. Obwohl die langen Papierstiele raschelten und knackten, während sie langsam durch sie hindurchging, richteten sie sich nach jedem Schritt hinter ihr sofort wieder auf. Vorsichtig setzte Tuesday sich auf die Schaukel, die sich als überraschend stabil entpuppte.

Loddon warf sich der Länge nach ins Gras und rollte sich lachend hin und her.

Seit sie in der Höhle angekommen waren, schien er geschrumpft zu sein. Er war jetzt ungefähr so groß wie sie, vielleicht sogar etwas kleiner.

»Gib mir drei zur Auswahl«, verlangte er.

»Auswahl?« Tuesday schluckte und merkte, dass ihr Mund vollkommen ausgetrocknet war.

Loddon und sie hatten eine halbe Ewigkeit gebraucht, um hierherzukommen. Ihrem Gefühl nach musste es mitten in der Nacht sein und nicht Tag wie in dieser seltsamen Welt aus Papier. Bei dem kleinen Wasserfall im Tunnel hatte sie zum letzten Mal etwas getrunken, und das musste mehrere Stunden her sein. Auch Ermengarde brauchte sicher dringend Wasser.

»Zuerst muss ich ein wenig schlafen, Loddon. Außerdem muss ich etwas trinken und essen.«

»Essen?«, fragte Loddon und verzog unwillig das Gesicht. »Kein Essen. Geschichten. Drei zur Auswahl.«

»An dieses Spiel kann ich mich nicht erinnern, Loddon.«

Der grüne Junge drehte sich auf den Bauch und starrte ins Gras. »Du willst nur wieder gemein zu mir sein«, maulte er. »Du gibst mir drei Titel und ich sage dir, welche Geschichte ich will. Dazu bist du schließlich eine Schreiberin. Du musst Geschichten erzählen.«

Tuesday überlegte. Sie musste dringend Zeit gewinnen, Zeit zum Nachdenken, um eine Lösung für all diese Rätsel und einen Ausweg zu finden. Außerdem war sie unendlich müde.

Manchmal versteckt sich die Antwort in der Frage, hörte sie Denis wieder sagen.

»*Das vergessliche Mädchen*, *Der Baum am Ende des Gartens* und … ähm …«, verzweifelt suchte sie nach einem dritten Titel. »*Die Murmel und die Möhre.*«

»Nein, nein, nein, nein, nein«, sagte Loddon und trommelte mit den Fäusten aufs Gras. »Nein, nein, nein, nein, nein.«

Ratlos starrte Tuesday ihn an.

»Wo ist meine Geschichte? Wo ist meine Geschichte?«, tobte Loddon.

»Loddon, ich bin wirklich sehr müde. Kann das nicht warten, bis …«

Wütend sprang Loddon auf. »Die ganze Zeit habe ich gewartet. Ich musste mich selbst hier herausgraben. Du wärst niemals zurückgekommen. Du hättest mich für immer hiergelassen!«

Tuesday warf einen Blick auf den Tunnel, der sie zu dieser Höhle geführt hatte. Sie konnte sich immer noch nicht vorstellen, wie Loddon sich den ganzen Weg nach oben bis in Vivienne Smalls

Welt gegraben, dabei immer größer geworden und auch noch das Schiff mitgeschleppt hatte, das ebenso gewachsen war wie er. Demnach war die *Sturmhexe* zu Beginn sicher nicht größer gewesen als ein Badewannenspielzeug.

»*Vivienne Small und die Stadt der Uhren*?«, schlug sie vor.

Loddons grüne Augen glitzerten böse.

»Willst du, dass ich hungrig bleibe, Schreiberin?«

»Nein, Loddon«, flüsterte Tuesday kaum hörbar.

»Du gehst jetzt zu deinem Haus«, sagte Loddon. »Und wenn du wiederkommst, wirst du mir eine Geschichte erzählen.«

»Mein Haus?«, fragte Tuesday.

»Da oben.« Loddon zeigte nach oben unter die gewölbte Höhlendecke. Als er Tuesdays Gesichtsausdruck bemerkte, sprang er auf und gab ihr mit einem Kopfnicken zu verstehen, dass sie ihm folgte sollte. Wie eine Bergziege kletterte der Grasjunge die Treppe hinauf. Doch Tuesday hatte große Höhen noch nie gemocht, vor allem, wenn der Weg über wacklige, schmale Treppenaufgänge ohne Geländer führte, die nur aus Papier bestanden. Mit klopfendem Herzen kletterte sie dicht hinter Loddon her, höher und immer höher. Sie zwang sich, weder nach unten noch nach oben zu schauen. Ihre Handflächen waren schweißnass. An einer besonders heiklen Stelle sank sie auf die Knie, klammerte sich an den Stufen fest und wartete, bis das Schwindelgefühl nachließ.

Woher Loddon so genau wusste, welche Treppe sie nehmen mussten, blieb ihr ein Rätsel. Flink wie ein Wiesel lief er vor ihr her. Zwischendurch wartete er immer wieder mit ungeduldig verschränkten Armen auf sie. Wenn die Treppen zu schmalen Brücken wurden, an deren beiden Seiten der Abgrund lauerte, breitete Tuesday die Arme weit aus und setzte wie eine Seiltänzerin vorsichtig einen Fuß vor den anderen. Dort, wo die Treppen nicht nur furchtbar schmal, sondern auch noch ebenso steil waren, kroch sie sicherheitshalber auf allen vieren. Erst als sie Loddons Schritte nicht mehr hörte, blickte sie auf. Sie waren an einer der dunklen Öffnungen hoch oben in der Höhlenwand angekommen.

»Komm wieder raus, wenn du bereit bist, dich zu benehmen«, sagte Loddon, dann stürmte er an ihr vorbei die Treppen hinunter, als hätte er sein ganzes Leben lang nichts anderes gemacht.

Hinter der Öffnung verbarg sich eine farblose, nichtssagende Höhle, aus der ein kleiner Tunnel zu weiteren Nebenräumen zu führen schien. Doch Tuesday war momentan viel zu müde, um sich das Ganze näher anzusehen. Die Höhle war ungefähr so groß wie ihr Zimmer in der Brown Street. Möbel gab es zwar keine, dafür aber ein einzelnes Fenster – oder vielmehr ein Loch in der Wand –, durch das man hinunter in die große Höhle blicken konnte. Tuesday erspähte den Baum, der unter dem Treppenlabyrinth wuchs, aber Loddon war nirgends zu sehen. Ihr fiel auf, dass die Papiersonne durch eine bleiche Mondsichel ersetzt worden war, die die Höhle in gedämpftes Licht tauchte. Hier und da baumelten goldene Papiersterne, einige von ihnen ganz nah bei ihrem Fenster.

Tuesday schüttelte den Kopf. An was für einem Ort war sie hier bloß gelandet?

Das schwache Licht in ihrer Höhle zuckte und flackerte wie Kerzenlicht in einer Laterne. Vorsichtig holte Tuesday Ermengarde unter ihrem Poncho hervor und streichelte sie. Dann schlang sie den Poncho enger um sich und das zitternde Tier und fragte sich, bei welchen Abenteuern Colette ihn wohl getragen hatte. Er duftete immer noch nach Lagerfeuer und Kiefernnadeln. Sie starrte auf den einzelnen goldenen Papierstern, den sie von ihrem Platz aus sehen konnte. Allmählich fielen ihr die Augen zu. Ihr Magen knurrte. Sie stellte sich vor, sie säße am Küchentisch in der Brown

Street und vor ihr stände eine Schale dampfender Hühnersuppe mit Nudeln.

»Du hast bestimmt auch Hunger, Ermengarde«, sagte Tuesday, während sie die kleine Ratte streichelte, die sanft an ihren Fingerspitzen knabberte.

Plötzlich spürte sie einen schmerzhaften Stich an ihrem Bein. Sie tastete über den Höhlenboden, konnte jedoch nichts Spitzes oder Scharfes finden. Als sie vorsichtig über den Poncho strich, fühlte sie etwas, das in den Stoff eingenäht sein musste. Im Innenfutter des Ponchos entdeckte sie schließlich eine winzige Tasche und darin ein kleines, in Folie gewickeltes Päckchen, das sich durch den Stoff bohrte. Auf dem Etikett war eine tanzende Orange oder Mandarine mit feuerroten Schuhen abgebildet.

Tuesday riss die Verpackung auf und stopfte sich den Inhalt in den Mund. Intensiver Zitrusgeschmack zerschmolz auf ihrer Zunge. *Hmmm, herrlich!* Als sie die Süßigkeit durchgebisssen hatte, ergoss sich eine Flüssigkeit in ihren Mund. Tuesday schnappte nach Luft. Es brannte, als hätte sie auf eine rote Chilischote gebissen. Sie sprang auf und versuchte, sich Luft in den Mund zu fächeln. Doch das machte alles nur noch schlimmer. Hitzewellen strömten durch ihren Körper, ihre Augen fingen an zu tränen. Tuesday wedelte wie wild mit den Händen, tanzte herum, jammerte und stöhnte. Verzweifelt hielt sie nach irgendetwas Ausschau, um sich den Mund zu kühlen, keuchte und hechelte, um das Feuer auf ihrer Zunge zu löschen. Ermengarde vergrub sich erschrocken unter dem Poncho.

Tuesdays Blick blieb in einem dunklen Winkel der Höhle an einem Schatten an der Wand hängen. Als sie mit der Hand danach tastete, fühlte sie, dass es Feuchtigkeit war. Dankbar über die Abkühlung, drückte sie ihre Zunge dagegen und stöhnte erleichtert auf.

Kurz darauf ließ das Brennen nach. Erschöpft ließ sie sich an der Wand herunterrutschen und wischte sich die Augen. Ihre Zunge fühlte sich zwar immer noch an wie ein Stück heißes Metall, aber das Schlimmste war überstanden.

Sie setzte Ermengarde zurück auf ihre Schulter und fing an, den Poncho genauer zu untersuchen. Dabei stieß sie auf unendlich viele auf der Innenseite eingenähte kleine Taschen. Einige davon waren leer, andere nicht. Bald hatte Tuesday ihre Fundstücke wie einen Schatz vor sich ausgebreitet. Ein winziges Taschenmesser. Mehrere kleine Packungen mit Nüssen. Drei Tütchen getrocknete Apfelringe. Vier Stückchen, die nach Schokolade aussahen. Ein schneckenförmig aufgerollter Trinkhalm.

Mit dem Messer schnitzte sie eine schmale Rinne in die feuchte Wand, grub am Ende des Ablaufs eine Art Schale in den Boden und wartete. Kurze Zeit später fielen die ersten Wassertropfen hinein, die sie mithilfe des Strohhalms aus der kleinen Vertiefung schlürfte. Es schmeckte ein wenig salzig, aber auch süß, genau wie auf dem Hinweg das Wasser im Tunnel. Auch Ermengarde hielt ihre spitze Schnauze in die improvisierte Schale und schleckte genüsslich die Tropfen auf.

Während Tuesday darauf wartete, dass das Wasser nachlief, teilten sie sich ein Päckchen Nüsse, die die kleine Ratte anmutig verspeiste. Dann aßen sie jede einen getrockneten Apfelring und ein Stückchen Schokolade. Jeder Bissen fühlte sich an wie ein Geschenk. Hinterher gönnte Tuesday sich mit dem Strohhalm noch einen Schluck Wasser. Wahrscheinlich war es die leckerste Mahlzeit, die sie in ihrem Leben je gegessen hatte. Als die Wasserschale leer war, breitete sie den Poncho auf dem Boden aus, deckte sich damit zu und setzte Ermengarde dicht neben sich.

»Ich weiß zwar nicht, wo wir sind, und ich habe keine Ahnung, was Loddon mit uns vorhat«, flüsterte sie ihrer kleinen Gefährtin ins Ohr, »aber ich bin sicher, das Baxterr uns irgendwie finden wird.«

Dann fielen ihnen die Augen zu. Sekunden später waren die beiden auf dem Höhlenboden tief und fest eingeschlafen, während draußen in der großen Höhle der Papiermond seinen perlmuttartigen Schimmer verströmte und die kleinen goldenen Sterne in der Dunkelheit glitzerten.

Kapitel 18

Colette Baden-Baden stand hinter einem großen, blühenden Busch und beobachtete das imposante Bibliotheksgebäude.

»Könntest du mich jetzt zu dieser Bibliothekarin bringen?«, fragte sie Blake Luckhurst. »Falls es dir keine allzu großen Umstände bereitet. Wie ich sehe, scheinst du gerade in einer wichtigen Angelegenheit unterwegs zu sein.«

Blake warf einen Blick auf seine verstaubten Kleider und seine schwarz verschmierten Hände. »Ich bin nicht sicher, ob irgendjemand von uns beiden wirklich scharf darauf sein sollte, die Frau Bibliothekarin zu treffen«, brummte er halblaut.

»Aber dieser Gärtner hat mir hoch und heilig versichert, dass sie die Einzige ist, die helfen könnte«, flüsterte Colette.

»Der Gärtner?«, hauchte Blake beeindruckt. »Wow, Sie sind ja ganz schön rumgekommen.«

»Nicht ganz. Um ehrlich zu sein, bin ich … also, ich bin direkt in sein Gewächshaus gefallen.«

Blake nickte. »Ach, Sie sind gefallen …? Interessant. Und wie genau ist das passiert? Ich meine … ist nur so eine Vermutung … aber eine Schriftstellerin sind Sie nicht, oder?«

»Ich denke mir keine Geschichten aus, wenn es das ist, was du meinst«, sagte Colette. »Aber manchmal schreibe ich Berichte, Rezensionen und Reportagen, etwas in der Art …«

»Jaja, verstehe«, sagte Blake, »aber keine Erzählungen.«

»Ich bin Dokumentarfilmerin. Das ist meine Art, Geschichten zu erzählen. Und bis heute fand ich wahre Geschichten immer wesentlich spannender als erfundene. Natürlich abgesehen von …«, ergänzte Colette mit einem kurzen Seitenblick zu Blake, »… besonders fesselnden Romanen.«

»Vielen Dank«, sagte Blake bescheiden. »Aber ich finde trotzdem, Sie sollten nicht hier sein. Nur Schriftsteller kommen hierher. Dies ist der Ort, an dem sie in ihre Welten eintauchen und die Erfahrungen sammeln, die sie brauchen, um ihre Geschichten zu schreiben. Sie sollten lieber verschwinden, bevor die Bibliothekarin Sie erwischt.«

»Absolut unmöglich. Erstens ist mein treues Ross auf und davon und hat mich auf Gedeih und Verderb hier zurückgelassen. Aber was noch viel wichtiger ist: Ich habe Tuesdays Mutter versprochen, auf ihre Tochter aufzupassen. Und soweit ich verstanden habe, ist die Bibliothekarin die Einzige, die mir jetzt noch helfen kann, mein Versprechen zu halten.«

Blake schüttelte langsam den Kopf. »Ich glaube nicht, dass sie das auch so sehen wird.«

»Nun, dann werde ich jetzt zu ihr gehen und ihr meine Lage erklären. Von Frau zu Frau. Ich bin sicher, dass sie mich verstehen wird.«

»Warum sind Sie überhaupt so überzeugt davon, dass Tuesday Ihre Hilfe braucht? Baxterr wird sie ganz bestimmt finden, keine Sorge.«

»Ich habe Grund zu der Annahme, dass sie große Angst hatte. Sonst hätte sie nicht um Hilfe gerufen, als sie zum Fenster hinausgezogen wurde. Und Baxterr hätte anders reagiert. An seinem Instinkt würde ich niemals zweifeln.«

»Wie Sie meinen«, sagte Blake und warf einen verstohlenen Blick hinüber zur Bibliothek, bevor er sich auf einer Steinplatte niederließ. Colette setzte sich neben ihn. »Baxterr wird Tuesday mit Sicherheit zurückbringen.«

»Dann warte ich hier auf ihn. Und wenn er nicht rasch zurückkommt, müssen wir diese Bibliothekarin finden.«

»Einverstanden«, sagte Blake. »Dann warten wir zusammen.«

Also warteten sie. Blake erkundigte sich nach dem Gärtner, und Colette berichtete, was sich nach ihrer Ankunft im Gewächshaus ereignet hatte.

Als es allmählich dunkel wurde und aus den Tiefen des Parks bis zum Balkon der Bibliothek dichte Nebelschwaden heraufzogen, war Baxterr immer noch nicht zurückgekehrt.

»Ich nehme an, du weißt über Tuesdays Familie Bescheid?«, fragte Colette.

Blake sah sie misstrauisch von der Seite an. »Ein wenig.« Er hatte geschworen, das Geheimnis niemandem zu verraten. Und selbst wenn Colette wirklich Tuesdays Patentante war, würde er niemals zugeben, dass er von dem Doppelleben, das die berühmteste Kinderbuchautorin der Welt unter ihrem bürgerlichen Namen Sarah McGillycuddy führte, wusste. Es sei denn, Colette würde als Erste davon anfangen.

Colette lachte. »Ich glaube, jeder, der weiß, dass Baxterr ein Geflügelter Hund ist, hütet noch viele andere Geheimnisse. Ich finde das bewundernswert. Du wirst vielleicht überrascht sein zu erfahren, dass ich diejenige war, die Serendipity vorgeschlagen hat, sich eine Verkleidung zuzulegen, damals, als alle sie nur unter dem Namen Sarah kannten! Was sagst du dazu?«

Blake nickte stumm und versuchte, sich nicht anmerken zu lassen, dass er ganz schön beeindruckt war.

»Ich habe oft genug miterlebt, was Ruhm mit Menschen anrichten kann«, fuhr Colette fort.

»Wirklich?«, sagte Blake.

»Oh jaaaa, mein Lieber! Sarah und Denis waren jung. Sie wünschten sich eine Familie. Aber wie soll jemand ein normales Familienleben führen, wenn ständig Journalisten durch den Briefkastenschlitz glotzen, dich mit ihren Kameras ausspionieren und bis in den Supermarkt verfolgen? Glaub mir, ich weiß, wovon ich rede. Ich habe selbst viele Jahre als Journalistin gearbeitet, bevor ich anfing, Dokumentarfilme zu drehen. So möchte man kein Kind großziehen. Und ich war damals schon sicher, dass Sarah durch ihre Romane berühmt werden würde. Sie brauchte einen guten Plan. Wie du weißt, hat er funktioniert. Sie konnten ein ganz normales Leben führen, solange es nötig war. Tuesday hatte eine ganz normale Kindheit. Aber jetzt ist natürlich gar nichts mehr normal.« Colette seufzte grimmig.

»Vielleicht gibt es noch einen anderen Weg«, sagte Blake. »Um in die Welt von Vivienne Small zu kommen, meine ich.«

»Und welchen?« Colette sah ihn mit großen Augen an, bevor sie sich zu schmalen Schlitzen verengten.

»Jack Bonner hat immer einen Notfallplan in der Tasche«, fuhr Blake fort, obwohl er selbst alles andere als sicher war, dass die Idee, die ihm gerade durch den Kopf ging, wirklich gut war. Die Chance, dass sein Plan funktionieren würde, war minimal.

»Aha! Jack Bonner«, rief Colette, »der Mann, der behauptet, nichts ginge über eine ordentliche Sprengladung! Nein, ich denke, dieses Mal sollten wir davon absehen, uns in diese Welt hineinzusprengen. Meine bevorzugte Methode ist *Niemals Spuren hinterlassen!*«

Blake spähte durch sein Fernglas und brummte: »Worauf wartet sie? Woher sollte sie wissen, dass wir hier sind?«

»Diese Bibliothekarin scheint dir Sorgen zu machen«, sagte Colette leise.

»Ich habe meinen Abgabetermin platzen lassen und jetzt sitze ich ganz schön in der Klemme. Sie wird ausrasten, wenn sie mich hier erwischt … Aber wenn wir noch ein wenig warten, geht sie vielleicht endlich schlafen. Dann könnten wir zwei Fliegen mit einer Klappe schlagen.«

»Was du nicht sagst«, erwiderte Colette. »Wenn eine dieser Fliegen Tuesdays missliche Lage ist, was ist dann die andere?«

»Essen«, antwortete Blake. »Ich lebe schon seit Wochen nur von getrockneten Kartoffeln.«

Er hatte im Laufe seiner Karriere als Schriftsteller so manche Nacht in der Bibliothek verbracht und keine davon war besonders angenehm gewesen. Manchmal war er nur verletzt gewesen, viele andere Male waren ihm – was weitaus schlimmer war – die Ideen ausgegangen, und er hatte absolut keine Ahnung, wie die Handlung einer Geschichte weitergehen sollte. Er hatte die Erfahrung gemacht, dass die Wahrscheinlichkeit, als Autor von Actionromanen bei einer Detonation oder in einem Kreuzfeuer verletzt zu werden, sehr hoch war. Aber das Risiko, dass mit einem entgleisenden Hochgeschwindigkeitszug auch die Handlung ins Schlingern geriet, war mindestens ebenso groß. Bei dem Gedanken, wieder hier zu sein, beschlich ihn deshalb das vertraute mulmige Gefühl. Nicht nur, weil die Bibliothek ein unüberschaubarer Aufbewahrungsort für sämtliche jemals geschriebene Bücher war. Sie war auch eine Art Brutstätte für Manuskripte. Hier dachten die Autoren monate-, manchmal auch jahrelang über ihre Geschichten nach, brüteten über ihren Ideen, während die Bücher in den Regalen auf ihre Vollendung warteten. Auf geheimnisvolle Weise wechselten die Bücher im Laufe dieses Prozesses nicht nur ihre Farbe, sondern waren, je nach Stadium, mehr oder weniger durchsichtig.

Und dann war die Bibliothekarin hier zu Hause. Sie sah eigentlich ganz nett aus, wie die meisten Bibliothekarinnen, denen Blake bislang begegnet war. Sie war sehr klein und ganz bestimmt nicht jung. Wahrscheinlich war sie eher uralt. Das Unheimliche an ihr war ihre Stimme: Sobald Blake sie hörte, verwandelte er sich auf der Stelle in einen ängstlichen, gehorsamen kleinen Jungen. So etwas hatte er bislang noch bei keinem anderen Menschen erlebt. Außerdem hatte sie die beunruhigende Fähigkeit, ihn überall aufzuspüren, egal, wo er sich gerade verkrochen hatte, um eine kleine Atempause einzulegen. Er fürchtete ständig, dass im nächsten Augenblick diese Stimme ertönte und die strenge Bibliothekarin in ihrem lavendelfarbenen Nachtgewand irgendwo im Garten auftauchte und mit ihm schimpfte, weil er nachts im Dunkeln hier herumschlich und nicht nur einen außer Kontrolle geratenen Roman, sondern auch noch eine Nicht-Schriftstellerin im Schlepptau hatte.

»Ob Baxterr wirklich zurückkommt?«, riss Colette ihn aus seinen Gedanken.

»Er braucht ganz schön lange. Wir sollten unbedingt herausfinden, was da los ist. Und wenn mein Plan funktioniert –« Blake brach ab und pfiff leise durch die Zähne. »Na, wer sagt's denn, sie hat die Hauptbeleuchtung ausgeschaltet, wurde auch langsam Zeit. Bleiben Sie dicht hinter mir, und: Kein Wort mehr jetzt!«

Tief geduckt rannte Blake hinter dem Gebüsch hervor und umrundete den Brunnen. Colette stopfte ihren Hut in die Hosentasche und folgte ihm. Wie zwei Schatten liefen sie auf Zehenspitzen den Balkon entlang, der einmal um die Bibliothek herumführte. Blake huschte dicht an der Mauer entlang bis zu der einzigen hohen Terrassentür, aus der noch Licht schien. Kurz davor ließ er sich flach auf den Boden fallen und robbte auf dem Bauch weiter bis zum anderen Ende der Tür. Von dort aus gab er Colette ein Zeichen, sie solle sich beeilen.

Colette jedoch pirschte sich auf leisen Sohlen bis an die Terrassentür heran, dann spähte sie vorsichtig hinein. Am gegenüberliegenden Ende des Zimmers hatte es sich eine sehr kleine und sehr alte Dame zwischen vielen Kissen auf einer malvenfarbenen Chaiselongue bequem gemacht. Sie trug einen lavendelfarbenen Satinmorgenmantel und darunter einen farblich passenden Pyjama. Sie strickte an einem sehr flauschig aussehenden violetten Schal. Ihre Schildpatt-Stricknadeln bewegten sich flink und das violette Wollknäuel rollte auf dem Teppich hin und her, während die alte Dame rhythmisch an dem Wollfaden zog. Beinahe hätte Colette laut losgeprustet vor Lachen. Sie gluckste in sich hinein, nahm ihren Hut aus der Tasche und zog ihn tief in die Stirn. Dann huschte sie wie ein pelziger Schatten blitzschnell am Fenster vorbei.

»Das war ziemlich leichtsinnig«, zischte Blake leise.

»Diese kleine alte Dame soll deine böse Bibliothekarin sein?«, flüsterte sie Blake zu. Trotz der Dunkelheit konnte sie deutlich sehen, dass er fast so rot wurde, wie es seine Jagdmütze gewesen sein musste, bevor ihre Farbe unter einer schmutzigen Staubschicht verschwunden war.

»Sie haben keine Ahnung«, brummte er.

Ein Stück weiter kamen sie an den messingfarbenen Fernrohren vorbei, die entlang der Balkonbrüstung installiert waren. Interessiert untersuchte Colette ein Fernrohr und strich mit dem Finger über den kleinen Geldschlitz. Automatisch tastete sie ihre Hosentaschen nach Kleingeld ab.

»Sie hätten ohnehin nicht die passende Währung«, sagte Blake. »Glauben Sie mir. Die Münzen verteilt Frau B. Aber wenn wir Glück haben …«

»Was würde ich sehen, wenn ich die passende Münze hätte? Doch wohl hoffentlich nicht bloß diesen Nebel, oder?«, wollte Colette wissen.

»Das hängt davon ab, wer Sie sind«, erklärte Blake. »Serendipity würde die Welt von Vivienne Small sehen. Tuesday ebenso. Es ist zwar sehr ungewöhnlich – sehr selten –, aber Serendipity und Tuesday teilen sich diese Welt. Das treibt die Bibliothekarin zur Verzweiflung. Und ich, ich würde die Welt von Jack Bonner sehen.«

»Verstehe ich das richtig: Du siehst die ganze Welt? Das ganze Ding? Alles? Wenn ich mich recht erinnere, ist Jack Bonners Welt sehr groß.«

»Ja, am Anfang sieht man wirklich alles. Aber dann denkt man sich in genau die Gegend, die man besuchen muss. Die taucht dann vor einem auf. Und sehen Sie diese Treppen dort?« Blake zeigte auf die breite, geschwungene Marmortreppe, die offenbar hinunter in den Garten führte. »Das ist der Weg. Das heißt, für einen Schriftsteller.«

»Und für diejenigen unter uns, die dieses Privileg nicht genießen?«, fragte Colette.

»Ich schätze, für die ist es ein Abgrund. Aber am besten folgen Sie mir einfach«, sagte Blake.

Kapitel 19

Vorsichtig öffnete Blake eine der Verandatüren, und Colette folgte ihm in den dunklen Raum. Drinnen stemmte sie die Hände in die Hüften und nahm den Speisesaal mit der hohen Decke und dem auf Hochglanz gebohnerten Holzfußboden in Augenschein. Ihr Blick wanderte über die vielen, mit weißem Leinen gedeckten und von hübschen Lampions sanft beleuchteten Tische.

Obwohl ihre geheime Mission eigentlich keinen Aufschub erlaubte, konnte Blake einem kurzen Abstecher zum Büffet nicht widerstehen, um einen Blick auf das Angebot unter den verbliebenen silbernen Speisehauben zu werfen.

»Kann man sich nehmen, was man will?«, murmelte Colette, als sie Blake über die Schulter schaute.

»Frau B. glaubt nicht daran, dass man mit hungrigem Magen schreiben kann«, sagte Blake.

Es wird eine lange Nacht stand auf einem Schild und unter dem Silberdeckel wartete eine große Schale türkischer Honig. *Energiespender* las Blake auf einem anderen Schild und sah mit leuchtenden Augen auf einen riesigen, in Papier gewickelten Souflaki-Fleischspieß. Colette lüftete eine Speisehaube mit der Aufschrift *Schwindende Hoffnung*, unter der mehrere hohe Gläser auf einem Tablett zum Vorschein kamen, die mit schaumigem Eisshake gefüllt waren. Neben jedem Glas lag eine Lakritzschnecke und ein rot-weiß gestreifter Trinkhalm. Colette nippte neugierig an der Flüssigkeit, stellte verblüfft fest, dass sie nach Cola schmeckte, und trank das Glas in einem Zug leer. Den Rest sog sie leise schlürfend durch den Trinkhalm, sodass Blake den Finger an die Lippen legte und sie daran erinnerte, leise zu sein.

»So schlimm kann diese Frau B. gar nicht sein«, brummte Colette und kaute genüsslich an der Lakritzschnecke.

Blake nahm einen Riesenbissen von dem Fleischspieß. Den Rest verstaute er in seiner Hosentasche und gönnte sich noch eine Handvoll türkischen Honig. Colette folgte ihm aus dem Speisesaal in die hohe Eingangshalle der Bibliothek. Im Vorbeigehen warf sie einen bewundernden Blick auf die Gemälde, die selbst bei der gedämpften Beleuchtung Eleganz verbreiteten.

Blake dirigierte sie eilig zu einer großen Doppeltür. »Der Büchersaal«, flüsterte er, öffnete vorsichtig die Tür einen Spaltbreit und schlüpfte seitwärts in den angrenzenden Raum.

Colette blieb wie angewurzelt hinter ihm stehen. Noch nie zuvor war sie an einem einzigen Tag so oft sprachlos gewesen. Von einer fast himmelhohen Decke hingen grüne Lampenschirme herab und warfen sanftes Licht auf lange Reihen Schreibtische, die mit dunklem Leder bezogen waren. Und dann diese Bücherregale! Sie wuchsen in schwindelerregende Höhen. Colette meinte beinahe, das leise Gemurmel von Millionen und Abermillionen Stimmen zu hören, das aus den Bucheinbänden drang. Die Bücher! Wie viele mochten es sein?

»Alle Geschichten, die jemals geschrieben wurden«, flüsterte Blake andächtig, als habe er ihre Gedanken erraten. »Meine acht sind auch dabei, da drüben unter L. Aber weswegen wir eigentlich hier sind, ist *das* da.«

Er zeigte auf ein silberfarbenes Podest mit einem ringsum laufenden Geländer, das etwas abseits auf dem Boden stand.

Ihr erinnert euch vielleicht noch an dieses Podest, auf dem Tuesday bei ihrem ersten Besuch in der Bibliothek mit der Bibliothekarin an den nach Autorennamen geordneten Bücherregalen entlanggeflogen war. Vor vielen Jahren hatte auch Serendipity als junge Autorin auf diesem Podest die Wunder des großen Bibliothekssaals erlebt. Soweit Blake wusste, waren er und Silver Nightly – der jetzige Gärtner – die einzigen Menschen, mit denen die Bibliothekarin die Plattform je für eine Fahrt außerhalb der Bibliothek benutzt hatte. Damals waren sie durch eine Falltür im Schreibzimmer der alten Dame in ein Universum gelangt, in dem unzählige Welten wie Himmelskörper umherschwebten. Ein fantastischer Anblick, den Blake niemals vergessen würde.

Wenn das Podest sie zum Gewächshaus des Gärtners gebracht hatte, so hatte Blake sich überlegt, könnte es sie wahrscheinlich auch anderswohin bringen. Immerhin gehörte es der Bibliothekarin und sie schien über alles, was in jeder einzelnen Geschichte passierte, genauestens Bescheid zu wissen. Und das war nur möglich, wenn sie die Welten, die die Schriftsteller geschaffen hatten, selbst besucht hatte. Da die Bibliothekarin keine Schriftstellerin war, spekulierte Blake darauf, dass auch Nicht-Autoren mit dieser Plattform reisen konnten. Er war sich zwar nicht hundertprozentig sicher, aber zumindest erschienen ihm seine Schlussfolgerungen logisch.

Als Blake Colette seinen Plan mit gedämpfter Stimme erklärte, vibrierte das Podest neben ihnen, als habe es ihr Gespräch belauscht und freue sich schon auf einen Ausflug außerhalb der Bücherregale.

»Sobald die Bibliothekarin schlafen gegangen ist, schnappen wir uns die Plattform und schaffen sie in ihr Büro«, sagte Blake. »Dann rollen wir den Teppich beiseite, öffnen die Falltür und … los geht's!«

»Mir gefällt das nicht«, flüsterte Colette. »Eine solche Aktion verlangt viel mehr Recherche. Vielleicht funktioniert diese Plattform nur, wenn die Bibliothekarin sie benutzt, während jeder andere sonst wohin geschleudert wird. Und was ist, wenn ich wieder auf Vivienne Smalls Welt zufliege, gegen den Himmel pralle und wie ein Regentropfen an einer Glasscheibe abrutsche? Nur, dass ich dieses Mal nicht beim Gärtner lande, sondern immer weiter ins Leere falle. Und sterbe. Nein, nein, nein. Nicht, bevor ich Tuesday gefunden habe. Lieber spreche ich mit dieser Bibliothekarin.«

Blake wollte gerade protestieren, als die abgedunkelten Lampen im Büchersaal nach einem kurzen Flackern plötzlich hell aufleuchteten. Die Tür wurde geöffnet, dann hörten sie gedämpfte, eilige Schritte.

»Schnell!«, zischte Blake und zog Colette in die Lücke zwischen zwei turmhohen Bücherregalen.

Eine energische Stimme rief: »Ist da jemand? Wer *ist* da? Ich hoffe nicht, dass du es bist, Blake Luckhurst. Komm da raus!«

Colette duckte sich noch etwas tiefer in die dunkle Ecke und sah zu ihrem Erstaunen, wie ein verängstigter und kleinlauter Blake aus dem Versteck hervortrat.

»Hallo, Frau B., ich bin … ähm …«

»Ach, du liebes Lottchen, du *bist* es! Also wirklich, Blake Luckhurst, ich habe allmählich genug von deinen Tricks. Das meine ich ernst. Du hast den Abgabetermin für deinen Roman schon um mehr als drei Monate überschritten und ich werde keinen weiteren Aufschub dulden! Es ist mir egal, wenn dein Mr Bonner sich bei seinen Sprengstoffspielereien schwere Gesichtsverletzungen zugezogen hat. Dichte einfach einen plastischen Chirurgen dazu, der sein Handwerk versteht, und bringe dieses Abenteuer zu einem schnellen Ende! Schließlich ist er ein Actionheld, aus hartem Holz geschnitzt.«

Colette trat hinter dem Bücherregal hervor. In ihrem dicken schwarzen Pelzmantel überragte sie die winzige grauhaarige Dame im Satinmorgenmantel um mehrere Längen.

»Wenn Sie verzeihen, verehrte Frau Biblio…«, begann Colette höflich.

Die kleine Dame warf der um einiges größeren Frau einen vernichtenden Blick zu, der sie auf der Stelle zum Schweigen brachte, was schon allein angesichts des Größenunterschiedes eine beachtliche Leistung darstellte. »Still! Habe ich mit Ihnen geredet? Zu Ihnen komme ich gleich noch.«

Colette stellte verblüfft fest, dass diese Stimme wirklich etwas an sich hatte, das zu sofortigem Gehorsam zwang. Und Gehorsam war etwas, das Colette normalerweise nicht kannte.

»Ab mit dir, Blake Luckhurst! Was brauchst du? Stift, Papier? Du findest alles in dem Schreibtisch im Foyer. Oder musst du etwas essen? Hol dir etwas aus dem Speisesaal, und dann mach, dass du vorankommst. Hier, nimm das … und sag nicht noch mal, ich würde nie etwas für dich tun!«

Die Bibliothekarin holte eine große Goldmünze aus der Tasche ihres Morgenmantels. »Steuere ein klares Ziel an. Keine Verzögerungen. Keine zusätzlichen Charaktere, die für die Handlung nicht wichtig sind. Komm zur Sache, Blake!«, sagte sie und zeigte zu den Flügeltüren des Büchersaals. »Auf der Stelle!«

Mit gesenktem Kopf – keine Spur mehr von seiner früheren Selbstsicherheit und Größe – schlich Blake zur Tür. Dort drehte er sich noch einmal um. »Sorry, Colette … war'n Versuch. Man sieht sich.« Sprach's und verschwand.

»Und jetzt zu *Ihnen*. Wenn ich mich nicht irre, sind Sie *keine* Schriftstellerin«, wandte sich die Bibliothekarin an Colette. »In mein Büro, sofort!«

»Setzen Sie sich«, befahl die Bibliothekarin. Sie zeigte auf einen Stuhl mit elegant geschwungener Lehne, der in der Mitte des Zimmers stand, während sie selbst ihren Platz auf der Chaiselongue wieder einnahm.

Colette setzte sich folgsam. »Vielen Dank«, begann sie, »ich bitte um Entschuldigung wegen …«

Die alte Dame fiel ihr ins Wort: »Ich verlange zu wissen, wer Sie sind und wie Sie es geschafft haben, hierher zu meiner Bibliothek zu finden.«

Colette lächelte die Bibliothekarin gewinnend an. Zumindest versuchte sie es, aber in ihrem voluminösen Bärenfellmantel auf dem filigranen Stuhl gab sie ein ziemlich seltsames Bild ab. »Ich bin die Patentante von Tuesday McGillycuddy, die in große Gefahr geraten ist, jedenfalls nach allem, was ihr Hund Baxterr mir berichtet hat. Baxterr ist selbst unterwegs, um Tuesday zu suchen, ist jedoch immer noch nicht zurückgekehrt. Mr Luckhurst und ich sind uns durch Zufall begegnet. Mir ist klar, dass Sie eine sehr mächtige Frau sind, und ich muss Sie um Ihre Unterstützung bitten. Ich habe Tuesdays Mutter ein Versprechen gegeben, verstehen Sie? Und ich bin eine Frau, die zu ihrem Wort steht. Sie kennen Tuesdays Mutter. Ich nehme an, dass sie ebenfalls gerade irgendwo hier ist, gesund und in Sicherheit. Ich möchte Serendipity in dieser schwierigen Zeit nur ungern mit schlechten Nachrichten beunruhigen. Ich möchte nur, dass Tuesday wieder wohlbehalten in der Brown Street ist, bevor ihre Mutter zurückkehrt.«

»Schlechte Nachrichten!«, schnaubte die Bibliothekarin. »Was für schlechte Nachrichten? Tuesday ist dabei, eine Geschichte zu schreiben. Ihre Mutter sollte stolz auf sie sein, ja, geradezu entzückt. Wenigstens schreibt eine von ihnen. Mehr kann ich dazu nicht sagen.«

Colette richtete sich kerzengerade auf. »Ich bin wahrhaftig keine

Expertin auf diesem Gebiet, aber diesen grünen Faden halte ich für … besorgniserregend.«

Die Bibliothekarin lächelte geheimnisvoll und nahm wieder ihr Strickzeug zur Hand. »Tuesday McGillycuddy ist eine sehr eigenständige junge Dame«, sagte sie. »Ich vermute, sie hat sich etwas vollkommen Neues ausgedacht. Hin und wieder gibt es besonders talentierte Schriftsteller, wissen Sie? Ich habe ein wachsames Auge auf unser junges Fräulein. Mir war von Anfang an klar, dass aus ihr etwas ganz Besonderes werden kann.«

»Nichtsdestotrotz möchte ich nachsehen, ob es ihr wirklich gut geht«, sagte Colette so charmant sie konnte.

»Wissen Sie, es ist nicht das erste Mal, dass ich ein solches Verhalten bei Freunden und Verwandten von Miss McGillycuddy erlebe. Dabei gibt es dazu keinerlei Grund. Ist ihr jemals etwas Böses zugestoßen? Nein, nicht ein einziges Mal! Wahrscheinlich ist sie da draußen gerade dabei, den Roman zu schreiben, der sie berühmt machen wird, und Sie wollen wissen, ob sie in *Sicherheit* ist. Gütiger Himmel! Geschichten sind niemals *sicher*.«

»Das ist genau der Punkt«, antwortete Colette trocken. »Und, wie gesagt, ich bin eine Frau, die ihre Versprechen hält. Deshalb werde ich alles tun, um in Vivienne Smalls Welt zu gelangen.«

Die Bibliothekarin lachte laut. »Absolut unmöglich!«, rief sie aus. »Meine einzige Sorge ist es, wie ich Sie am besten zurück nach Hause und vor allem hier herausbekomme, wo Sie nicht hingehören. Ich hoffe doch, ich kann mich auf Ihre absolute Diskretion und Verschwiegenheit verlassen? Dieser Ort ist seit ewigen Zeiten ein von allen Schriftstellern gehütetes Geheimnis.«

Colette stieß einen langen Seufzer aus. Wenn die Bibliothekarin ihren Gast ein wenig näher gekannt hätte, hätte sie die Warnung, die darin lag, erkannt. Colette erhob sich ruhig von ihrem Stuhl, stand mit zwei großen Schritten neben der alten Dame, griff nach dem Wollknäuel und hatte ihren Oberkörper blitzschnell gefesselt.

»Halt! Stopp! Aufhören! Binden Sie mich sofort wieder los, Sie Bestie!«, kreischte die Überrumpelte außer sich vor Wut.

Colette brachte sie zum Schweigen, indem sie ihr einfach das restliche Wollknäuel in den Mund stopfte. Dann band sie ihr mit weiteren Wollsträngen aus dem Strickkorb routiniert die winzigen Hände und die ebenso kleinen Füße zusammen. Kurz darauf war die Bibliothekarin fest verschnürt und funkelte Colette aus ihrem flauschigen fliederfarbenen Wollkokon böse an. Ihre Perlenohrringe wippten wütend hin und her.

»Warten Sie hier«, sagte Colette und kicherte leise.

Nach einem kurzen Abstecher in den Speisesaal kehrte sie mit einem Cola-Eisshake zurück und setzte ihn auf dem Tischchen neben der Chaiselongue ab. Dann bog sie einen rot-weiß gestreiften Trinkhalm zurecht. Sie suchte einige Bücher aus der Privatsammlung der Bibliothekarin aus und platzierte das Glas auf dem kleinen Stapel, sodass ihre Gefangene es bequemer erreichen konnte.

»Man muss ja nicht gleich unhöflich werden.« Sie befreite die alten Dame von dem wollenen Knebel, schwenkte ihn vor ihrer Nase und warnte sie: »Sobald ich das kleinste Geräusch oder ein einziges Wort von Ihnen höre, kommt mein kleiner Korken wieder zum Einsatz. Es reicht, wenn Sie nicken oder den Kopf schütteln, ja oder nein. Und jetzt meine Frage: Egal, wohin ich will, wird die Plattform im Büchersaal mich sicher dorthin bringen?«

»Wie können Sie es wagen!«, fauchte die Bibliothekarin.

Colette winkte mit dem Wollknäuel. »Kein Wort, habe ich gesagt, nur Nicken oder Kopfschütteln«, erinnerte Colette sie.

Anstelle einer Antwort bekam sie nur einen eisigen Blick.

»Na schön«, sagte Colette schließlich. »Wie ich sehe, sind Sie eine Frau, die sich nicht leicht einschüchtern lässt. Ich bewundere das. Aber leider bleibt mir keine andere Wahl: Ich bin zwar nicht besonders froh darüber, aber dann werde ich Ihre Plattform wohl selbst ausprobieren müssen.«

Schäumend vor Wut beobachtete die Bibliothekarin, wie Colette den violett schimmernden Teppich zurückschlug, unter dem der ringförmige Messingverschluss der Falltür zum Vorschein kam, genau wie Blake es beschrieben hatte.

Kapitel 20

»Perfekt. Absolut perfekt. Eine geniale Geschichte!«, jubelte Loddon.

Er hatte die ganze Zeit gemütlich im Papiergras gelegen. Jetzt setzte er sich auf und klatschte in die Hände.

In ihrer Geschichte hatte Tuesday Loddon ausgeschickt, um nach einem Riesen zu suchen, der sich einen Spaß daraus machte, eine Stadt mit Felsbrocken zu bombardieren. Loddon hatte sich mit dem Riesen angefreundet und so die Stadt vor dem sicheren Untergang bewahrt. Nachdem er von den Bewohnern mit Dank und vor allem mit einem lebenslangen Goldvorrat überschüttet worden war, hatte er beschlossen, gemeinsam mit dem Riesen, der ihn auf seinen Schultern reiten ließ, andere Orte aufzusuchen. Die erste Stadt war gerettet worden – bei den anderen sähe es vielleicht anders aus. Es sei denn, die Bürger zahlten.

Tuesday hatte herausgefunden, dass Loddon mit Vorliebe Geschichten hörte, in denen er die Rolle des edlen Helden spielte und die Stadt vor dem bösen Drachen beschützte, dafür aber auch mit dem prächtigsten aller Schlösser belohnt wurde. Oder er befreite die Stadt von einer Katzenplage, doch als die Bewohner ihm seine Bezahlung verweigerten, lockte er alle Kinder der Stadt mit seiner Flöte in die Berge, wo sie auf Nimmerwiedersehen verschwanden. Er war so etwas wie ein Held – doch er machte nichts umsonst.

»Und jetzt … noch eine«, verlangte Loddon.

Tuesday stöhnte.

»Komm schon, Schreiberin. Wir haben doch so viel Spaß. Mehr! Mehr!«

Sehnsüchtig sah Tuesday hinüber zum Höhlenausgang und schloss verzweifelt die Augen. Sie war hundemüde und schon ganz heiser, und außerdem hatte sie Hunger. Das Letzte, was sie jetzt wollte, war, Loddon eine weitere Geschichte über ihn selbst zu erzählen.

Wie lange war sie schon hier? Sie konnte es nicht sagen. Mehrere Male war sie erschöpft zurück in ihre Höhle gekrochen und hatte geschlafen. Und mehrere Male hatte Loddon sie mit dem lauten, fröhlichen Schrei »Zeit für eine Geschichte!« aus dem Schlaf gerissen. Er hatte verlangt, dass sie nach unten zum Baum kam und ihm Geschichten erzählte. Stundenlang. Wenn sie die vielen Treppen hinunterging, hing die Papiersonne unter der Hallendecke, doch sobald sie in ihre kleine Höhle zurückkehrte, erschienen Mond und Sterne. Ob es derselbe Tag-und-Nacht-Rhythmus war wie in Vivienne Smalls Welt, wusste Tuesday nicht.

Sie hatte ihren letzten Vorrat an Nüssen aufgegessen, ihr blieben nur noch zwei getrocknete Apfelscheiben. Ihr Magen fühlte sich so leer an wie eine Erdnussschale. Ihr kam es vor, als wäre es schon mehrere Tage her, dass Ermengarde die letzten beiden armseligen Cashewkerne aufgeknabbert hatte. Wenn es so weiterginge, würden sie bald beide vor Hunger sterben. Tuesday träumte von Sahne-Windbeuteln, Schoko-Donuts, frittierten Würstchen im Teigmantel und literweise Cola – seltsamerweise ausschließlich von Sachen, die sie eigentlich gar nicht mochte.

Während Loddon schlief, hatte sie zahlreiche Fluchtpläne geschmiedet. Dann stellte sie sich vor, wie sie sich mit Ermengarde durch den Tunnel kämpfen würde, durch den sie gekommen waren. Doch selbst wenn sie das schaffen sollten, würden sie ohne Schutz vor Schnee und Eis den furchtbaren Winter da draußen niemals überleben. Außerdem würde Loddon die Verfolgung aufnehmen, sobald er wach wurde. Sie konnte die *Sturmhexe* nicht ohne Hilfe segeln, aber eine andere Fluchtmöglichkeit gab es nicht. Andererseits schwanden ihre Kräfte mehr und mehr – wenn sie es noch länger hinausschob, würde sie bald gar keine Energie mehr haben, irgendwohin zu gehen. Obwohl sie mit Sicherheit erst ein paar Stunden wach war, hätte sie am liebsten schon wieder geschlafen. Tuesdays Mund war vollkommen ausgetrocknet. Das Wasser, das aus der Rinne in ihrer Höhlenwand tropfte, linderte den Durst nur wenig. Sie hätte eimerweise Wasser trinken können.

Tuesday und Ermengarde hatten die vielen Gänge, die von ihrer Schlafhöhle wegführten, ausgekundschaftet. Mit dem kleinen Messer, das sie in Colettes Poncho gefunden hatte, markierte Tuesday ihren Weg. An verschiedenen Tunneleingängen hatte sie kleine Pfeile in die Wände geritzt, doch bei dem dämmrigen Licht in den Tunneln war es trotzdem nicht leicht, den Weg zurückzufinden. Außerdem hatten viele dieser Gänge die schlechte Angewohnheit, ausgerechnet dort in den großen Höhlenraum zu münden, wo bis zur nächsten Treppe eine riesige Lücke klaffte.

Trotzdem war Tuesday von den Tunneln fasziniert. Viele Wände waren mit Seiten aus Notizbüchern und Skizzenheften bedeckt, auf denen sie die Handschrift ihrer Mutter erkannte. Zu Anfang wunderte sie sich, wie sie so tief in die Welt ihrer Mutter hatte vordringen können. Doch sie musste nicht lange suchen, um die Antwort darauf zu finden. An verschiedenen Stellen stieß sie auf ihre eigenen Skizzen und Geschichten, darunter ein Bild, das brutal in zwei Hälften gerissen worden war: Sie erkannte eine ihrer Zeichnungen von Vivienne Small wieder und erinnerte sich noch, wie ihre Mutter erstaunt gesagt hatte: »Oh, ich wusste gar nicht, dass Vivienne Small blaue Flügel hat.«

»Wirklich nicht?«, sagte Tuesday. »Natürlich hat sie blaue Flügel.«

»Aber eine Fee ist sie nicht.«

»Nein, aber trotzdem hat sie Flügel.«

»Für eine Fee ist sie auch viel zu wild und ungestüm«, stellte Serendipity fest.

Sie hatten beide gelacht, weil Tuesday selbst gerade eine ziemlich wilde Phase durchgemacht hatte.

Jedes Mal, wenn sie Bruchstücke von Serendipitys Texten oder Skizzen entdeckte, merkte Tuesday, wie sehr sie ihre Mutter vermisste. Wo war sie nur? War sie vielleicht schon wieder zu Hause in der Brown Street oder noch irgendwo in dieser Welt? Oder vielleicht sogar in einer ganz anderen Welt?

»Komm schon, Schreiberin«, riss Loddons quengelnde Stimme Tuesday aus ihren Gedanken. »Noch eine Geschichte! Mehr! Mehr!« Er ließ sich ins Gras fallen, verschränkte die Arme hinter dem Kopf und schloss die Augen.

»Loddon, solange ich nichts zu essen bekomme, wird es keine Geschichten mehr geben.«

Loddon starrte sie mit weit aufgerissenen Augen ungläubig an. »Papperlapapp! Schreiber brauchen kein Essen. Schreiber brauchen Wörter!«

»Wenn du mir nichts zu essen besorgst, werde ich morgen nicht mehr in der Lage sein, die Treppe hinunterzukommen – geschweige denn, später wieder hinauf.«, beharrte Tuesday. »Im Ernst, Loddon, ich werde verhungern.«

»Oooooh«, sagte Loddon. »Oh ja, ich weiß, wie sich das anfühlt. Ich bin auch beinahe verhungert, als du mich alleingelassen hast und ich keine Geschichten mehr bekommen habe.« Schnell rupfte er etwas papiernes Gras ab und bot es Tuesday an. »Erst etwas zu essen?«, fragte er. »Und dann eine Geschichte?«

»Das ist kein richtiges Essen«, sagte Tuesday.

»Wenn du nicht essen willst, was ich dir gebe, erzähl mir nicht, dass du Hunger hast.«

»Das ist kein Essen«, wiederholte Tuesday. Sie riss ein paar Papiergrashalme ab und hielt sie ihm unter die Nase. »Wenn es hier nichts zu essen gibt, müssen wir eben woandershin gehen. Dann musst du mich zurückbringen, verstehst du?«

»Zurück?«, fragte Loddon. »Wohin?«

»Zurück zum Schiff.« Tuesday zeigte auf den Tunnel. »Dann können wir dorthin segeln, wo es etwas zu essen gibt.«

»Kommt überhaupt nicht infrage. Du bist jetzt hier und du bleibst hier. Für immer.«

Tuesday dachte kurz nach, dann fragte sie: »Loddon, wohin gehst du eigentlich, wenn es hier Nacht wird?«

»In mein Zimmer.«

Tuesday hatte erwartet, dass Loddons Zimmer irgendwo am Ende der schwindelerregenden Treppen lag. Aber er ging um den Baumstamm herum, zögerte kurz und warf ihr einen langen, misstrauischen Blick über die Schulter zu. Dann nickte er ihr zu, zog an einem großen Ring im Boden und öffnete eine von Papiergras überwucherte Falltür. Über eine kleine Leiter gelangten sie in einen rundherum mit Blech ausgekleideten Raum in der Erde. Loddons grüner Schimmer verbreitete hier unten ein gespenstisches Licht.

»Ist es nicht schön?«, fragte er. »Du hast es mir geschenkt. Du hast gesagt, hier drin wäre ich sicher und du würdest mir immer Geschichten erzählen.«

Tuesday klopfte an die Wände, die ein dumpfes, metallisches

Geräusch von sich gaben. Auch die Decke bestand aus Blech. Plötzlich erkannte Tuesday, wo sie war.

Der Junge namens Loddon dort unter dem Baum,
kannst du ihn hören, wenn er mich ruft in meinem Traum?
Ich gab eine Kiste tief in der Erde, um ihn zu belohnen,
dort unten, wo alle Geschichten wohnen.

Sie war in Loddons Kiste, dort, wo alle Geschichten abgelegt wurden. Wie sollte sie hier jemals wieder herauskommen? Ihr Magen knurrte und ihr wurde schwindelig.

»Loddon?«, flüsterte sie.

»Ja, was ist, Schreiberin?« Loddon hockte auf dem mit Papierschnipseln übersäten Boden seiner Kiste und sah aus wie ein Kindergartenkind auf seinem Spielteppich.

»Du musst losziehen und mir etwas zu essen besorgen. Vielleicht musst du die *Sturmhexe* nehmen. Wenn du willst, dass ich dir Geschichten erzähle, werde ich sehr viel Essen brauchen. Und Wasser. Ich brauche frisches Wasser. Du wirst bestimmt nicht lange brauchen. Wenn du jetzt aufbrichst, kannst du bis morgen früh wieder zurück sein.«

Loddon runzelte die Stirn. »Ist das wirklich so wichtig oder ist es nur einer dieser vertrackten Schreibertricks?«

»Menschen sterben ohne Nahrung und Wasser, Loddon. Ich werde sterben.«

Der Grasjunge dachte einen Augenblick nach, dann kletterte er die Leiter hinauf. »Einverstanden, Schreiberin. Ich werde dir dein Essen besorgen«, sagte er mit einer großzügigen Geste. »Und ich werde meinen neuen Freund, den Riesen, mitnehmen! Aber du bleibst hier!«

Tuesday schrie auf, doch es war bereits zu spät. Um sie herum wurde es schwarz, als Loddon über die Leiter nach oben sprang und die Falltür hinter sich zuknallte. Sie trommelte mit beiden Fäusten dagegen, versuchte, die Tür mit aller Kraft aufzudrücken. Doch sie bewegte sich keinen Millimeter. Tuesday sank auf den Boden und hätte am liebsten losgeheult. Die Papierwelt da oben war schlimm genug, aber hier in dieser stockdunklen Kiste eingesperrt zu sein, war kaum zu ertragen. Was wäre, wenn Loddon nicht zurückkäme?

Tuesday tastete in ihrer Kapuze nach Ermengardes warmem, weichem Körper. Doch ihre Kapuze war leer.

»Ermengarde!«, rief sie. »Ermengarde?«

Doch nicht das leiseste Rascheln war zu hören. Auch das vertraute Kitzeln, wenn die kleine Ratte über ihren Arm lief, spürte sie nicht. In der Dunkelheit tastete Tuesday über den Fußboden. Wohin war Ermengarde verschwunden? Ihr fiel plötzlich das Sprichwort ein, dass Ratten ein sinkendes Schiff immer als Erste verlassen. War sie so etwas wie ein sinkendes Schiff? Würde sie für immer hier gefangen bleiben? Wer sollte sie jemals finden?

Kapitel 21

Auch bei ihrem nächsten Spaziergang hinter dem Bootshaus fand Serendipity den verwilderten Garten ihrer Kindheit wieder. Sie konnte hören, wie sich ihre Eltern im Haus anschrien, und hatte keine Lust, ihre Streiterei von Nahem zu erleben. Sie erinnerte sich noch allzu gut an diese furchtbaren Szenen, die sich oft über mehrere Stunden hingezogen hatten. Stattdessen ging sie hinüber zu dem Birnbaum im Garten, wo ein kleines Mädchen im Gras lag.

»Hallo«, sagte das Mädchen.

Als es den Kopf hob und sie anlächelte, traf es Serendipity wie ein Blitz aus heiterem Himmel. Obwohl sie nie Kinderfotos von sich besessen hatte, wusste sie sofort, wer dieses kleine Mädchen war.

Zum einen sah es ihrer Tochter Tuesday im Alter von sechs oder sieben Jahren erstaunlich ähnlich. Zum anderen aber erkennt man sich selbst immer wieder, auch wenn einen die Begegnung überrascht.

»Hallo, Sarah«, sagte Serendipity. »Was machst du da?«

»Ich beobachte die Wolken«, antwortete die kleine Sarah. »Willst du ein Spiel spielen?«

Serendipity legte sich neben das Mädchen ins Gras und sah in den Himmel. »Ich bin bereit.«

»Dann müssen wir uns jetzt gegenseitig Fragen stellen«, erklärte Sarah. »Willst du anfangen?«

»Was ist deine Lieblingsfarbe?«, fragte Serendipity.

»Blau. Aber bei diesem Spiel darf man nicht einfach nur die Farbe nennen, man muss sagen, woran sie einen erinnert. Meine Antwort ist also Blau. So blau, wie der Himmel jetzt gerade ist, wenn ich unter meinem Lieblingsbaum liege und der ganze Nachmittag leuchtet.«

Serendipity nickte.

»Jetzt bin ich dran«, sagte Sarah. »Was ist dein Lieblingskleidungsstück?«

»Stiefel«, antwortete Serendipity. »Schwarze Schnürstiefel, die mich überallhin bringen und sich nie abtragen. Und was trägst *du* am liebsten?«

»Du darfst mich nicht das Gleiche fragen, das ist langweilig«, beschwerte sich Sarah. »Aber weil du das Spiel noch nicht kennst, sage ich es dir trotzdem: einen Regenschirm. Ich weiß, das ist kein richtiges Kleidungsstück, aber ich finde Regenschirme lustig. Außerdem sind sie unerschütterlich.«

Serendipity nickte lächelnd.

»Was ist deine Lieblingsbeschäftigung?«, wollte Sarah wissen.

»Ich schreibe gern. Am liebsten morgens, wenn alle anderen noch schlafen und es ganz still im Haus ist«, sagte Serendipity.

»Ich mag Schreiben«, nickte Sarah. »Das ist auch mein liebstes Hobby.«

»Höre niemals damit auf«, meinte Serendipity. Dann fragte sie: »Was ist dein liebstes Geräusch?«

»Der erste Windhauch in den Bäumen im Garten, wenn vorher alles heiß und still gewesen ist. Es klingt, als würden die Blätter es genießen, endlich wieder rascheln zu dürfen«, antwortete Sarah. »Was ist dein Lieblingsduft?«

»Oh«, sagte Serendipity, »das ist definitiv der Duft, der durchs Haus zieht, wenn mein Mann am Sonntagmorgen Blaubeerpfannkuchen backt.«

»Ich habe noch nie Blaubeerpfannkuchen gegessen«, sagte Sarah.

»Das wirst du noch.«

So spielten sie eine Weile weiter, während oben am Himmel die Wolken vorüberzogen und die Erde ihren Lauf um die Sonne fortsetzte.

»Was ist deine Lieblingsidee?«, fragte Serendipity.

»Das ist eine schwierige Frage«, sagte Sarah und kaute nachdenklich an einem Grashalm. Dann fuhr sie fort: »Es ist die Vorstellung, dass es noch andere Welten gibt, in denen Menschen leben, und dass ich sie eines Tages kennenlernen werde.«

Der Gedanke schien sie einen Moment lang gefangen zu halten, bis sie Serendipity schließlich fragte: »Was ist dein Lieblingswort?«

»Fantasie«, antwortete diese, ohne zu zögern.

»Das Wort mag ich auch gern. Mit Fantasie kann man überallhin reisen«, nickte Sarah und fügte hinzu: »Loddon mag Fantasie auch.«

»Wer?«

»Loddon. Ich erzähle ihm alle meine Geschichten. Er ist jetzt sicher verwahrt.«

»Sicher verwahrt?«, fragte Serendipity.

Das Mädchen schwieg. »Er ist immer durchs Fenster in mein Zimmer geklettert und hat mich aufgeweckt. Einmal wollte er mich fesseln und zurück zu unserem Baum zerren. Einmal hat er versucht, alle meine Notizbücher anzuzünden. Also habe ich ihm meine Stiftedose aus der Schule gegeben.«

»Du hast ihn dorthinein getan?«

»Ja, woher weißt du das?«

Serendipity zuckte mit den Schultern.

»Es geht ihm gut«, fuhr Sarah fort. »Ich erzähle ihm Geschichten. Wenn ich es nicht tue, bekommt er Hunger. Aber raus darf er nicht.«

»Weil er gemein ist?«

Sarah nickte. »Gemein sein mag ich überhaupt nicht.«

Obwohl es Serendipity vorkam, als wäre kaum Zeit vergangen, waren die Schatten im Garten länger geworden.

Sarah sprang auf. »Ich sollte besser reingehen.«

Serendipity zog das Notizbuch, das sie aus dem Bootshaus mitgenommen hatte, aus ihrer Tasche und gab es Sarah.

»Oh danke!«, freute sich das Mädchen. »Mir geht immer so schnell das Papier aus.«

»Ich erinnere mich«, sagte Serendipity.

»Kommst du wieder?«, fragte Sarah, als sie sich verabschiedeten.

»Vielleicht. Oder du kommst zu mir.«

»Das ist eine gute Idee«, rief Sarah. »Dann bis bald!«

Als Sarah zurück zum Haus lief, kämpfte Serendipity mit der Versuchung, ihr nachzulaufen. Je weiter Sarah sich von ihr entfernte, desto verschwommener wurde ihr Bild, bis es sich schließlich ganz auflöste, als wäre es nie da gewesen. Das Gleiche geschah mit dem heruntergekommenen blauen Haus. Serendipity stand plötzlich auf einem brachliegenden Grundstück mitten in der Stadt. Auf der Schotterfläche, die zu den Nachbarhäusern durch einen weißen Zaun abgegrenzt war, wucherte überall Unkraut. Hier und dort prangten leuchtend bunte Graffiti auf dem verwitterten Holz. Mitten auf dem leeren Grundstück parkte ein Imbisswagen, in dem gerade jemand etwas kochte. Angezogen von dem köstlichen Duft ging Serendipity auf den Wagen zu und sagte vorsichtig: »Hallo?«

Als der Koch sich zu ihr umdrehte, fühlte es sich an, als ob ihr jemand den Boden unter den Füßen wegzog.

»Denis?«

Er lächelte sie an und in diesem Moment schien irgendetwas in ihr zu zerbrechen. Es war, als würde die tiefe Wunde, die Denis' Tod in ihr hinterlassen hatte, wieder aufbrechen. Wie bei einem Erdbeben geriet alles um sie herum ins Wanken, die ganze Welt schien zusammenzustürzen. Doch Denis streckte die Hände nach ihr aus und zog sie schützend an sich.

Kapitel 22

Mit verletzten Flügeln und verwundetem Körper klammerte sich Vivienne auf Baxterrs Rücken fest, während er über die unendlichen Weiten der Ruhelosen See flog. Unermüdlich kreuzte er von einer Küste zur nächsten, die feine Nase in den Wind gestreckt, immer in der Hoffnung, unter ihnen auf den Wellen eine Spur von Tuesday oder von dem Schiff, das Vivienne beschrieben hatte, zu finden. Ein schneidender Wind trieb ihnen Schneeflocken und feine Eiskörner entgegen, doch Baxterr gab seine Suche nicht auf. Wenn er meinte, auf der endlosen Wasserfläche etwas entdeckt zu haben, bellte er kurz und flog etwas tiefer. Manchmal war es ein Seevogel, der unbekümmert in den Wellenbergen auf und ab schaukelte, oder der lange Stoßzahn eines Nimmerwals, der aus dem Wasser ragte. Aber jedes Mal war es nur eine Wunschvorstellung, ein Trugbild seiner Hoffnung.

Von Baxterrs Rücken aus verschwamm die Welt in der Tiefe vor Viviennes Augen zu einer wässrigen Landkarte, die von Zeit zu Zeit unter dichten Nebelbänken verschwand. Hin und wieder flogen sie über vereiste, weiß und schwarz gefleckte Inseln mit felsigen Steilküsten hinweg. Richtung Westen sah sie die schneebedeckte Kette der Berge von Margolov am Horizont auftauchen. Der Gedanke, wie lange es schon her war, dass die unteren Berghänge in den vertrauten Schattierungen von Violett, Blau und Waldgrün geschimmert hatten, schoss ihr schmerzhaft durch den Kopf. Jetzt sah sie ein zu Eis erstarrtes, sterbendes Land vor sich, und diesmal war es nicht die Kälte, vor der sie erschauerte. Zähneklappernd vergrub Vivienne sich, so tief es nur ging, in Baxterrs Fell und versuchte, etwas Wärme zu finden und sich gegen die eisigen Schauer zu schützen, die sie bis in die Spitzen ihrer verletzten Flügel erzittern ließen. Sie spürte, wie ihr Kopf immer schwerer wurde und ihre Gedanken zu verschwimmen begannen. Obwohl sie es sich nur ungern eingestand, wusste sie, dass sich die Wunden, die Loddon ihr zugefügt hatte, entzündeten.

»Arruuuuu«, heulte Baxter plötzlich und setzte erneut zum Tiefflug an.

Vivienne sah, wie er die Ohren aufstellte und sich erwartungsvoll anspannte, um im nächsten Augenblick in sich zusammenzufallen. Wieder war es nur ein vom Wind zerzauster Vogel gewesen, der auf einer Welle schaukelte. Baxterr flog noch eine kurzes Stück dicht über dem Wasser weiter, bis er wieder aufstieg und seine Suche beharrlich fortsetzte.

Als sich der Tag seinem Ende entgegenneigte, näherten sie sich der südlichen Küste der Ruhelosen See, einem entlegenen, so gut wie unbewohnten Landstrich in Vivienne Smalls Welt. Schroffe, abweisende Felsen säumten hier das Ufer. Vivienne hatte sich nie die Mühe gemacht, sie näher zu erkunden. Zum Land hin ging ein von dornigem Gestrüpp überwucherter Streifen allmählich in öde Sandflächen über, die sich zu einer unwirtlichen Wüste ausweiteten. In der Vergangenheit hatte hier der Boden rot glühend vor Hitze geflimmert. Vivienne erinnerte sich mit Schaudern an die Nächte, die sie in dieser Wüste erlebt hatte. Nächte, in denen der Durst sie beinahe um den Verstand gebracht hatte, während die Hitze in ihren Augen brannte und mit jedem Atemzug der Tod ein Stückchen näher rückte. Nie wieder, hatte sie sich damals geschworen, würde sie diese Gegend betreten.

Vivienne spähte hinunter in die Tiefe. Die Violette Wüste hielt längst nicht mehr, was ihr Name versprach. Eisgrau vor Kälte dehnte sie sich unter ihnen aus. Und mitten durch sie hindurch verlief ein breiter Riss, als habe sich jemand von einem Ende zum anderen einen Weg mit wütenden Axthieben gebahnt. Vivienne erinnerte sich gut an das Erdbeben, das den Pfefferminzwald erschüttert, das Meer aufgewühlt und Felsen zum Einsturz gebracht hatte. Die Vögel waren so verstört gewesen, dass ihr Gesang noch Tage später ganz seltsam geklungen hatte. Das war der Beginn dieses bitterkalten und nicht enden wollenden Winters gewesen. Die Bruchstelle vor ihnen, bei der mehrere Erdschichten bis in die Tiefe auseinandergerissen worden waren, markierte das Epizentrum jenes gewaltigen Bebens. Dort, wo der Riss sich ins Meer fortsetzte … sie kniff die Augen zusammen, um es besser zu erkennen … was war *das*?

»Strubbel, sieh nur!«, rief Vivienne. Der Wind riss ihr die Worte aus dem Mund. »Hinter dem riesigen Erdspalt dort drüben … kannst du etwas erkennen? Es sieht aus wie ein Mast!«

Baxterr änderte sofort den Kurs und flog auf das rätselhafte Gebilde in der Ferne zu.

Das Schiff war kurz vor dem Strand auf Grund gelaufen. Im fahlen Licht der Winterdämmerung hingen seine Segel schlaff und leblos herab. Direkt hinter ihm klaffte dunkel und Furcht einflößend der Spalt, den das Erdbeben in den Boden gerissen hatte.

In einem weiten Bogen landete Baxterr auf dem hart gefrorenen Sand. Vivienne rutschte von seinem Rücken und lauschte. Baxterr winselte leise.

»Ich weiß, Strubbel«, sagte sie. »Das ist das Schiff. Vielleicht ist sie immer noch hier.«

Instinktiv wollte sie ihre Flügel ausbreiten, hinüber zum Deck der *Sturmhexe* fliegen und jeden Winkel des Schiffes durchsuchen. Dass ihre Flügel noch immer zusammengenäht waren, hatte sie für einen kurzen Moment vollkommen vergessen. Der unerträgliche Schmerz, der sie durchzuckte, ließ es ihr schwarz vor Augen werden. Taumelnd suchte Vivienne Halt an Baxterrs warmem Fell und sank schwer atmend auf den eisigen Boden.

Baxterr stellte plötzlich die Ohren auf. Vivienne hatte das Geräusch auch gehört. Eine gedämpfte Stimme, die Stimme des Grasjungen, drang aus dem Bauch der *Sturmhexe*.

»Das ist er«, flüsterte Vivienne. »Hilf mir, auf das Schiff zu kommen, aber leise.«

Vorsichtig krabbelte Vivienne zurück auf Baxterrs Schultern. Der Hund hob seinen riesigen Kopf über die Reling, sodass sie über seinen Hinterkopf und seine Schnauze hinüber aufs Deck huschen konnte. Zögernd schlich Vivienne an der Reling entlang auf die Kajütenleiter zu, die zur Kombüse und zu den Kabinen im Vorschiff führte. Sie war gerade im Begriff, den ersten Fuß auf die Leiter zu setzen, als etwas aus der Luke geflogen kam und sie nur knapp verfehlte. Eine Schuhsohle klatschte neben ihr auf die Planken, wo bereits einige andere seltsame Gegenstände auf einem Haufen lagen: ein paar Kerzenstummel, eine Schachtel Angelhaken und ein ziemlich großer Nimmerwal-Stoßzahn.

»Essen, essen, essen. Wozu muss sie eigentlich essen?«, brabbelte Loddon vor sich hin. »Kann sie das hier essen? Vielleicht. Bitte sehr!« Eine Blechdose mit Messingpolitur landete bei den anderen Sachen.

Lautlos kletterte Vivienne auf das kleine Dach über dem Kajüteneingang. Sie zwang sich, tief durchzuatmen, denn immer noch wurde ihr beim kleinsten Zucken ihrer Flügel schwindelig. Wo war Tuesday? Sie spähte hinauf in die Takelage, in der vagen Hoffnung, dass Ermengarde sich noch immer dort oben zwischen Segeln und Holmen versteckte. Doch sie sah weder die kleine Ratte vorbeihuschen, noch hörte sie das Trippeln ihrer Pfoten.

»Da dii dam di naaa, hnnaaa na«, summte Loddon. Dann fragte er, halb singend, halb summend: »Na, mein Riese, was würdest *du* denn gerne essen? Ganze Städte, nehme ich an. Ho, na na nai dam di dam, knirsch knirsch knirsch, reißt du Türen aus Häusern, nagst ganze Schornsteine ab …«

Mit den Augen suchte Vivienne das Schiffsdeck nach einem waffenähnlichen Gegenstand ab. Es musste doch irgendetwas geben, das sie verwenden konnte … dies war der perfekte Moment, um dem nichtsahnenden Jungen unter Deck eine kleine Überraschung zu bereiten.

»Schlägst die Fenster ein, reißt die Balkone ab …«

Der schiefe Gesang wurde lauter, denn der Grasjunge kam die Leiter hinauf. Wenn Vivienne sich flach auf das lackierte Holzdach drückte, konnte er sie nicht sehen. Sie versuchte, Baxterr auf sich aufmerksam zu machen, um ihm zu sagen, dass er sich unterhalb der Reling dicht am Schiffsrumpf verstecken sollte. Doch er schnüffelte vollkommen vertieft über den Sand am Bug der *Sturmhexe*, wo er eine Fährte aufgenommen hatte, die direkt in die Erdspalte hineinführte.

»Hoho!«, rief der Grasjunge, der mittlerweile an Deck stand. »Was bist du? Ein Riesenhund? Nein, das ist falsch! Einen Riesen hat meine Schreiberin mir versprochen, keinen riesigen Hund. Geh weg, und komm erst wieder, wenn du ein Riese geworden bist!«

Loddon schnappte sich den Nimmerwal-Stoßzahn und schleuderte ihn auf Baxterr. Der Hund warf sich herum und ging zum Angriff über. Vivienne zuckte erschrocken zusammen. So hatte sie Baxterr noch nie erlebt. Drohend hallte sein Knurren von den eisigen Felsen wider. Mit aufgerissenem Maul kam er auf Loddon zu, die weit zurückgezogenen Lefzen entblößten seine Zähne, die in der hereinbrechenden Dunkelheit aufblitzten.

Während Loddon nach einem weiteren Gegenstand suchte, den er auf Baxterr werfen konnte, schlüpfte Vivienne unter Deck. Als Erstes suchte sie in der Kombüse nach Tuesday, aber dort war niemand, nicht einmal ein Messer konnte sie finden. Sie eilte weiter in den Salon. Dort, an zwei Haken an der Wand, entdeckte sie endlich eine geeignete Waffe: eine Armbrust und den dazugehörigen Köcher, in dem mehrere Pfeile mit Metallspitzen steckten. Verglichen mit ihrem leichten Holzbogen war die Armbrust ein riesiges Monstrum, das sie kaum halten konnte. Ihre Schultern ächzten unter dem Gewicht. Doch sie biss fest die Zähne zusammen, spannte einen Pfeil in die Armbrust und schulterte den Köcher.

Langsam schlich Vivienne über die Leiter zurück aufs Deck, wo Loddon von der Bugspitze aus den zähnefletschenden Baxterr verspottete. Sie hob die Armbrust und nahm den grünen Jungen ins Visier.

»Wo ist Tuesday?«, rief sie ihm von hinten zu.

»Sag ich nicht!«

Rasend vor Wut löste sie den Pfeil. Schnurgerade schoss er auf Loddon zu, durchschlug seinen Hemdsärmel aus Gras und bohrte sich in die hölzerne Reling.

»Das war nicht nett von dir, Vivienne Small«, rief Loddon gereizt und riss sich los.

Aber Vivienne spannte schon den nächsten Pfeil in die Armbrust und ging langsam auf ihn zu. »Wo ist sie?«

»Eins, zwei, drei, vier, fünf, fing ich ein Mädchen ohne Strümpf«, sang er. »Sieben, acht, neun, zehn, lass sie niemals wieder gehn. Du wirst sie niemals finden.« Loddons Blick schweifte über die Felsen unterhalb des Schiffs, dort, wo die Erde gespalten war.

»Da unten ist sie?«, fragte Vivienne.

Baxterr knurrte.

»Bring mich zu ihr«, verlangte Vivienne.

»Ich glaube nicht, dass ich das tun werde«, antwortete Loddon lässig.

Vivienne trat einen Schritt näher und zielte mit dem Pfeil direkt zwischen seine Augen.

Er lachte. »Glaubst du etwa, ich habe Angst vor diesem kleinen Spielzeug?« Loddon streifte sein zerfetztes Hemd von den Schultern und riss mit beiden Händen die Stränge seines gewebten Körpers auseinander.

Das grüne Frühlingsgras war nicht nur eine Hülle, wie Vivienne zuerst angenommen hatte. Sein ganzer Körper war daraus gemacht.

Jetzt griff der grüne Junge mit beiden Händen in seine Haare und riss sich selbst von Kopf bis Fuß in zwei Hälften. Seine linke Hälfte umkreiste Vivienne von der einen, seine rechte Hälfte wirbelte um ihre andere Seite. In diesem Moment fiel aus der einen Loddon-Hälfte ein kleines schwarzes Tier und rannte über das Deck direkt auf Vivienne zu.

»Ermengarde!«, rief sie erschrocken, doch ihr blieb keine Zeit, ihre kleine Freundin zu schützen.

Sie durfte die beiden Hälften des Grasjungen nicht aus den Augen verlieren. Geistesgegenwärtig wirbelte Vivienne herum und sah, wie sich beide Teile hinter ihrem Rücken wieder zu einem Körper zusammenfügten, als habe jemand einen Reißverschluss zugezogen. Im Hintergrund hörte sie Baxterr bellen, rasend vor Wut.

»Ratte!«, kreischte Loddon. »Widerliches Vieh!« Mit einem Satz sprang er auf Ermengarde zu, stampfte wie wild mit dem Fuß auf und versuchte, die kleine Ratte zu zertreten.

Vivienne hielt es nicht länger aus – sie ließ die Armbrust fallen und schirmte Ermengardes kleinen Körper mit ihrem eigenen ab. Gerade noch rechtzeitig. Krachend traf Loddons Fuß direkt neben Viviennes Kopf auf die Planken.

»Den brauchst du sicher nicht mehr, was meinst du?« Mit einem schnellen Griff hatte Loddon sich den Köcher mit den Pfeilen geschnappt und griff nach der Armbrust, die ein Stück entfernt auf dem Boden lag. Dann richtete er die Waffe auf Baxterr.

»Nein!«, schrie Vivienne. »Nein! Baxterr, geh aus der Schusslinie!«

So schnell es sein mächtiger Körper erlaubte, schwang Baxterr sich in die Luft. Im selben Moment schoss Loddon seinen Pfeil ab. Baxterr drehte seitwärts ab, dann heulte er laut auf, als der Pfeil seinen Flügel streifte. Kleine Fellfetzen flogen durch die Luft.

»Flieg, Baxterr, flieg!«, schrie Vivienne.

Baxterr versuchte, Höhe zu gewinnen, wirbelte herum und kreiste drohend über dem Schiff. Unbeeindruckt spannte Loddon einen weiteren Pfeil in die Armbrust und drückte ab.

Diesmal erwischte er Baxterrs Vorderbein. Der Geflügelte Hund heulte auf, dann drehte er ab und flog hoch in den Himmel.

»Dam dam di dam«, summte Loddon und wartete gelassen auf die nächste Gelegenheit, um einen dritten Pfeil auf Baxterr abzuschießen.

»Ermengarde, meine Flügel«, wisperte Vivienne.

Die kleine Ratte krabbelte unter Viviennes Haaren hervor und begann eifrig, die Fäden durchzunagen. Erst einen, zwei, dann drei, vier, fünf, sechs Stiche …

»Iinie, miinie, meinie, mee, schieß dem Hündchen in den Zeh. Und wenn er schreit … schieß noch mal!«, rief Loddon, doch dieses Mal ging sein Schuss ins Leere.

Neun, zehn, elf, zwölf Stiche …

Loddon lud seine Waffe nach und Baxterr drehte blitzschnell ab. An einem Vorderbein und an der Spitze eines Flügels war Blut zu sehen.

Fünfzehn Stiche, sechzehn, siebzehn …

Loddon stolzierte weiter mit der schussbereiten Armbrust an Deck herum. Jedes Mal, wenn Baxterr sich dem Schiff näherte, lachte der Grasjunge meckernd und täuschte einen Schuss an.

»Gleich schieß ich dir in den Kopf, und dann bist du T O T«, buchstabierte Loddon hämisch.

Vivienne spürte, wie sich der letzte Faden löste. Loddon hatte Baxterr genau im Visier.

»Halt dich fest, Ermengarde«, sagte sie leise.

Als Loddon feuerte, breitete Vivienne ihre Flügel aus und stürzte sich von oben auf ihn.

Der Pfeil verfehlte Baxterr, weil er Viviennes Schulter gestreift hatte. Taumelnd stürzte sie zurück aufs Deck. Die Wunde an ihrer Schulter brannte wie Feuer. Sie biss die Zähne zusammen und wollte sich gerade aufrappeln, als eine unsichtbare Kraft sie auf der Stelle wieder zu Boden warf. Ein furchtbares Poltern und Krachen ertönte, Felsbrocken flogen durch die Luft und schlugen rund um die *Sturmhexe* krachend in den vereisten Boden ein. Einige von ihnen trafen das Schiff, mehrere Masten zersplitterten, Teile der Takelage wurden abgerissen und stürzten aufs Deck.

»Jaaa!«, brüllte Loddon triumphierend. »Das ist mein Riese! Er ist doch noch gekommen! Er ist im Anmarsch, hörst du, Vivienne Small? Ich werde dich als Frühstück an ihn verfüttern und den Hund da schenke ich ihm als Haustier. Mein Freund der Riese wird dem Hund Gehorsam beibringen.«

»Du bist vollkommen übergeschnappt!«, stellte Vivienne fest.

Während sie noch versuchte, an Deck Halt zu finden, bemerkte sie auf einmal, wie die Erdspalte am Schiffsbug immer größer wurde. Im nächsten Augenblick nahm ihr eine goldbraune Fellmasse jede Sicht und kurz darauf sah sie Baxterrs schreckgeweitete Augen über sich. Vivienne nahm all ihren Mut zusammen, kämpfte den Schmerz nieder, dann sprang sie mit einem Satz hoch und landete etwas linkisch auf Baxterrs Schultern. Während um sie herum Steine vom Himmel fielen und die Felsen am Ufer in sich zusammensackten, schwang Baxxter sich, von einer eisigen Windböe getragen, in die Lüfte. Unter ihnen auf dem Deck der *Sturmhexe* stand Loddons schlaksige grüne Gestalt. Er riss beide Arme in den Himmel, als die schmale Felsbarriere, die den Tunnel bislang vom Meer getrennt hatte, zusammenbrach.

»Ich bin unverwundbar!«, brüllte er.

Doch das Meer hatte den Spalt in Sekundenschnelle gefüllt. Mit rasender Geschwindigkeit rauschte es in den klaffenden Spalt hinein und verwandelte ihn in einen reißenden Strudel aus Schlamm, Geröll und Wasser. Wie ein Spielzeugschiffchen über einem großen Abfluss begann die *Sturmhexe,* sich im Kreis zu drehen, schnell und immer schneller. Bis der mächtige Strudel sie schließlich mit einem furchtbaren schlürfenden Geräusch in die Tiefe zog und verschluckte. Sofort beruhigte die Erde sich wieder und die Felsen hörten auf zu zittern.

»Tuesday«, stöhnte Vivienne leise.

Baxterr flog dicht über dem immer breiter werdenden Riss landeinwärts. In einer rasanten Kettenreaktion brachen immer größere Abschnitte der Spaltenränder in sich zusammen, unaufhaltsam wurden Steine und Erde in den Abgrund geschwemmt.

Baxterr folgte dem kilometerlangen Spalt bis zu dem Punkt, wo er im zu Eis erstarrten Sand der Violetten Wüste endete. Erschöpft ließ Vivienne sich von Baxterrs Rücken auf den Boden gleiten. Einen Moment lang hockte Baxterr da und starrte ungläubig auf den tiefen Krater vor ihnen und auf den Spalt, der sich von hier aus bis zum Meer durch die Erde zog. Vivienne legte sanft ihre Hand auf seine riesige verwundete Pfote. Sie konnte seine Qualen bis in die Spitzen ihrer eigenen Flügel spüren.

Baxterr, der Geflügelte Hund, warf seinen mächtigen Kopf zurück und heulte hilflos den eisgrauen Winterhimmel an. Voller Verzweiflung drang sein Klagelaut aus den Tiefen seiner Seele bis in den hintersten Winkel von Vivienne Smalls Welt. Dunkel und kraftvoll erfüllte er den Raum bis hoch hinauf zum Himmel, hallte durch die entlegensten Schluchten und Wälder. Auf der ganzen Welt gab es kein einziges Lebewesen, dem Baxterrs Schrei nicht durch Mark und Bein ging und das bei diesen grauenhaften Tönen nicht erschauderte.

Kapitel 23

Auch Tuesday spürte, wie plötzlich die Erde erzitterte. Eingesperrt in Loddons Kiste krallte sie sich erschrocken an den Papierfetzen fest. War das Loddon, der zurückkam? Oder etwas noch Schlimmeres? Im Dunkeln versuchte Tuesday, in die Richtung zu kriechen, in der sie die Falltür vermutete. Doch die Kiste bebte und schwankte so sehr, dass sie bald kaum noch wusste, wo oben und unten war. Schon nach kurzer Zeit spürte sie schmerzhafte Prellungen an Schultern und Hüften. Es war, als hätte sich die Erde außerhalb der Kiste in etwas Flüssiges verwandelt, in dem die Kiste hin und her geschleudert wurde.

Tuesday schrie laut um Hilfe. Sie tastete sich an den Wänden entlang und lauschte entsetzt auf das ohrenbetäubende Krachen, das durch das dünne Blech klang. Ihr Herz klopfte wie ein Presslufthammer.

Ich habe einen Albtraum, war ihr erster Gedanke. Als sie jünger war, hatte Tuesday häufig Albträume gehabt. Der schlimmste, den sie je erlebt hatte, war, dass Baxterr von drei Hexen entführt worden war und sie ihm die Augen verbunden hatten, sodass er niemals den Weg zurück nach Hause finden würde.

Tuesday war immer sehr froh darüber gewesen, dass sie nicht solche Eltern hatte, die nur einmal kurz das Licht anmachten und sagten »Das war doch nur ein Traum, und jetzt geh einfach wieder schlafen«. Um das Problem mit den Hexen aus der Welt zu schaffen, hatte Serendipity ein Antihexen-Spray mit nach Hause gebracht. Es war eine spezielle Rezeptur in einer kleinen, leuchtend gelben Sprühdose und roch stark nach Pfefferminzöl. Das Etikett, auf dem *Bei Bedarf Ihr Haustier jeden Sonntag zweimal einsprühen* stand, sah verdächtig selbst gebastelt aus, doch Tuesday hatte sich lange Zeit an diese Anweisung gehalten. Baxterr war von diesem neuen Ritual nicht besonders begeistert gewesen, aber Tuesday fand es ungemein beruhigend.

Denis hatte immer zu den Vätern gehört, die, wenn nötig, nachts so lange am Bett ihres Kindes sitzen, bis es wieder friedlich eingeschlafen ist. Falls das Antihexen-Spray aus irgendeinem Grund doch versagen sollte, so hatte er sie immer beruhigt, würde Baxterr trotzdem immer nach Hause zurückfinden, sogar wenn er blind und taub wäre. Denn mit seiner feinen Spürnase würde er Tuesday überall finden.

»Bitte, finde mich schnell«, sagte sie jetzt leise.

Die Kiste wurde weiter wild hin und her gerüttelt und geschüttelt, während die Erde sich hob und wieder senkte, aber dann beruhigte sich die Situation schließlich. Tuesday stellte sich vor, wie ihre Mutter sie im Arm hielt und ihr Vater neben ihr saß, während Baxterr mit verbundenen Augen zu ihr geflogen kam, obwohl sie so weit von zu Hause weg war.

Kapitel 24

Serendipity saß kerzengerade im Bett, ihr Herz hämmerte so heftig, als wollte es ihren Brustkorb sprengen. Sie hatte immer noch die letzten Bilder ihres Traums vor Augen – die Erde, die plötzlich unter ihren Füßen verschwand, und Denis, der sie an sich zog und in Sicherheit brachte. Es hatte sich so furchtbar real angefühlt, doch allmählich verwischte alles wieder, wie Spuren im Sand, die vom Wasser überspült werden. Sie wusste, sie war immer noch im Bootshaus und draußen war es dunkel. Sie hatte nichts zu befürchten. Es gab kein Erdbeben. Doch irgendetwas stimmte nicht, das spürte sie deutlich.

Serendipity warf die Decke zurück, sprang aus dem Bett und sah hinaus auf den See. Vollkommen ruhig lag er da, es sah aus, als würden die Sterne dicht unter der seidigen schwarzen Wasseroberfläche schweben. Von einem Erdbeben keine Spur. Aber dann hörte sie einen Laut, der ihr das Blut in den Adern gefrieren ließ. *Ahuuuuu … ahuuuuu … ahuuuuu …*

Es war ein Hund, und es hörte sich an, als würde ihm das Herz brechen. Doch es war nicht irgendein Hund, das hatte Serendipity sofort erkannt.

»Baxterr?«, flüsterte sie. Obwohl sie ihn noch nie so verzweifelt heulen gehört hatte, hätte sie den unverwechselbaren Klang seiner Stimme überall wiedererkannt.

Wo war Tuesday, wenn Baxterr ein solches Geheul ausstieß? Was war mit ihr geschehen? Warum war sie nicht zu Hause? Tuesday, Baxterr, Colette – war womöglich keiner der drei zu Hause? Dass

Baxterr so verzweifelt klang, konnte nur eines bedeuten: Dem Menschen, den er auf der ganzen Welt am meisten liebte, musste etwas Furchtbares zugestoßen sein. Scheußliche Gedanken und Bilder kreisten in Serendipitys Kopf. Sie schlang sich über ihrem weißen Pyjama ein Wolltuch um die Schultern und suchte fieberhaft nach ihren Stiefeln. Dann stürzte sie aus dem Bootshaus hinaus in die mondhelle Nacht. Mit Riesenschritten stürmte sie den Weg hinunter Richtung Bibliothek.

Diesmal nahm sie sich nicht die Zeit, die Schönheit des nächtlichen Gartens oder die feinen Nebelgebilde an seinen Rändern zu bewundern. Sie machte auch keinen Abstecher in den Speisesaal, um nachzusehen, welche Leckereien unter den silbernen Speisehauben auf hungrige Autoren warteten. Sie setzte nicht einmal einen Fuß in den großen Büchersaal, um über das Wunder zu staunen, sämtliche Geschichten, die je auf dieser Welt geschrieben worden waren, in einem einzigen Raum versammelt zu sehen. Stattdessen ging sie zielstrebig auf die Tür des Studierzimmers der Bibliothekarin zu und riss sie auf.

»Das wurde aber auch allmählich Zeit!«, empfing die ehrwürdige Dame sie außer sich vor Wut. Bei dem Versuch, sich aus dem Kokon aus fliederfarbener Strickwolle zu befreien, war die Bibliothekarin mitsamt ihrer Chaiselongue seitwärts umgekippt. »Ich dachte schon, ich müsste die ganze Nacht hier schmoren! Wo, frage ich Sie, sind die ganzen Autoren, die sonst immer bis zum Morgengrauen auf den Beinen sind? Hmmm? Ich habe gerufen und gerufen, aber niemand ist mir zu Hilfe gekommen. Wo soll das nur hinführen, können Sie mir das verraten?«

Serendipity brauchte einen Moment, um den ungewohnten Anblick der Bibliothekarin zu verarbeiten. Ihr silbriges Haar stand in sämtliche Richtungen vom Kopf ab und ihre Augen waren dunkelviolett vor Wut. Ein Glas musste umgekippt sein und dessen Inhalt hatte sich über den fliederfarbenen Damastbezug der Chaiselongue ergossen. Die milchige Flüssigkeit hatte sich in kleinen Pfützen auf dem Fußboden gesammelt, dazwischen lag ein rot-weiß gestreifter Trinkhalm. Wo sich sonst ein edler Teppich befand, stand jetzt eine in die Holzdielen eingelassene Falltür weit offen. Durch das Loch im Boden wehte ein laues Lüftchen herein wie durch ein offenes Fenster an einem Sommertag.

Auf Zehenspitzen trat Serendipity näher an die Öffnung heran und war einen Moment lang wie verzaubert von dem Anblick, der sich ihr bot. Millionen von Weltkugeln kreisten durch den unendlichen Raum.

»Nun helfen Sie mir endlich hoch, um Himmels willen!«, bellte die Bibliothekarin. »Und binden Sie mich los, sofort!«

Serendipity eilte zu ihr und brachte sie zurück in eine aufrechte Position. Die ehrwürdige alte Dame stieß einen Laut aus, der Serendipity an ein beleidigtes Huhn erinnerte.

»Was ist passiert?«, fragte die Schriftstellerin. »Wer hat Sie gefesselt?«

»So etwas von würdelos«, schimpfte die Bibliothekarin. »Jetzt machen Sie schon! Binden Sie mich endlich los!«

»Das versuche ich ja«, erwiderte Serendipity. »Es ginge leichter, wenn Sie still sitzen würden.« Sie brauchte eine Weile, bis sie in einer Schreibtischschublade eine Schere fand.

»Sind Sie wahnsinnig?«, schimpfte die Bibliothekarin. »Meine schöne Wolle zu zerschneiden, so weit kommt's noch! Los, wickeln Sie mich aus!«

Hastig suchte Serendipity nach dem Ende des Fadens, dann begann sie, den Kokon so schnell wie möglich abzuwickeln. In regelmäßigen Abständen stieß sie auf geschickt geknüpfte Knoten, die das Gebilde trotz der Befreiungsversuche der Bibliothekarin zusammengehalten hatten.

»*Wer* hat das getan, Frau Bibliothekarin? Und warum?«

»Nun, wie es scheint, sind Sie in dieser Angelegenheit nicht ganz unschuldig. Das war diese riesenhafte Freundin von Ihnen, ein wahrer Ursus.«

»Ursus?«

»Bär. Felis, Canis, Ovis, Bos, Vulpes … Latein, verstehen Sie?«, erläuterte die gelehrte Dame, die nicht einmal in ihrer gegenwärtigen Lage der Versuchung widerstehen konnte, eine Liste nützlicher Vokabeln hervorzusprudeln.

»Ein Bär?«, fragte Serendipity ratlos.

»Jaja, das habe ich doch gesagt: Eine Frau wie ein Bär. Jetzt beeilen Sie sich doch bitte, Serendipity!«

Die überlegte krampfhaft, welcher ihrer Schriftstellerfreunde einem Bär ähnelte. Oder eigentlich: Wen die Bibliothekarin möglicherweise als Serendipitys Freunde ansah. Doch ihr wollte niemand einfallen, auf den die Beschreibung hätte passen können. Dann kam ihr ein Gedanke, bei dem ihr heiß und kalt wurde.

»Diese bärenartige Person … Hieß sie zufälligerweise Colette Baden-Baden?«

»Mir ist völlig egal, wie sie sich nennt. Sie hat mich brutal überfallen und jede heilige Regel dieses erhabenen Ortes gebrochen.«

»Colette ist keine Schriftstellerin!«, rief Serendipity aus, und sofort schrillten bei ihr sämtliche Alarmglocken.

»Das müssen Sie *mir* nicht sagen, meine Liebe! Das ist doch offensichtlich! Sie hat meine Plattform gestohlen und ist damit auf und davon.«

Serendipity sah hinüber zu der weit geöffneten Falltür. Sie versuchte, sich vorzustellen, was ihre Freundin dazu gebracht haben konnte, sich in diesen Himmel hinauszuwagen, an dem es vor unbekannten Welten nur so wimmelte. Ihr klopfte das Herz bis zum Hals. »Bitte, sagen Sie mir, dass Tuesday bei ihr war.«

»Tuesday? Nein, diese Frau – wie auch immer Sie sie nennen – war allein. Sie war unterwegs, um Tuesday zu suchen. Wollte unbedingt in die Welt von Vivienne Small.«

»Dort ist Tuesday also?«, fragte Serendipity die Bibliothekarin. »So schlimm kann es also nicht sein, was meinen Sie?«

»Schlimm? Was sollte daran schlimm sein?«, fragte die alte Dame erstaunt. »Das Mädchen schreibt. Und das ist gut so.«

Serendipity fiel wieder ein, warum sie so überstürzt zur Bibliothek gelaufen war. »Ich habe eben ein Erdbeben gespürt, Frau Bibliothekarin. Ein schweres Beben. Und ich glaube, ich habe Baxterr gehört. Er heulte laut und es klang sehr verzweifelt. Irgendetwas Furchtbares muss passiert sein. Glauben Sie, Tuesday könnte *dort* sein?«

»Es gab ein beachtliches Erdbeben, als Sie Ihren Denis verloren haben. Hat die Welt in einen bitterkalten Winter gestürzt. So etwas habe ich schon öfter erlebt. Der Schock, verstehen Sie? Und wenn ich mich nicht irre, gab es vor Kurzem erneut eine Erschütterung, eine Art Nachbeben. Das ist alles ganz natürlich, denke ich. Ich bin neugierig zu sehen, was Tuesday daraus macht. Könnte sehr spannend werden, finden Sie nicht?«

Serendipity packte die Bibliothekarin bei den Schultern, die immer noch halb im Wollkokon feststeckten. »Aber was ist mit Tuesday, ist sie *dort*? Warum hat Baxterr geheult?«

»Du lieber Himmel, woher soll *ich* das wissen! Ich war die ganze Zeit hier, gefesselt«, sagte die alte Dame unwirsch. »Könnten Sie sich jetzt *bitte* darauf konzentrieren, mich von diesen Fesseln zu befreien?«

Doch Serendipity war bereits aus der Terrassentür des Studierzimmers hinaus auf den Balkon gestürmt. Die Nacht war dunstig und warm, kein Lüftchen regte sich und nicht ein einziger Laut war zu hören. Doch Serendipity hatte nur Augen für die am Balkongeländer aufgereihten Ferngläser. Als sie durch das, was dem Studierzimmer der Bibliothekarin am nächsten lag, hindurchsehen wollte, war alles schwarz.

»Wie konnte ich das vergessen?«, murmelte sie vor sich hin und eilte zurück ins Zimmer, wo die kleine Dame immer noch versuchte, sich aus ihrer wollenen Zwangsjacke zu befreien.

»Eine Münze, Frau Bibliothekarin«, sagte Serendipity, außer Atem. »Schnell.«

»Sie haben vielleicht Nerven.«

»Aber es ist meine Welt. Ich muss so schnell wie möglich *dorthin*. Sofort«, sagte Serendipity angsterfüllt.

Die Bibliothekarin versuchte weiter, sich aus den Wollfäden herauszuwinden. »Ich muss sagen, ich war einigermaßen überrascht, als Tuesday hierherkam und dann auch noch den Weg in *Ihre* Welt fand. Aber sie hat ihn gefunden, nicht wahr, ganz allein. Wie Sie wissen, war ich nicht besonders glücklich darüber, aber sie hat sich als würdig erwiesen. Deshalb frage ich mich nun, wessen Welt es eigentlich ist, Tuesdays oder Ihre, Serendipity?«

»Unsere!«, rief Serendipity. »Diese Welt gehört uns beiden. Ich brauche eine Münze, Frau Bibliothekarin. Ich muss zu ihr.«

»Niemals mehr als ein Autor in einer Welt. Sie kennen die Regel.«

»Ich bitte Sie, Frau Bibliothekarin. Sie müssen mir helfen. Sie müssen mich hineinlassen.«

»Ich muss nichts dergleichen.«

»Sie müssen.«

Die Augen der Bibliothekarin wurden zu schmalen Schlitzen.

»Nein, Mrs Smith, ich darf nicht.«

Kapitel 25

Tiefe Dunkelheit ist aus einem ganz besonderen Stoff. Es ist, als würde man den Anfang aller Zeit sehen, lange noch bevor Sterne oder Planeten existierten. In dieser Art von Dunkelheit kann es vorkommen, dass man sich sehr klein und sehr einsam fühlt.

Tuesday lag auf einer Schicht aus zerrissenem Papier. Außer ihren eigenen Atemzügen war kein einziger Laut zu hören. Ihr Magen hatte endlich aufgehört, vorwurfsvoll zu knurren. Wahrscheinlich hatte er eingesehen, dass es weit und breit nichts zu verdauen gab und kein noch so lautes Magenknurren daran etwas ändern würde. Sie hatte das Gefühl, gerade erst aufgewacht zu sein, aber da es im Dunkeln keinen Unterschied machte, ob sie die Augen geschlossen hatte oder nicht, wusste sie das selbst nicht mehr so genau.

Sie hatte in der Dunkelheit eigenartige Gespräche geführt. Ob sie dabei wach war oder schlief, konnte sie nicht sagen. Tuesday hatte mittlerweile die unterschiedlichsten Phasen durchgemacht: Sie hatte panische Angst gehabt und sich beinahe zu Tode gefürchtet, sie hatte sich allergrößte Sorgen gemacht und sich schrecklich einsam und am Ende ihrer Kräfte gefühlt. Sie hatte mit beiden Fäusten gegen die Wände und die Falltür in der Decke getrommelt, daran gekratzt und versucht, sie aufzudrücken, alles ohne Erfolg. Sie hatte laut gerufen, gesungen, Gedichte aufgesagt und sogar getanzt, weil es in der Finsternis sonst nichts zu tun gab.

Doch jetzt spürte sie etwas anderes. Sie konnte nicht genau sagen, was es war, aber wenn sie es hätte beschreiben müssen, hätte sie es Ruhe genannt. Dabei wusste sie, dass sie unter der Erde in einer Blechkiste gefangen war, am tiefsten Ende eines langen Tunnels, den Loddon gegraben hatte, Loddon, der eine sehr, sehr lange Zeit in diesen Katakomben gelebt und sich von nichts anderem als Geschichten ernährt hatte. Tuesday wusste, dass Geschichten sich manchmal wie Nahrung anfühlten, doch ihren Körper konnte sie nicht täuschen. Deshalb hatte sie sich hingelegt. Denn sobald sie sich bewegte, wurde ihr schwindelig.

In diesem Zustand der Ruhe führte Tuesday ein Gespräch mit ihrer Mutter. Sie sah Serendipity vor sich, die in ihrem Schreibzimmer in der Brown Street auf der Schreibmaschine tippte. Serendipity sah von ihrer Arbeit auf und schob lächelnd ihren Stuhl zurück, als Tuesday hereinkam und sich auf ihren Schoß setzte. Ihre Mutter legte ihre Arme um Tuesday, und obwohl sie dafür eigentlich schon ein bisschen zu groß war, fühlte es sich genau richtig an. Ihre Mutter duftete nach Sommerregen.

»Mama, wie nennt man ein Rudel Geflügelter Hunde?«

»Ein Wunder. Erinnerst du dich noch daran, als ich an *Vivienne Small und die Berge von Margolov* geschrieben habe? *Ein Rudel Geflügelter Hunde kann kein Schwarm sein*, habe ich zu dir gesagt, und dann haben wir über andere Sammelbegriffe gesprochen. Ein Krächz Krähen, zum Beispiel, oder ein Pinsel Maler, ein Parlament Eulen …«

»Eine Schwemme Nilpferde«, schlug Tuesday vor.

»Eine Klaue Katzen, aber ein Wuff Welpen.«

»Ein Schmatz Quallen«, sagte Tuesday.

»Ja!«, rief Serendipity. »Und dann hast du gesagt: *ein Wunder Geflügelter Hunde*.«

Tuesday schmiegte ihr Gesicht in Serendipitys Haar. »Mum?«, fragte sie. »Was soll ich jetzt machen? Ich stecke in meiner Geschichte fest.«

»Manchmal ist Warten das Einzige, was man tun kann«, antwortete ihre Mutter. »Du darfst die Dinge nicht überstürzen.«

»Was ist, wenn man sich verirrt hat? Und dort, wo man gelandet ist, erlebt man den dunkelsten, furchtbarsten Moment, der niemals aufhören will?«

»Warte einfach«, sagte Serendipity. »Der nächste Schritt wird kommen. Zum Schreiben braucht es eine ganz besondere Art von Mut. Die Art Mut, die niemand versteht, der noch nie einen dunklen, ausweglosen Moment erlebt hat. Du hast diesen Mut, das weiß ich.«

»Mama?«, flüsterte Tuesday. »Was ist, wenn das Warten nicht funktioniert?«

»Vielleicht solltest du zu einer anderen Szene wechseln. Passiert in dem Buch noch etwas anderes?«

»Das hoffe ich«, sagte Tuesday. »Ich hoffe, dass es Baxterr irgendwie schafft, Vivienne Small zu finden, und dass die beiden kommen, um mich zu retten.«

»Oder Colette«, schlug Serendipity vor.

»Ich wünschte, Colette wäre jetzt hier«, murmelte Tuesday, »und würde Loddon in Stücke reißen.«

»Es war nicht meine Absicht, eine Figur zu erfinden, die solche Probleme macht«, sagte Serendipity. »Er war mein Freund. Mein erster Freund. Und er liebte meine Geschichten.«

»Wenn ich dich wirklich dringend brauchen würde«, fragte Tuesday, »dann würdest du kommen, nicht wahr?«

»Selbstverständlich«, beruhigte Serendipity ihre Tochter.

»Das hier ist der schlimmste Ort, an dem ich jemals war. Und ich bin nicht sicher, ob ich hier jemals wieder herauskomme. Sogar Ermengarde hat mich im Stich gelassen.«

»Warte es ab, mein Schatz«, riet ihre Mutter. »Im Moment bleibt dir ohnehin keine andere Wahl.«

Also wartete Tuesday. Sie lauschte und wartete und wartete und lauschte. Nichts geschah. Vielleicht hatte sie noch ein wenig geschlafen. Vielleicht hatte sie geträumt. Vielleicht hatte sie noch andere Gespräche geführt. Es war zu finster und zu einsam, um genau zu wissen, wie die Zeit verging. Sie wusste nur, dass sie es satt hatte, in dieser Kiste festzustecken. Sie hatte es satt, eingesperrt zu sein und Angst zu haben. Sie wollte, dass Loddon zurückkam und die Falltür öffnete. Sie wollte aus dieser Papierhöhle heraus. Sie wollte Baxterr sehen. Sie wollte nach Hause fliegen. Sie wollte …

Plötzlich hörte sie das unverwechselbare Geräusch, das ein Streichholz macht, wenn es angerissen wird. Eine kleine Flamme loderte auf.

Tuesday blinzelte in die unerwartete Helligkeit und setzte sich auf. »Hallo? Wer ist da?«

»Hat hier jemand Lust auf Blaubeerpfannkuchen?«, fragte Denis McGillycuddy.

»Papa!«, rief Tuesday. »Papa!«

Sie sprang auf und warf sich in seine Arme. Er trug ein rosa-weiß gestreiftes Hemd unter einer weißen Schürze und sah genauso aus wie in Tuesdays schönster Erinnerung.

»Du bist gekommen!«, sagte Tuesday.

»Aber selbstverständlich«, antwortete Denis. »Die Lage wurde immer ernster.«

Erst jetzt bemerkte Tuesday einen kleinen, von einer Laterne beleuchteten Tisch, der mit Kerzen, Tellern und Besteck für zwei Personen gedeckt war. Auf einer großen Platte dampfte ein Stapel köstlicher Blaubeerpfannkuchen, daneben standen ein Glas Ahornsirup und eine Schale mit Vanilleeis, außerdem ein Krug selbst gemachter Limonade.

»Ist gerade Frühstückszeit?«, fragte Tuesday und wollte ihren Vater gar nicht mehr loslassen. Ihre Augen strahlten vor Freude.

»Möglicherweise«, antwortete Denis. »Es könnte aber auch Mittagessens-, Brunch- oder auch Nachtischzeit sein. So genau lässt sich das unter den gegebenen Umständen nicht sagen. Auf jeden Fall sehe ich, dass du gerade ein dringendes Bedürfnis nach beträchtlicher Nahrung hast, mein Liebling.«

»Du bist gekommen!«, sagte Tuesday und drückte ihn, so fest sie konnte.

Während dieser langen, langen Umarmung stellte Tuesday tausend stumme Fragen, auf die sie tausend unhörbare Antworten bekam.

Schließlich sagte Denis: »Wir sollten unsere Pfannkuchen nicht kalt werden lassen.«

Widerstrebend gab Tuesday ihn frei und die beiden setzten sich an den gedeckten Tisch.

Kapitel 26

Wenn ihr das Glück habt, mit einem Hund zusammenzuleben, dann habt ihr ihm sicher schon einmal beim Träumen zugesehen. Da liegen sie, schlafen tief und fest, ihre geschlossenen Augenlider zittern und ihre Pfoten zucken, als würden sie gerade ein Warzenschwein durch die Savanne jagen oder eine Katze auf der Straße oder – was in Träumen durchaus vorkommt – einen Hamburger auf einem Skateboard.

Wie gewohnt lag Apache im Gewächshaus auf einem Kuhfellteppich, während der Gärtner sich um seine Routinereparaturen kümmerte. Er saß gebückt auf seinem hohen Stuhl und sah prüfend auf die Welt hinunter, die zur Inspektion geöffnet vor ihm auf der Werkbank lag. Nach einem kurzen oberflächlichen Blick auf die Szenerie betätigte er ein paar Hebel an der komplizierten Mehrfach-Fokus-Vergrößerungsbrille, um einige Details genauer in Augenschein zu nehmen. Apache fletschte unterdessen im Tiefschlaf leicht die Zähne und jaulte einmal leise auf. Der Gärtner betrachtete sie lächelnd, dann wandte er sich wieder seiner Arbeit zu. Er musste sich um ein sehr großes, sehr altes Steinhaus kümmern, aus dessen Schieferdach mehrere Schornsteine ragten. Rings um das riesige Haus erstreckten sich zahlreiche Gärten: geometrisch angelegte französische Gärten, Gemüsebeete und wundervoll duftende Obst- und Gemüsegärten. Ein Garten war von einer hohen Steinmauer umgeben und sah aus, als hätte sich schon eine Ewigkeit niemand mehr um ihn gekümmert. Beim Anblick der wild durcheinanderwuchernden Ranken zuckte es in den grünen

Daumenspitzen des Gärtners. Doch er wusste sehr wohl, dass er den Garten hinter der Mauer sich selbst überlassen musste.

Stattdessen nahm er das Dach des großen Hauses ab und legte es neben sich auf die Arbeitsplatte. Als hätte er bei einem Puppenhaus den Deckel abgenommen, konnte er nun von oben in die zahlreichen Zimmer hineinsehen. Es war noch früh am Morgen in dieser Welt, und in einem der Schlafzimmer saß ein Mädchen – als wäre es in der Bewegung erstarrt – ganz allein mit einem Frühstückstablett vor einem Kamin, in dem ein klägliches Feuer vor sich hin glomm. Mit einem winzigen Feuerhaken stocherte der Gärtner ein wenig in der Kohle, dann legte er ein paar winzige Holzscheite nach.

»Jetzt aber«, sagte er zufrieden.

In einem anderen Zimmer lag ein Junge in seinem Bett und schlief. Um das Feuer, das hier im Kamin flackerte, brauchte der Gärtner sich nicht zu kümmern. Er setzte das Dach wieder auf und warf noch einen kurzen Blick auf den Garten. Dann suchte er aus seiner riesigen Sammlung feiner Pinsel den allerfeinsten heraus und tauchte ihn in ein Töpfchen leuchtend zinnoberroter Farbe. Damit betupfte er die gefiederte Brust eines winzigen Vogels, der in dem verwilderten Garten auf einem Baum saß.

Der Gärtner lehnte sich zurück und betrachtete zufrieden sein Werk.

Erst jetzt fiel ihm auf, dass seine Hündin offenbar nicht mehr vom fröhlichen Katzenjagen träumte, sondern auf einmal Laute ausstieß, die wie unterdrücktes aufgeregtes Bellen klangen. Dazwischen jaulte sie kläglich und verzweifelt. Ihr Schwanz schnellte hin und her und alle vier Pfoten zuckten, als würde sie vor irgendetwas in panischer Angst davonlaufen. Noch während der Gärtner sie beobachtete, riss Apache die Augen auf und hob den Kopf.

Dann sprang sie auf, spitzte die Ohren und bewegte den Kopf von einer Seite zur anderen, als versuche sie, ein entferntes Geräusch zu orten.

»Alles in Ordnung, mein Mädchen?«, fragte der Gärtner besorgt, doch seine Hündin schien ihn nicht gehört zu haben.

Ihr Blick war starr nach oben in die Dunkelheit über dem Gewächshaus gerichtet. Sie warf den Kopf in den Nacken und heulte so herzzerreißend, wie der Gärtner noch nie einen Hund heulen gehört hatte. Ihm lief ein eiskalter Schauer über den Rücken.

»Was hast du, mein Mädchen?«, fragte der Gärtner beunruhigt. »Apache?«

Doch die Hündin schien ihn immer noch nicht zu hören, sondern starrte weiter hinauf zu den Welten, die über ihnen kreisten.

»Was hörst du? Was ist los, mein Mädchen?«

Jetzt blickte auch der Gärtner hinauf in den Himmel und lauschte angestrengt. Doch für seine müden menschlichen Ohren war der Laut, der Apache aufgeschreckt hatte, nicht wahrzunehmen. Die Entfernung, die Baxterrs Geheul überwinden musste, war viel zu groß. Stattdessen hörte der Gärtner plötzlich, ganz in der Nähe, ein anderes Geräusch, ein lautes Geklapper von Geschirr. Am Ende der Werkbank stand eine umgedrehte Teetasse auf einem Unterteller. Beide vibrierten so heftig, als wollten sie gleich über die Kante hüpfen.

Mit einem Satz war Apache bei der Tasse, schnüffelte daran und sah den Gärtner mit traurigen Augen an.

»Wuuff, wuuff, wuuff«, bellte sie auffordernd.

»Du willst einen Spaziergang machen? Deshalb das ganze Affentheater?«

»Wuuff«, machte Apache und schüttelte den Kopf.

Dann schien irgendetwas am Himmel ihre Aufmerksamkeit zu erregen und ihr Tonfall veränderte sich. Mehrmals kurz hintereinander stieß sie ihr gewohntes Türklingel-Bellen aus, mit dem sie ankündigte, dass Besuch zu erwarten war.

Der Gärtner schob die Vergrößerungsbrille hoch auf die Stirn und folgte mit bloßem Auge Apaches Blick Richtung Himmel. Da flog tatsächlich etwas auf sie zu. *Jemand* flog auf sie zu. Jemand, der ihm bekannt vorkam. Die pelzige, hochgewachsene Gestalt klammerte sich am Geländer einer Plattform fest, die der Gärtner ebenfalls sofort wiedererkannte: Es handelte sich um das fliegende Podest, das eigentlich in die Große Bibliothek gehörte. Und dieses Podest war soeben im Begriff, auf seinem Kuhfellteppich zu landen.

»Da hol mich doch …« Dem Gärtner verschlug es die Sprache.

»Wuuff, wuuff«, begrüßte Apache Colette.

»Ja, Gott sei Dank, ich bin da«, erwiderte Colette Baden-Baden mit ihrer tiefen, rauen Stimme. Dann fügte sie zum Gärtner gewandt hinzu: »Ich dachte schon, ich würde bis in alle Ewigkeiten da oben herumfliegen. Diese Schriftstellerei ist viel schwieriger, als ich es mir vorgestellt habe. Es scheint mehrere Millionen Welten zu geben. Wie konnte ich nur so blöd sein und mir einbilden, ich könnte eine bestimmte finden. Stundenlang bin ich auf der Suche nach Vivienne Smalls Welt da draußen herumgeschwirrt, das ist ja schlimmer, als eine Stecknadel im Heuhaufen zu suchen. Dann ist mir eingefallen, dass Viviennes Welt noch hier bei Ihnen auf dem Tisch liegen könnte. Eigentlich dachte ich, Sie wollten Sie bereits zurückschicken, aber es könnte ja sein, dass Sie länger brauchen würden. Also habe ich mich auf die Suche nach Ihrem Gewächshaus gemacht und irgendwann fiel mir ein, dass es im Süden liegen muss, wenn die Bibliothek im Norden liegt. Und nun, zu meiner großen Überraschung und grenzenlosen Erleichterung – da sind Sie!«

»Mächtig präzise Navigation, würde ich sagen«, brummte der

Gärtner beeindruckt, strich seine Haare glatt, wischte sich die Hände mit einem Handtuch ab, das in seiner hinteren Hosentasche steckte, und wies auf die Couch neben der Liege, auf der Colette erst vor Kurzem gelandet war.

»Kaffee?«, fragte er. Es klang, als bewirte er in seinem Gewächshaus ständig Gäste, obwohl er, seit er hier seinen Dienst als Gärtner angetreten hatte, außer der Bibliothekarin bislang nur eine einzige Besucherin gehabt hatte: Colette Baden-Baden.

»Für Kaffee habe ich heute leider keine Zeit«, wehrte Colette ab. »Ich fürchte ohnehin, dass ich viel zu spät komme, um noch helfen zu können. Ich bin furchtbar schlecht in meinem Job als Patentante. Um ehrlich zu sein, schäme ich mich sogar ein bisschen zu entdecken, dass ich anscheinend für niemanden außer mir selbst Verantwortung tragen kann.«

Der Gärtner nickte verständnisvoll, doch bevor er etwas sagen konnte, fuhr Colette eilig fort: »Ich muss Sie um Entschuldigung bitten, Silver Nightly, dafür, dass ich Sie in so kurzer Zeit schon zum zweiten Mal belästige. Aber wie Sie wissen, habe ich versprochen, auf Tuesday aufzupassen. Nachdem wir hier waren, sind Baxterr und ich Ihrem Rat gefolgt, nur leider war die Bibliothekarin, wie soll ich sagen, etwas unwillig, uns zu helfen. Baxterr ist von der Bibliothek aus weitergeflogen und wollte zurückkommen, sobald er herausgefunden hat, was passiert ist. Während ich gewartet habe, bin ich glücklicherweise einem Schriftsteller über den Weg gelaufen, der von der Existenz dieser Plattform wusste.«

»Zufällig ein großer, schlaksiger Kerl?«, fragte Silver Nightly mit einem Augenzwinkern. »Noch ziemlich jung?«

»Ja, das kann man wohl sagen. Ich habe gemerkt, dass es hier viele Menschen gibt, die meine Patentochter sehr ins Herz geschlossen haben. Leider wurde dieser junge Mann daran gehindert, mich weiter zu unterstützen. Und weil von Baxterr immer noch jede Spur fehlte, habe ich die Flucht nach vorn angetreten – was, nebenbei gesagt, gar nicht so leicht war. Aber irgendwann habe ich dieses Ding in den Griff bekommen«, sagte sie und zeigte auf die Plattform, die immer noch auf dem Kuhfellteppich parkte und leicht vibrierte, als ahnte sie, dass sie schon bald wieder starten würde. »Also, haben Sie Vivienne Smalls Welt noch hier?«

Silver Nightly schüttelte seufzend den Kopf. »Sie wurde wieder zurückgeschickt. Wenn ich mich nicht irre, ist sie gleich dort drüben.«

Mit zusammengekniffenen Augen blickte Colette in die Richtung, in die er zeigte. »Na, dann fliege ich mal wieder los.«

»Wuuff, wuuff, wuuff«, meldete sich Apache zu Wort, die bis dahin geduldig gewartet hatte.

Colettes Augen leuchteten auf. »Und du bist sicher, dass er es war? Kein anderer Hund?«

»Wuuff«, machte Apache, dann erklärte sie Colette ausführlich, wie die Dinge lagen.

»Verstehe. Das heißt, wir haben nicht eine Sekunde zu verlieren«, antwortete ihr Colette. An Silver Nightly gewandt sagte sie: »Sie erzählt, dass Sie hier eine kleine Welt haben, in der nur Hunde leben?«

Silver Nightly runzelte kurz die Stirn, dann zeigte er widerstrebend auf die Teetasse, die noch immer auf der Untertasse wackelte und klapperte. Einige von euch erinnern sich vielleicht noch an genau diese Teetasse, in der der vorherige Gärtner die Welt der Hunde aufbewahrte.

»Apache muss so schnell wie möglich dorthin«, erklärte Colette.

»Wuuff«, machte Apache, sah von einem Zweibeiner zum anderen und wedelte wie verrückt mit dem Schwanz.

»Könnten Sie mich bitte aufklären?«, fragte Silver Nightly freundlich.

»Baxterr hat ein Signal gegeben«, erläuterte Colette. »Offensichtlich war es kein gewöhnliches Heulen. Es war ein Hilferuf. Ein dringendes Notsignal.«

»Ein Hilferuf?«, fragte Silver Nightly.

»Haben Sie ein Brett vor dem Kopf? Baxterr hat die Geflügelten Hunde um Hilfe gerufen.«

»Wuuuff, wuuuff, wuuuff, wuuuff«, bellte Apache eindringlich, sprang an die Werkbank und wies mit der Schnauze auf die unruhig klappernde Tasse.

»Sie meinen, Baxterr braucht die Geflügelten Hunde … in der Welt von Vivienne Small?«, fragte der Gärtner.

»Sie haben es erfasst. Und zwar so schnell wie möglich.«

»Also dann«, sagte der Gärtner und hob die Teetasse vorsichtig an ihrem zierlichen Henkel hoch. Sofort sauste unter der Tasse eine winzig kleine Weltkugel hervor und flatterte aufgeregt mit ebenso winzigen, pelzigen Flügeln. Die Welt schoss Richtung Himmel und drehte sich dabei in rasendem Tempo um die eigene Achse. Mit jeder Drehung wurde sie größer. Je größer die Welt wurde, desto deutlicher konnte Colette ihre Oberfläche erkennen, die wie feinster Marmor gold- und perlmuttfarben schimmerte. Aufmerksam verfolgte auch Apache, wie sich die Welt kreisend immer weiter vom Gewächshaus entfernte, und gab ein weiteres eigentümliches »Wuuuff« von sich.

»Was soll das heißen?«, fragte der Gärtner.

»Sie sagt, dass sie heute allein reisen muss«, übersetzte Colette.

Der Gärtner kratzte sich nachdenklich am Kinn. »Also schön, einverstanden«, sagte er. »Pass gut auf dich auf, mein Mädchen.«

»Wuuff«, antwortete Apache, dann breitete sie ihre prächtigen weißen Flügel aus und stieg hoch hinauf in den Himmel.

Kapitel 27

Im Laufe seiner Dienstzeit im Gewächshaus hatte der Gärtner sich angewöhnt, die Welt der Hunde als eine Art privaten Garten für sich und Apache zu betrachten. Einen Ort, an dem sie lange Spaziergänge unternehmen konnten und die Hündin mit ihren Artgenossen herumtollte. Apache war zu einem ausgezeichneten Gärtner-Hund herangewachsen – ruhig und verlässlich, trotzdem voller Energie und kräftig genug, dass sie den Gärtner auf ihrem Rücken zu seinen vielen Einsatzorten fliegen konnte. Doch sobald er die Welt aus der Teetasse herausließ, machte es den Eindruck, als wäre Apache wieder der kleine, verspielte Welpe von früher. Kaum schnupperte sie die salzige Luft der Welt der Hunde, gab es kein Halten mehr.

Das Klima in dieser Welt war, so wie der Gärtner es bisher beobachtet hatte, immer ausgesprochen mild, weder zu kalt noch zu heiß. Der Himmel leuchtete in sämtlichen Blautönen, die man sich nur vorstellen kann. Und er hing die ganze Zeit voller duftiger weißer Wolken. Die Geflügelten Hunde liebten es, bei ihren Versteckspielen in der Luft durch die Wolken hindurchzufliegen oder sich hinter ihnen zu verstecken. Es gab hoch aufragende Klippen, zerklüftete Felsen, seichte Flüsse, rauschende Wasserfälle und weite, sandige Strände am Ufer eines grünblauen Ozeans.

Selbstverständlich wimmelte es überall von Hunden. Von alten und jungen Hunden, braunen, schwarzen, goldfarbenen und weißen. An einem ganz normalen Tag sah man sie am Himmel fliegen, am Strand herumtollen, im Meer paddeln und in der

Sonne schlafen. Doch als Apache an diesem Tag in der Welt der Hunde ankam, war alles anders. Kein Hund tollte herum oder spielte – nicht einmal die allerkleinsten Welpen. Sie hatten sich alle an einem Strand versammelt, wo sie mit ernster Miene im Kreis saßen.

Apache trat in den Kreis und bellte eine Nachricht, unerschütterlich und klar. Einer nach dem anderen traten die größten, kräftigsten, gesündesten und mutigsten der Geflügelten Hunde vor.

Sobald Apache davongeflogen war, bestieg Colette Baden-Baden die immer noch leicht vibrierende Plattform der Bibliothekarin.

Als sie vom Teppich abhob, rief sie über die Schulter zurück: »Dann werde ich auch mal losfahren.«

»Halt, warten Sie«, rief Silver Nightly, der noch Apache hinterherblickte, die am dunklen Firmament schon fast nicht mehr zu sehen war. »Dass Sie nicht in Vivienne Smalls Welt hineinkommen werden, war verflucht ernst gemeint. Ich weiß zwar nicht, wie Sie an der Bibliothekarin vorbeigekommen sind, aber dass Sie in der Welt einer Schriftstellerin herumpfuschen, ist absolut unmöglich.«

Noch ehe Colette Luft holen konnte, um ihm zu widersprechen, hing er schon am Geländer des kleinen Podests und versuchte, es mit seinem ganzen Gewicht am Boden zu halten.

In der Hoffnung, den Gärtner abzuschütteln, zwang Colette die Plattform in die Höhe. Doch selbst als die langen Beine des Gärtners schon in der Luft baumelten und er mit seinen Schlangenhautstiefeln ins Leere trat, ließ er nicht locker.

»Lassen Sie endlich los, Sie dummer Kerl!«, rief Colette. »Zwingen Sie mich nicht, Ihnen auf die Finger zu treten!«

»Nein, meine Liebe, ich bestehe darauf, dass *Sie* wieder runterkommen.«

Colette stellte allmählich fest, dass der Gärtner bei Weitem der dickköpfigste Mensch war, den sie je getroffen hatte. Grundsätzlich gefiel ihr diese Sturheit – allerdings nicht so sehr, dass sie sich von ihrem Vorhaben hätte abbringen lassen. Sie zwang die Plattform immer weiter in die Höhe. Als der Gärtner bemerkte, wie hoch sie schon waren, lockerte er seinen Griff und ließ sich fallen. Glücklicherweise landete er auf seiner Liege, was ihm ein gebrochenes Fußgelenk ersparte.

Colette steuerte unbeirrt auf Vivienne Smalls Welt zu, deren schneebedeckte Berge ihr bereits durch die gläserne Außenhülle entgegenleuchteten. Doch so leicht wollte sich der Gärtner nicht geschlagen geben. Er hastete zu seiner Sammlung ordentlich aufgerollter Lassos. Während der frühere Gärtner eine Vorliebe für lange Bootshaken gehabt hatte, konnte Silver Nightly besonders gut mit dem Lasso umgehen. Im Handumdrehen hatte er die geeignete Länge herausgesucht und ließ das Seil rasch wie eine Klapperschlange Richtung Himmel schnellen. Ein ausgezeichneter Wurf! Schon mit dem ersten Versuch hatte er Colette mitsamt ihrer fliegenden Plattform eingefangen. Geschickt holte er seine Beute ein.

»Herr Gärtner«, rief Colette erbost, während die Plattform wieder auf dem Kuhfellteppich aufsetzte, »haben Sie noch alle Tassen im Schrank? Das ist ein ungeheuerlicher …« Ihr schienen plötzlich die Worte zu fehlen. Stattdessen funkelte sie ihn feindselig an.

Er hielt ihrem Blick stand, obwohl er sichtlich beeindruckt wirkte.

»Ich muss auf Tuesday aufpassen«, fauchte Colette, als wollte sie ihm jede Silbe einzeln ins Gesicht spucken. »Ich habe es versprochen und ich bin eine Frau, die zu ihrem Wort steht. Ich muss

Sie warnen. Ich habe eine Zeit lang bei einem Stamm skandinavischer Jäger gelebt, die das Hypnotisieren von Wölfen zu einer Kunstform erhoben haben. Es funktioniert auch bei Menschen. Ich werde in die Welt von Vivienne Small fahren, Silver Nightly, und nichts, was Sie tun, wird mich davon abhalten.«

Silver Nightly erwiderte ihren Blick auf seine eigene unerschütterliche Art und sagte: »Ich muss Sie warnen, meine Beste. Ich habe lange bei einem Stamm der Navajo-Indianer gelebt, die eine wirkungsvolle Methode zum Hypnotisieren von Schlangen entwickelt haben. Und ich kann Ihnen bestätigen, dass auch sie hervorragend bei Menschen funktioniert. Meinetwegen können Sie gerne Ihre skandinavischen Tricks ausprobieren. Ich denke nicht, dass Sie das gewünschte Ergebnis erzielen werden. Stattdessen werden Sie verschnürt wie ein Grillhähnchen darauf warten, dass Baxterr Sie aufspürt.«

Eine sehr, sehr lange Zeit fixierten die beiden sich mit grimmigem Blick, während jeder versuchte, die Willenskräfte des anderen zu besiegen. Zu guter Letzt begannen Silver Nightlys Mundwinkel zu zucken und er fing an zu kichern. Auch Colette konnte sich nicht länger beherrschen und beide ließen sich wie gackernde Teenager auf die Sofas fallen. Es dauerte eine ganze Weile, bis sie sich so weit beruhigt hatten, dass sie beide wieder sprechen konnten.

»Sie sind wirklich eine tolle Frau, Colette. Ich weiß, dass Sie Himmel und Hölle in Bewegung setzen würden, um zu Tuesday zu gelangen. Aber das Mädchen befindet sich gerade mitten in einer Geschichte. Sie tut nur das, was Schriftsteller ständig machen. Baxterrs Hilferuf gefällt mir genauso wenig wie Ihnen. Mindestens ebenso viel Sorgen macht mir, dass Apache ganz allein losgeflogen ist und die Geflügelten Hunde im Aufbruch sind. Doch hier sind Dinge am Werk, die zu den Geheimnissen von Kreativität und

Fantasie gehören. Bald wird Tuesday einen ganzen Schwarm Hilfe bekommen …«

»Ein Wunder«, korrigierte Colette ihn. »Ein Wunder Geflügelter Hunde. Wenn ich Apache richtig verstanden habe, lautet so die korrekte Bezeichnung.«

»Ah, es könnte nützlich sein, wenn Sie mich öfter besuchen würden. Und ein bisschen Farbe hier reinbringen würde es auch. Aber eigentlich wollte ich Ihnen ein Angebot machen: Sie und ich, wir fliegen zusammen dorthin. Schließlich sind Sie mein Gast und ich bin gerne bereit, Ihnen einige Sehenswürdigkeiten zu zeigen. Aber dass wir uns richtig verstehen: Ganz egal, was dort gerade passiert, wir werden uns auf keinen Fall einmischen.«

Colette Baden-Baden nickte kurz und fragte: »Aber sind Sie auch ganz sicher, dass ich in die Welt eingelassen werde? Dass ich nicht wieder an der Außenhülle abpralle und gerettet werden muss?«

Silver Nightly kratzte sich im Nacken. »Lassen Sie mich darüber einen Augenblick nachdenken.« Er ging zu seinem Hutständer und wählte zwei identische weiße Cowboyhüte aus. Einen davon reichte er Colette. »Das müsste reichen.«

Colette stopfte ihre Fellmütze in eine ihrer riesigen Manteltaschen und setzte stattdessen den Cowboyhut auf. Silver Nightly zog den anderen an. Dann stiegen sie beide auf das Podest, Colette startete und nahm Kurs auf Vivienne Smalls Welt.

»Colette, Sie haben mir noch gar nicht erzählt, wie um alles in der Welt Sie die Bibliothekarin dazu gebracht haben, Ihnen diese verflixte Plattform zu leihen«, sagte der Gärtner.

»Oh«, antwortete Colette mit einem kleinen Lächeln. »Die Geschichte erzähle ich Ihnen später.«

Silver Nightly zog neugierig eine Augenbraue hoch. Unbewegt erwiderte Colette seinen fragenden Blick.

»Ist dieser Hut wirklich notwendig?«, fragte Colette, als sie zwischen den vielen anderen Welten hindurch auf Vivienne Smalls Welt zukurvten.

»Eigentlich nicht«, sagte Silver Nightly. »Als Gärtner genießt man gewisse Privilegien. Ich kann überallhin gehen und bei Bedarf darüber entscheiden, wen ich mitnehme. Ich wollte nur sehen, wie Ihnen so etwas steht.«

Colette verzog keine Miene, während sie die Plattform weiter auf ihr Ziel zusteuerte. Man musste ganz genau hinsehen, um das Lächeln in ihren Augen zu bemerken.

Kapitel 28

Serendipity Smith knallte die Tür zum Studierzimmer der Bibliothekarin hinter sich zu und durchquerte mit großen Schritten das Foyer. Eigentlich hatte sie vorgehabt, zum Bootshaus zurückzukehren, doch mitten in der Eingangshalle blieb sie plötzlich wie angewurzelt stehen.

»Das ist falsch«, murmelte sie vor sich hin. »Ganz falsch.«

Sie wollte sich nicht in Tuesdays Geschichte einmischen, gleichzeitig jedoch ließ sich ihr ungutes Gefühl einfach nicht abschütteln. Sie hatte Gänsehaut auf den Armen und spürte, wie eine eisige Kälte über ihren Rücken kroch.

Einem inneren Instinkt folgend, bog sie in einen anderen Gang ab und öffnete die Tür zu einem Raum, den sie erst ein Mal, vor sehr langer Zeit, betreten hatte. Ähnlich wie der große Büchersaal war auch dieser Raum voller Regale. Doch die Bücher darin befanden sich im Gegensatz zu denen im großen Saal noch in ihrem Entstehungsprozess. Manche waren lückenhaft oder unvollendet, andere zur Hälfte, zu einem Viertel oder fast fertig geschrieben oder sogar gerade erst begonnen. Trotzdem waren es schon Bücher. Sie waren mehr oder weniger durchsichtig und zitterten wie Wackelpudding, schimmerten perlmuttartig, wässrig oder wächsern. Einige leuchteten, andere waren klar wie Wasser oder glänzten wie Schmetterlingsflügel. Ein paar von ihnen sahen aus, als würden sie zerfließen oder schmelzen, sobald man sie berührte. Wieder andere pulsierten, als schlüge in ihnen ein winziges Herz.

Serendipity ging suchend an den Bücherreihen entlang, bis sie bei M wie McGillycuddy angelangt war. Sie war nicht sicher, ob das wirklich eine gute Idee war. Gleichzeitig wusste sie, dass sie nicht viele Möglichkeiten hatte. Tuesday war irgendwo in Viviennes Welt, ihrer beider Welt, unterwegs, so viel stand fest. Falls alles in Ordnung war und es ihr gut ging, wäre es verheerend, sie zu stören. Doch Serendipity hatte im Laufe der Jahre gelernt, auf ihren Instinkt zu hören. Ihr Bauchgefühl war oft eine weitaus bessere Informationsquelle als die angeblichen Fakten. Dieser Instinkt sagte ihr jetzt, dass sie ihre Tochter finden musste.

Da war es. Genauer gesagt: Da waren *sie*! Drei Bücher, auf denen in fließenden, zerbrechlichen Buchstaben ihr Name stand – *Tuesday McGillycuddy*. Als Serendipity den Namen las, spürte sie ein aufgeregtes Kribbeln im Bauch. Ihre Tochter war wahrhaftig eine Schriftstellerin! Drei Bücher, die gerade erst dabei waren zu entstehen. Das eine war rubinrot und sah aus, als wäre es aus altmodischem Glas gemacht. Im Inneren des zweiten nachtblauen waren blasse Wirbel zu erkennen, als würde daraus eine exotische, köstliche Süßigkeit entstehen, wenn sich die Wirbel irgendwann verfestigten. Das dritte Buch bestand aus goldschimmerndem Papier, das so fein wie Spinnweben war. Wieder verließ sich Serendipity auf ihren Instinkt und entschied sich für das goldene. Behutsam nahm sie das Buch in die Hand. Es war kaum größer als ihre Handfläche. Die Wörter bewegten sich auf dem Umschlag hin und her, als ob sie das Licht fürchteten. Vorsichtig versuchte sie, das Buch aufzuschlagen. Die Seiten flatterten, als habe ein Windhauch sie berührt.

»Schsch«, versuchte Serendipity das Buch zu beruhigen. »Keine Angst. Ich muss nur nachsehen, wo sie ist.«

Wieder öffneten sich die Seiten leise flatternd bis zu einer Seite im hinteren Teil des kleinen Bandes. Zuerst sah Serendipity nur ein unruhig umeinanderkreisendes Wirrwarr aus Wörtern. Mal ordneten sie sich hierhin, mal dorthin.

»Ruhig«, mahnte Serendipity. Eine kleine Gruppe von Wörtern kam auf der Mitte der Seite sekundenlang zur Ruhe.

Unter dem Baum,
ganz hinten im Garten, ließ das Kind namens Loddon
im Dunkeln mich warten.

»Oh nein«, rief Serendipity erschrocken. »Oh nein, oh nein, oh nein.«

Vorsichtig schob sie das Buch zurück an seinen Platz und verharrte einen Moment nachdenklich neben dem Regal.

»Also gut«, sagte sie schließlich. Sie wusste, was sie zu tun hatte.

In ihrem Büro erholte sich die Bibliothekarin bei Rosinenbrot und Tee. Sie hatte erfolgreich ihr Strickgarn entwirrt und es in mehreren sauber aufgewickelten Knäulen neben sich aufgereiht. Sie blickte auf, als Serendipity hereinkam, doch bevor die alte Dame den Mund aufmachen konnte, sagte Serendipity in einem Ton, der keinen Widerspruch zuließ: »Ich versichere Ihnen, Frau Bibliothekarin, dass ich nichts, aber auch gar nichts unversucht lassen werde, um noch heute Abend zu meiner Tochter zu gelangen. Wie Sie wissen, komme ich schon seit sehr langer Zeit hierher. Und wie Sie auch wissen, habe ich dem Schreiben viele Tage meines Lebens geschenkt. Tage, die ich nie wieder zurückbekommen werde. Sonnige Tage, Sommertage, Samstagnachmittage und Sonntagvormittage, Regentage, an denen meine Familie in den

Park ging, und andere, grau verhangene Tage, an denen sie lieber Scrabble spielte. Ich habe meinen Büchern Tage und Wochen geschenkt, die ich lieber mit meiner Familie verbracht hätte. Aber ich habe geschrieben. Für Worte, das Lesen und die Fantasie habe ich die halbe Welt bereist. Ich habe mein Leben in den Dienst der Literatur gestellt. Und jetzt bitte ich Sie, weil ich Sie und alles, was Ihnen teuer ist, respektiere, mir eine Münze auszuhändigen, damit ich meine Tochter finden kann. Denn diesmal wird mich nichts, was Sie sagen könnten, davon überzeugen, dass die Geschichte an erster Stelle kommt.«

Die Bibliothekarin sagte nichts. Sie griff in ihre Jackentasche und gab Serendipity eine Münze, deren eine Seite einen Löwen und deren andere einen Berg zeigte.

Durch die Terrassentür des Studierzimmers trat Serendipity hinaus auf den Balkon. Dort steckte sie die Münze in den Schlitz eines Fernrohrs. Zuerst sah sie nur Nebel, der sich jedoch langsam auflöste und schließlich den Blick in Vivienne Smalls Welt freigab. Sie sah die dicke Eisschicht auf den Feldern, die sich vor dem Pfefferminzwald erstreckten. Sie sah den fest zugefrorenen Rythwyck. Sie schwenkte das Fernrohr weiter auf die Wellenberge, die sich an den Ufern der Ruhelosen See brachen. Die Klippen von Kartavia schimmerten eisblau. Serendipitys Augen wanderten zu den Hängen der Berge von Margolov und über die Violette Wüste, die grau geworden war vor Kälte. Sie entdeckte den tiefen Spalt in der Erde, der die Welt in zwei Hälften zerrissen hatte. Als sie den Riss bis zu seinem tiefsten Punkt verfolgte, wusste sie in ihrem Innersten, was sie zu tun hatte. Gleichzeitig wusste sie auch, dass sie noch nie vor einer solchen Herausforderung gestanden hatte. Doch auch dieses Mal hörte sie einzig und allein auf das, was ihr Instinkt ihr riet, und lief die Treppenstufen an der Seite des Balkons hinunter. Tiefer und immer tiefer rannte sie auf der breiten Wendeltreppe hinunter. Unten angekommen sah sie eine fahle Grasfläche und einen riesigen Baum vor sich und musste sofort an die junge Sarah denken, die damals noch ein Kind gewesen war.

Die gigantische Höhlendecke von einst war teilweise in sich zusammengestürzt. Selbst jetzt konnte man noch zusehen, wie sie Stück für Stück einsackte. Zahlreiche der schwindelerregenden Treppen, die die Höhle durchkreuzt hatten, waren umgestürzt und zerbrochen. Eine Höhle aus Papier, stellte Serendipity verblüfft fest. Ein paar Papiersterne und die schmale Sichel eines Papiermondes, die von der Decke herabhingen, waren die einzigen Lichtquellen. Und das einzige Geräusch, das man hörte, war das Rascheln ihrer Schritte, als sie durch das hohe Papiergras ging. Eine große Papiersonne lag auf dem Boden und leuchtete nur noch schwach. Serendipity hob sie auf und lehnte sie an eine beschädigte Treppe.

Diese Treppe bestand – wie all die anderen – ganz aus Notizbüchern und Schreibpapier. Als sie eines der Notizbücher herauszog, erkannte sie ihre eigene Handschrift. Serendipity brauchte eine Weile, um die ungeheure Menge an Notizbüchern und beschriebenen Seiten zu überblicken, all die Wörter, Ideen, Gedanken und Geschichten, deren es bedurft hatte, um jedes einzelne Buch hier zu füllen. Staunend betrachtete sie diesen seltsamen Ort. »Ich wusste, dass ich viel gearbeitet habe«, sagte sie wie zu sich selbst.

Am Fuß des Baumstamms lehnte eine Leiter. Doch anstatt hinaufzuklettern, kniete Serendipity sich nieder, schob das Papiergras hierhin und dorthin, befühlte den Boden … und fand, was sie gesucht hatte: eine Falltür mit einem Riegel.

»Dacht' ich's mir doch«, murmelte sie. Dann rief sie laut: »Tuesday! Tuesday, ich komme!«

Sie schob den Riegel zurück und zog die Falltür hoch. Der allerköstlichste Duft nach Denis' Blaubeerpfannkuchen strömte ihr entgegen.

»Tuesday?«, rief sie nach unten.

»Mum!«, drang Tuesdays Stimme aus der Tiefe. Als Serendipity sich hinunter in die Kiste fallen ließ, warf Tuesday sich in die Arme ihrer Mutter.

Serendipity sah den von einer Laterne beleuchteten kleinen Tisch mit den beiden Stühlen. Tassen, Besteck, ein beinahe leerer Saftkrug, in dem nur noch ein paar Zitronenscheiben lagen, und zwei Teller, auf denen hier und dort noch etwas Ahornsirup klebte.

»Er war hier?«, fragte Serendipity.

»Die Lage war verzweifelt«, erklärte Tuesday.

Serendipity lachte und zog Tuesday ein zweites Mal in ihre Arme. »Oh, mein liebster Tochterschatz«, rief sie. »Was hast du nur für eine wunderbare Fantasie!«

»Ich finde, ich habe fürs Erste genug getan«, sagte Tuesday. »Ich möchte nach Hause.«

»Das ist eine ganz wundervolle Idee«, stimmte Serendipity zu.

Kapitel 29

Hintereinander kletterten Mutter und Tochter aus der Kiste unter dem Baum. Serendipity hatte die kleine Laterne vom Tisch mitgenommen und hielt sie hoch über ihren Kopf. Tuesday blinzelte in das Dämmerlicht, während ihr Blick über die eingestürzten Treppen, den aufgerissenen Erdboden und den riesigen Erdrutsch auf der einen Höhlenseite wanderte.

»Der Tunnel!«, stieß sie erschrocken hervor. »Dort war der Eingang zum Tunnel! Wie sollen wir hier jetzt wieder rauskommen?«

»Oje«, seufzte Serendipity. »Es ist deine Geschichte, mein Schatz. Ich fürchte, dafür musst du … oh –«

Tuesday wirbelte herum und folgte dem entsetzten Blick ihrer Mutter. Aus einem Loch hinter ihr in der Wand krabbelte Loddon. Obwohl er tropfnass war, leuchtete sein Haar genauso grün wie immer. Sprachlos sahen Tuesday und Serendipity zu, wie der Grasjunge versuchte, seine Kleidung und seine Haare von Erde und Papierschnipseln zu befreien. Es gelang ihm nur mäßig, da er komplett durchnässt war.

»Verlotterter Loddon«, flüsterte Tuesday ihrer Mutter zu. Serendipity grinste.

Loddon betrachtete die Zerstörungen, die das Erdbeben in der Höhle angerichtet hatte, dann blieb sein Blick an Tuesday und Serendipity hängen. Er blinzelte verwirrt. »Schreiberin? Willst du weggehen?«

Er kam ein paar Schritte näher und sein Blick wanderte zwischen Tuesday und Serendipity hin und her. Nachdem er sich von seiner Überraschung erholt hatte, brach er in lautes Gelächter aus. »Zwei Schreiberinnen! Wie großartig! Kleine Schreiberin, große Schreiberin! Die Geschichten werden niemals aufhören, sie werden weiter und weiter und weiter gehen.« Dann sah er sich Serendipity aus der Nähe noch einmal genauer an.

»Hallo, Loddon«, sagte sie. »Ganz schön viel Unheil hast du da angerichtet. Hast du meine Tochter eingesperrt?«

Loddon erstarrte. »Deine Tochter? Ehrlich? Sie ist …? Du warst das? Du bist es! Meine Güte, bist du alt geworden! Hahahahaha! *Meine Schreiberin.* Deshalb kannte sie die Geschichten nicht! Ha!«

Tuesday verzog das Gesicht und lehnte sich an ihre Mutter.

»Aber vielleicht mag ich sie lieber als dich. Vielleicht stecken wir dich in die Kiste und lassen dich da, genau wie du es mit mir gemacht hast.« Noch während er sprach, wurde Loddon größer und größer. Er schüttelte sich wie ein nasser Hund, war auf einmal wieder trocken und seine grünen Haare standen in alle Richtungen ab.

Tuesday griff nach der Hand ihrer Mutter und wich zurück bis an den Baum.

Vorsichtig tastete sie nach der Leiter, die hinter ihr am Stamm lehnte.

»Oh ja, du wirst schön da runtergehen«, sagte Loddon und schubste Serendipity auf die offen stehende Falltür im Boden zu. »Und manchmal, wenn uns langweilig wird, holen wir dich raus. Mit deiner Tochter kann man sehr viel Spaß haben. Sie hat mir einen Riesen geschenkt und wir haben ein Erdbeben gemacht! Schau mal, was ich alles kann! Wir lassen dich die Treppen wiederaufbauen und du wirst unsere Dienerin … oh ja, wir werden einen Riesenspaß mit dir haben.«

Mit aller Kraft holte Tuesday mit der Leiter aus. Der Schlag traf Loddon vollkommen unvorbereitet, er ging zu Boden.

»Lauf!«, schrie Serendipity, ließ die Laterne fallen und zeigte auf die nächste Treppe.

Sie rannten los. Hinter ihnen sprang das Feuer aus der weggeworfenen Laterne auf das Papiergras und die Papierblumen über. In Sekundenschnelle fingen auch Loddons Füße an zu brennen. Er sprang auf und versuchte, die Flammen auszutreten, dann schlug er mit den Händen nach ihnen, die nach kurzer Zeit ebenfalls Feuer fingen.

»Macht es aus!«, kreischte Loddon und hüpfte panisch im Kreis, doch je mehr er tobte und zappelte, desto mehr Funken wirbelte er auf.

»Macht es aus!«, schrie er wutentbrannt. »Ihr könnt mich nicht umbringen! Ihr werdet mich niemals umbringen!«

Die Flammen leckten bereits an den unteren Zweigen des Baumes und breiteten sich züngelnd über den Boden der Höhle aus. Unaufhaltsam krochen sie die Treppen hinauf und arbeiteten sich an den Wänden entlang nach oben. Tuesday rannte, zwei Stufen auf einmal nehmend, eine Treppe hinauf. Ihre Höhenangst schien vergessen, sie konzentrierte sich nur noch darauf, den Flammen zu entkommen, die sich wie brennende Flüsse in der ganzen Höhle ausbreiteten.

»Ich bin direkt hinter dir!«, rief Serendipity. »Lauf einfach weiter.«

Gemeinsam kämpften sie sich voran. Bei der ersten größeren Lücke, die zwischen zwei Treppenabsätzen klaffte, zögerte Tuesday einen Moment. Dann nahm sie all ihren Mut zusammen und sprang. Serendipity blieb dicht hinter ihr. Nachdem sie gemeinsam den nächsten Spalt überwunden hatten, wagte Tuesday einen kurzen Blick in die Tiefe. Loddon tobte immer noch laut schreiend und um sich schlagend um den brennenden Baum herum, eine schwarze Schattengestalt vor einem orangerot leuchtenden

Flammenmeer. Eine unerträgliche Hitze breitete sich in der Höhle aus, die Luft flimmerte gespenstisch rot. Tuesday konnte vor lauter Rauch kaum mehr etwas sehen.

»Du musst Mund und Nase bedecken«, keuchte Serendipity hustend und zog sich ihr T-Shirt übers Gesicht, sodass nur ihre Augen frei blieben.

Tuesday folgte ihrem Beispiel und setzte ihren Weg nach oben fort. Doch schon nach wenigen Schritten klaffte vor ihren Füßen, zwischen der letzten Treppenstufe und einem Höhleneingang in der Wand, eine riesige Lücke. »Wir müssen springen«, rief sie ihrer Mutter zu.

»Das ist zu weit«, sagte Serendipity und hielt Tuesday am Arm zurück. »Versuch, eine andere Lösung zu finden.«

Doch bevor Tuesday einen klaren Gedanken fassen konnte, brach die Höhlendecke plötzlich über ihnen ein. Tuesday und Serendipity warfen sich flach auf die Treppe, während von oben eine Mischung aus Erde, Papier, Sand und Steinen herunterrieselte. Serendipity zog ihre Tochter fest an sich und versuchte sie, so gut es ging, vor den herabstürzenden Trümmern zu schützen. Eng aneinandergeklammert, schlossen sie die Augen. Tuesday rechnete jeden Augenblick damit, dass die Treppe von der Höhlenwand abreißen und hinunter ins Feuer stürzen würde.

Wir werden lebendig begraben, dachte Tuesday.

Plötzlich spürte sie einen kühlen Luftzug im Gesicht. Sie öffnete die Augen und spähte unter dem Arm ihrer Mutter hervor. Sie sah, wie der Rauch wirbelnd nach oben hin abzog. Durch die Öffnung über ihnen schimmerte ein Stück fahlgrauer Himmel. Am Rand des immer größer werdenden Loches in der Höhlendecke tauchten … Pfoten auf. Ja, es waren tatsächlich Pfoten, riesige Pfoten, die emsig dabei waren, die Erde beiseitezuschaufeln. Größer und größer wurde das Loch über ihnen.

Kurz darauf tauchten anstelle der Pfoten riesige Köpfe in der Öffnung auf – große, pelzige Köpfe mit feucht glänzenden schwarzen Nasen und braunen Augen. Goldfarbene und braune Hunde, weiße, graue und gefleckte schauten auf sie herab. Viele, viele Hunde: mit einem Fleck um die Augen herum und mit einer hellen Blesse auf der Stirn. Und dort, mitten unter ihnen, war Baxterr.

Als er Tuesday erblickte, warf Baxterr den Kopf in den Nacken und stieß ein lautes Freudengeheul aus. Sofort fielen die anderen Hunde in einem vielstimmigen Echo mit ein.

»Strubbel!«, rief Tuesday und zog sich auf die Knie. Mit weit ausgebreiteten Flügeln flog Baxterr hinunter in die Höhle. Er kreiste unter ihnen und bellte laut vor Freude.

Tuesday ergriff Serendipitys Hand. »Spring!«, rief sie, und zusammen landeten sie auf Baxterrs breiten Schultern.

Aus der Tiefe drang immer noch Loddons Geschrei.

Tuesday vergrub ihr Gesicht in Baxterrs weichem Nackenfell und wusste, dass sie endlich in Sicherheit war. »Danke, Strubbel«, flüsterte sie. »Ich wusste, dass du kommen würdest. Ich wusste es.«

»Das war ein bisschen sehr knapp«, sagte Serendipity. »Deine Leser könnten vor Angst sterben, bevor sie zu Ende gelesen haben.«

Kapitel 30

Baxterr landete auf dem gefrorenen Sand der Violetten Wüste und Serendipity und Tuesday stiegen ab. Sie waren rußgeschwärzt und schmutzig und ihre Gesichter von der Hitze des Feuers gerötet. Tuesday umarmte Baxterrs mächtige Pfote und betrachtete sorgenvoll seine Wunden. Doch ihr treuer Freund war so glücklich, seine Tuesday endlich wiedergefunden zu haben, dass er keine Schmerzen zu spüren schien.

Eine schrille Stimme durchschnitt die eisige Luft. »Lass mich runter, du fliegendes Riesen-Meerschwein!«

Zwischen den weißen Zähnen eines Geflügelten Hundes, der hinunter in die Höhle geflogen war und ihn gerettet hatte, zappelte der glimmende Körper des Grasjungen. Der Hund spuckte Loddon kurzerhand vor sich in den Sand und rollte ihn mit seiner großen Tatze hin und her, bis die letzten züngelnden Flammen gelöscht waren.

»Wie kannst du es wagen, mich anzufassen?«, krakeelte das grüne Wesen und rappelte sich mühsam auf. »Weißt du etwa nicht, mit wem du es tun hast? Ich bin Loddon, ich bin Merivan, ich bin Fandor, ich bin Windisch, ich bin …«

»… ein ganz gemeiner grüner Riesenfiesling!«, fiel Vivienne Small ihm ins Wort.

»Vivienne!«, rief Tuesday und sah erschrocken, wie furchtbar mitgenommen ihre Freundin war: die verletzten Flügel und das Blut, das durch den Stoff ihres Hemdes sickerte. »Du lebst!«

»Wie enttäuschend«, quäkte Loddon. »Habe ich dir nicht gesagt, dass in meiner Geschichte kein Platz für dich ist, Vivienne Small?«

Mit übermenschlicher Geschwindigkeit ging er auf Vivienne los, doch ein großer weißer Hund mit einem braunen Fleck um das Auge herum war schneller. Mitten im Sprung schnappte Apache nach dem zappelnden grünen Etwas und flog hoch in den Himmel. Alle Blicke folgten den beiden, als die Hündin den Grasjungen plötzlich fallen ließ. Wie ein Stein stürzte er in die Tiefe, sein Geschrei wurde lauter und lauter. Serendipity hielt erschrocken die Luft an. Tuesday starrte mit weit aufgerissenen Augen zum Himmel. Kurz bevor Loddon auf dem Wüstensand aufschlug, schoss ein anderer Geflügelter Hund im Sturzflug heran. In letzter Sekunde schnappte er den Jungen und schleuderte ihn in hohem Bogen einem anderen Hund zu, der ihn wiederum mit dem Maul auffing. Die Geflügelten Hunde spielten mit Loddon Fangen, warfen ihn sich gegenseitig zu und ließen ihn Mal um Mal aus großer Höhe fallen. Serendipity begann als Erste zu kichern, dann fielen auch Tuesday und Vivienne ein. Baxterr feuerte seine Gefährten mit lautem Gebell an. Schließlich setzten die Hunde Loddon wieder auf dem Boden ab. Er war so kleinlaut wie noch nie.

»Bitte, bitte, hört auf!«, flehte er nach Luft ringend und sank vor ihnen auf die Knie. »Bitte, macht, dass sie aufhören! Ich will auch ganz brav sein. Ich gehe wieder in meine Kiste. Lasst mich nur zurück in meine Kiste.«

Just in diese Szene platzten Colette Baden-Baden und Silver Nightly, die auf ihrer Plattform über die Violette Wüste herbeigeflogen kamen und direkt neben Tuesday, Vivienne, Serendipity und Baxterr landeten.

»Colette!«, riefen Tuesday und Serendipity gleichzeitig.

»Wuuff, wuuf!«, begrüßte Apache die Frau im Bärenfellmantel, und alle anderen Hunde drehten sich staunend zu Colette um und hießen sie mit vielstimmigem Gebell willkommen.

»Halt, halt, nicht alle auf einmal!«, rief Colette lachend.

»Colette, du hast uns gefunden! Silver Nightly, Sie kommen gerade rechtzeitig!«, rief Tuesday.

»Es tut mir furchtbar leid, dass ich es nicht früher geschafft habe –«, begann Colette.

Doch Serendipity nahm ihre Hand und sagte: »Du kommst genau im richtigen Moment. Wie immer.«

»Das stimmt«, sagte Tuesday und umarmte ihre Patentante.

Silver Nightly begrüßte Tuesday mit einem Augenzwinkern und nickte Serendipity zu. »Ist mir eine große Freude, Sie persönlich kennenzulernen, Mrs Smith«, sagte er.

Serendipity deutete eine Verbeugung an. »Es ist uns eine Ehre, den Gärtner als Gast in dieser Welt zu begrüßen. Wie Sie sehen, habe ich hier ein ziemliches Chaos angerichtet. Könnte ich darüber nachher mit Ihnen unter vier Augen sprechen? Zunächst gibt es aber noch einige andere Dinge zu erledigen, die keinen Aufschub dulden.« Sie wies auf das zerzauste grüne Wesen im grauen Sand.

Colette betrachtete neugierig die schwarz verkohlten Haare, Füße und Hände des Jungen, die anscheinend einmal grün gewesen waren. Er schien unter Schock zu stehen. »Was ist das?«, fragte sie.

»Das ist Loddon«, erklärte Tuesday.

»Er ist leider ein wenig größenwahnsinnig geworden«, berichtete Serendipity. »Das ist meine Schuld. Als ich noch sehr klein war, habe ich ihn gebraucht, er war mein einziger Freund und er liebte meine Geschichten. Ich habe alles für ihn geschrieben, damit er niemals Hunger haben musste. Oder eher, damit ich keinen Hunger haben musste. Irgendwie habe ich meinen Hunger in ihn hineingeschrieben und dann hat er sich verändert. Er fing an, mir Angst zu machen. Ich habe ihn im Garten hinter unserem Haus unter einem Baum vergraben und versucht, nicht mehr an ihn zu denken. Ich hätte nie damit gerechnet, dass er dort unter der Erde so groß und kräftig werden würde.«

»So etwas geschieht oft, wenn man seine Ängste vergräbt«, sagte Colette. »Sie haben die Angewohnheit, zu den unpassendsten Gelegenheiten wieder zum Vorschein zu kommen.«

Silver Nightly beugte sich über den Grasjungen und untersuchte ihn. Dann zog er ein Stück Seil aus den Tiefen seiner Hosentasche und band Loddons Füße und Hände zusammen.

»Gehen wir lieber kein Risiko ein«, bestimmte er. »Einen Kojoten erkenne ich auf den ersten Blick.«

»Und was machen wir jetzt mit ihm?«, fragte Tuesday.

»Wir werden ein ernstes Gespräch mit ihm führen«, sagte Serendipity.

»Geschichten-Zeit, Loddon«, rief Tuesday.

Loddon sah sie erschrocken an. Er wollte etwas sagen, doch Serendipity legte ihm einen Finger auf den Mund.

»Du fängst an, Tuesday«, schlug sie vor. »Ich habe die Erfahrung gemacht, dass Worte stärker sind als alles andere.«

Tuesday sah Loddon fest in die Augen und sagte:

Tief in der Höhle, bei dem Baum aus Papier,
hielt Loddon mich gefangen in seiner Gier.
Er wollte mich dort für immer behalten,
in seiner Falle aus Papier wie ein Herrscher walten.
Er schien zuerst so groß und allmächtig,
doch im Inneren war er klein und schmächtig.
Denn egal, wie großartig er vor dir spricht,
du weißt, er ist nur ein schwacher Wicht.

Aus den Augenwinkeln sah Tuesday, wie ihre Mutter ihr zuzwinkerte. Loddon riss die Augen auf und wollte einen Schrei ausstoßen, aber er brachte nur ein paar klägliche, zittrige Laute zustande. Noch dazu begann er zu schrumpfen. Er wurde vor ihren Augen kleiner und kleiner. Dabei wälzte er sich im Sand, als habe er große Schmerzen, und schien nicht einmal zu merken, dass die Fesseln von seinen Händen und Füßen rutschten. Er stöhnte und krümmte sich, als ob die Worte ihm weit schlimmere Verletzungen zufügten als Feuer oder Armbrustpfeile. Serendipity kniete sich neben ihn und sprach leise auf ihn ein.

Ich flocht mir vor langer Zeit geschwind
einen Freund aus Gras – ein Grasjungenkind.
Doch der kleine Wicht trachtete nach Ruhm und nach Macht,
vergaß, dass er ein Freund war in tiefer Nacht.
Leb wohl, kleiner Grasmann, wirst winzig klein,
bald, schon sehr bald, wirst du fast nicht mehr sein.

»Nein«, piepste Loddon. »Ich will ganz lieb sein …«

Er war jetzt kaum mehr größer als eine Suppenkelle und sie konnten seine Stimme fast nicht mehr hören.

Vivienne kniete sich neben ihn und es klang beinahe schadenfroh, als sie sagte:

Kleiner Loddon, wohin willst du jetzt gehn?
Bist winzig klein und kaum mehr zu sehn.
Wir könnten dich in ein Glas setzen, Deckel fest zu –
ich muss schon sagen, dann wär endlich Ruh.
Ich mochte dich nie, also machen wir's kurz:
Gerochen hast du wie ein Furz.

Tuesday und Vivienne kicherten. Serendipity und Colette lachten in sich hinein und Silver Nightly zog amüsiert die Augenbrauen hoch.

Die Hunde hatten einen großen Kreis um sie gebildet und behielten Loddon wachsam im Auge, während der Wind ihnen das Fell zerzauste. Der Grasjunge war nun kaum mehr größer als ein Eis am Stiel.

Colette zog ein kleines, leeres Fläschchen aus einer ihrer unergründlichen Taschen und gab es an Serendipity weiter. Die setzte den zappelnden Loddon in die Flasche und schraubte den Deckel fest zu.

Serendipity betrachtete die winzige Figur in der Flasche und zwinkerte Vivienne lächelnd zu.

Ich kenne ein Baumhaus hoch über dem Meer,
in dem wohnt Vivienne, die setzt sich zur Wehr.
Siehst du den Jungen in der Flasche dort auf dem Regal?
Verbannt und gefangen, er hat keine Wahl.
Der Junge dort im verschlossenen Glas,
das ist Loddon, der Junge aus Gras.
Lässt man ihn frei, gebraucht er rohe Gewalt.
Wie du gesehn hast, macht er vor gar nichts halt.
Jetzt sitzt er auf ewig da drinnen, die Zeit mag vergehen,
denn Viviennes Welt bleibt für immer bestehen.

Serendipity reichte Vivienne die Flasche, und die ließ sie, ohne noch einen Blick auf Loddon zu werfen, in ihrer Tasche verschwinden.

Colette deutete auf das verkrustete Blut auf Viviennes Schulter, ihre geschundenen, zerrissenen Flügel und auf Baxterrs Blessuren. »Wie es aussieht, könnten einige von uns ein wenig Wundsalbe gebrauchen.« Sie kramte aus den Tiefen ihrer Taschen eine zerbeulte Metalldose hervor und gab sie Vivienne.

Das Mädchen schraubte den Deckel auf, roch misstrauisch an dem Inhalt und rümpfte die Nase. Doch dann nahm sie einen Finger voll Salbe und verteilte sie zuerst auf Baxterrs verletzter Pfote und auf seinem Flügel, dann auf ihrer eigenen Schulter. Tuesday half ihrer Freundin, die Wundsalbe auf die zerrissenen Ränder ihrer Flügel aufzutragen. Schon nach wenigen Minuten schienen sie zu heilen.

Als Vivienne die Dose zurückgeben wollte, winkte Colette ab. »Wenn das nicht als unerlaubte Einmischung gilt?«, fügte sie mit einem fragenden Blick zum Gärtner hinzu.

Silver Nightly antwortete mit einem Augenzwinkern und murmelte in sich hinein: »Schwer in Ordnung, die Lady!«

»Es wird Zeit, nach Hause zu fliegen, oder was meinst du, Ermengarde?«, sagte Vivienne.

Verblüfft starrten die anderen auf den kleinen schwarzen Kopf, der unter Viviennes Haaren hervorschaute.

»Schlaues Mädchen«, lobte Tuesday und kraulte die Ratte unter dem spitzen Kinn. »Ich habe mir schon Sorgen gemacht, als du plötzlich verschwunden warst, aber wie ich sehe, hast du deinen Weg nach Hause gefunden.«

»Zu Hause«, seufzte Serendipity sehnsüchtig. »Doch bevor wir aufbrechen, könnte ich Sie kurz unter vier Augen sprechen, Herr Gärtner?«

Die beiden machten einen kleinen Spaziergang durch die Wüste, steckten die Köpfe zusammen und unterhielten sich angeregt. Schließlich schüttelten sie sich die Hände und kehrten zu den anderen zurück.

»Dann werde ich mich mal auf den Weg machen«, sagte Silver Nightly. Neben Apache in der mächtigen Gestalt eines Geflügelten Hundes sah er fast zwergenhaft aus. »War mir eine Ehre, mit euch allen zu plaudern, und ganz besonders mit Ihnen, Miss Baden-Baden«, sagte er und schüttelte Colette die Hand. »Ich denke, Sie sollten diese Plattform hier einer gewissen Bibliothekarin zurückbringen. Es sei denn, Sie hätten gerne ein Transportmittel, um mich mal wieder zu besuchen?«

Colette lief von der Spitze ihres Kinns bis zur Stirn dunkelrot an.

Serendipity war nicht sicher, ob es an Silver Nightlys Händedruck lag, an seiner Einladung oder an der Aussicht auf eine erneute Begegnung mit der Bibliothekarin. Sie lächelte still in sich hinein.

»Ich glaube nicht, dass die Bibliothekarin besonders scharf darauf ist, mich wiederzusehen«, brummte Colette.

»Ich könnte die Plattform für dich zurückbringen«, schlug Tuesday vor. Baxterr stupste sie mit seiner riesigen Hundeschnauze sanft an. »Das weiß ich doch, Strubbel«, sagte Tuesday. »Ich möchte auch keine Minute mehr ohne dich sein. Aber ich glaube, Mama und Colette müssen dringend zurück nach Hause. Was hältst du davon, wenn ich das hier zur Bibliothek zurückbringe und du mich dort abholst?«

»Waff«, stimmte Baxterr zu.

»Und keine Abenteuer unterwegs«, mahnte Colette.

»Keine Abenteuer unterwegs«, wiederholte Tuesday grinsend. »Versprochen!«

Die Geflügelten Hunde brachen in ein vielstimmiges Gebell aus.

»Sie wollen aufbrechen«, übersetzte Colette.

»Vielen Dank!«, sagte Serendipity. »Es war sehr schön, euch alle wiederzusehen!«

»Vielen Dank!«, rief auch Tuesday. »Ihr wart großartig!«

Unter lautem Geheul hoben die Geflügelten Hunde ab und schwangen sich mit ein paar kräftigen Flügelschlägen in die Lüfte. Silver Nightly, Apache, Colette, Baxterr, Tuesday, Vivienne und Serendipity sahen ihnen nach, bis sie am Himmel verschwunden waren.

»Ein Wunder Geflügelter Hunde«, sagte Silver Nightly andächtig.

Kapitel 31

Zurück im Gewächshaus streckte sich Apache auf ihrem Lieblingskuhfell vor dem Kamin aus. Auf der Kochstelle dampfte ein frischer Becher Kaffee, und der Gärtner saß, ganz in seine Arbeit vertieft, an der Werkbank. Vor ihm lag Vivienne Smalls Welt mit aufgeklapptem Deckel. Der Gärtner nahm das Thermometer aus dem Marmeladenglas neben sich, schüttelte das Quecksilber herunter und legte es an die Berge von Margalov.

»Verdammt kalt«, murmelte er.

Er tauchte das Thermometer in die Ruhelose See, doch auch dort kletterte die Quecksilbersäule kaum höher. Der Gärtner kramte einen Bunsenbrenner hervor und schob ihn unter die eisig kalte Welt. Er drehte das Gas auf, zündete mit einem Streichholz den Brenner an und regelte die Flamme, so klein es ging, herunter.

Dann machte er sich daran, den breiten Riss im Erdboden zu reparieren und ein riesiges Loch aufzufüllen. Eine ganze Weile arbeitete er hoch konzentriert, bis er schließlich die Vergrößerungsbrille auf die Stirn schob und sich mit einem zufriedenen Lächeln zurücklehnte.

»Na, kleine Welt, wie fühlt sich das an?«, fragte er.

Ganz wunderbar fühlte es sich an. Als Vivienne Smalls Welt in den Himmel hinauskatapultiert wurde, war sie wie verwandelt. Der Sand der Violetten Wüste schimmerte wieder in seiner ursprünglichen Farbe. Die Eisschicht auf den Klippen von Kartavia war geschmolzen. Auch das Wasser des Rythwyck war vom Eis befreit, die Sonnenstrahlen glitzerten auf seinen blauen Fluten. In der Stadt der Uhren war die Zeit nicht länger eingefroren. Die Zeiger bewegten sich wieder und – was nur höchst selten vorkam – alle Uhren läuteten gleichzeitig dieselbe Stunde ein. Als die Bewohner der Stadt aus ihren Häusern hervorkamen, war die knietiefe Schneedecke auf den Straßen geschmolzen. Auch der Letitia-Mabanquo-Brunnen plätscherte wieder und versprühte Wasserfontänen.

In der Luft und auf dem Boden, am Himmel ebenso wie inmitten der Bäume, von Osten bis nach Westen, vom Norden bis zum Süden, bis in den entlegensten Winkel der Welt – überall war Frühling. Die Vögel glätteten ihr von den Winterstürmen zerzaustes Federkleid und zwitscherten Melodien, die sie längst vergessen zu haben glaubten. Überall streckten die Tiere ihre Nasen aus Löchern und Höhlen hervor und witterten Düfte, von denen sie schon nicht mehr zu träumen gewagt hatten. Eichhörnchen krochen aus ihren Nestern, Schmetterlinge streiften ihre aufgetauten Kokons ab und entfalteten die bunten Flügel. Im ganzen Pfefferminzwald ging ein Zittern und Beben durch Farne und Bäume und alle feierten das neu erwachende Leben.

Kapitel 32

Ihr werdet sicher erfreut sein zu erfahren, dass die Bibliothekarin längst nicht so schlecht gelaunt war wie befürchtet, als Tuesday die Plattform in die Große Bibliothek zurückbrachte (nach einigem Zögern hatte Colette ihr schließlich gestanden, was sie alles angerichtet hatte). Am Ende musste die alte, ehrwürdige Dame sogar eingestehen, dass Colette ein wesentlicher Teil von Tuesdays Geschichte war. Die Spritzer von dem Cola-Eisshake auf ihrer Chaiselongue konnte sie ihr dennoch nicht ganz verzeihen.

Serendipity und Colette kehrten in die Brown Street zurück. Noch am selben Tag starteten sie eine große Putzaktion, bei der sie das schmale, hohe Haus vom Keller bis zum Dachboden auf den Kopf stellten und so viel Traurigkeit daraus vertrieben wie nur möglich. Innerhalb weniger Tage lag in den Schubladen wieder saubere Wäsche, standen auf dem Tisch frische Blumen und waren Schränke und Kühlschrank wieder mit Vorräten aufgefüllt. Sonnenlicht strömte durch die weit geöffneten Fensterläden und Vorhänge, und Musik war zu hören. Im Flur hing ein großes Foto von Denis an der Wand und Serendipity lächelte es jedes Mal an, wenn sie daran vorbeiging.

Oben im Schreibzimmer auf dem frisch polierten Schreibtisch wartete ihre alte, treue Schreibmaschine, direkt daneben lag ein Stapel blütenweißes Papier. Serendipity spürte ein vertrautes Kribbeln in den Fingerspitzen und auch in ihrem Hinterkopf.

»Ja«, sagte sie leise zu sich selbst. »Es ist an der Zeit.«

Und wo steckte Tuesday? Baxterr hatte sich in Vivienne Smalls

Welt zu ihr gesellt und einen Brief ihrer Mutter überbracht, in dem Serendipity vorschlug, dass Vivienne und Tuesday ein paar Tage Urlaub machen sollten, während in der Brown Street ein kleiner Frühjahrsputz stattfand. Natürlich hatte Tuesday nichts dagegen, ihrer Freundin in ihrem Baumhaus noch eine Weile Gesellschaft zu leisten. Baxterr verwandelte sich jeden Abend in ein kleines, strubbeliges Schoßhündchen und schlief zusammengerollt am Fußende in Tuesdays Hängematte. Tagsüber wurde er wieder zu einem ausgewachsenen Geflügelten Hund, und dann kreisten alle drei – er mit Tuesday auf dem Rücken und Vivienne mit ihren wunderschönen blauen Flügeln neben ihnen – durch die Lüfte.

Nur Ermengarde zog es vor, auf dem Boden zu bleiben. Sie hatte fürs Erste genug von Abenteuern und genoss es sehr, jeden Winkel des Baumhauses zu durchstöbern – und von Zeit zu Zeit ein wachsames Auge auf Loddon zu werfen. Vivienne hatte Colettes fest verschraubte Flasche ganz nach oben auf das oberste Regal verbannt.

Tuesday und Viviennes Frühlingstage waren ausgefüllt mit Besuchen bei Viviennes ungewöhnlichen Freunden, die über ihre ganze Welt verstreut lebten. Sie machten eine Ballonfahrt an den Hängen der Berge von Margalov, fuhren zum Fischen auf dem Mabanquo, wanderten durch das Goldene Tal und unternahmen einen Segelausflug auf der *Wirbelwind II.* Außerdem besuchten sie einige andere von Viviennes Unterschlüpfen. Eines Abends, als Tuesday und Vivienne vor Viviennes Felsenhöhle saßen, über dem Lagerfeuer frisch gefangene Rotfedern grillten und Baxterr friedlich neben ihnen schnarchte, fragte Vivienne: »Was ist eigentlich ein Schriftsteller?«

Um ein Haar hätte Tuesday sich an ihrem Fisch verschluckt.

»Ein Schriftsteller?«, wiederholte sie. »Äh … also …«

Seit sie Vivienne begegnet war, hatte sie versucht, dieser Frage aus dem Weg zu gehen. Aus irgendeinem Grund hatte sie sich immer dagegen gesträubt, Vivienne zu sagen, dass sie eine, nun ja, Romanfigur war.

»Ein Schriftsteller ist jemand, der …«, setzte Tuesday erneut an, »… Bücher schreibt.«

»Ja, das habe ich schon begriffen«, sagte Vivienne und knuffte Tuesday in die Seite. »Aber warum hat Loddon dich *seine* Schreiberin genannt? Und *meine* Schreiberin? Was meinte er damit?«

Tuesday holte tief Luft. »Er dachte, ich wäre meine Mutter. Als sie ein kleines Mädchen war. Meine Mutter und ich sehen uns anscheinend sehr ähnlich, bis auf die Haarfarbe natürlich.«

»Aber das ergibt trotzdem keinen Sinn«, sagte Vivienne.

»Du weißt doch, dass ich in einer anderen Welt lebe als du?«

»Ja, das weiß ich.«

»Also, in meiner Welt«, begann Tuesday, »in meiner Welt schreibt meine Mutter Bücher. Bücher, die alle lesen. Bücher, die alle lieben.«

»Worüber schreibt sie?«, wollte Vivienne wissen.

»Ganz zu Anfang hat sie über Loddon geschrieben. Doch als sie älter wurde, hat sie angefangen, Bücher über ein Mädchen namens Vivienne Small zu schreiben«, sagte Tuesday vorsichtig. »Über dich.«

Stirnrunzelnd nahm Vivienne ihren gegrillten Fisch aus dem Feuer. »Über mich? Woher wusste sie von mir?«

»Wahrscheinlich hat sie es sich einfach vorgestellt.«

»Oh, verstehe«, sagte Vivienne, pustete auf den Fisch und biss ein kleines Stückchen ab. »Mhm, lecker. Der ist gar.«

Tuesday rechnete schon mit weiteren Fragen, doch die blieben aus. Sie verspeisten ihre Rotfedern und sprachen über Sterne. Das Thema Schriftsteller erwähnte Vivienne Small nicht mehr.

Eines Abends standen Vivienne (mit Ermengarde auf der Schulter) und Tuesday auf der Veranda des Baumhauses und beobachteten, wie Baxterr über der Ruhelosen See seine Flugkünste testete. Sie bewunderten gerade die Schattenfiguren, die sein geflügelter Körper im zinngrauen Licht der Abenddämmerung auf das Wasser warf, als eine fliederfarbene Taube neben ihnen auf der Brüstung landete. Sie gurrte wichtigtuerisch und plusterte sich auf. An ihrem Bein war mit einem schmalen violetten Band eine kleine Papierrolle befestigt. Vivienne löste das Band und sofort flatterte die Taube eilig davon.

»Ich glaube, das ist für dich«, sagte Vivienne und reichte Tuesday die kleine Papierrolle.

Sie trug ein violettes Wachssiegel mit einem schwungvollen geprägten B. Tuesday brach das Siegel und las die mit fliederfarbener Tinte geschriebene Nachricht: »Fräulein McGillycuddy, zur Bibliothek. Verabschiede dich. Spute dich! – B.«

»Heißt das, du musst gehen?«, fragte Vivienne enttäuscht.

»Ich fürchte, ja«, antwortete Tuesday.

Sie hätte ihre Freundin gerne zum Abschied umarmt, doch sie wusste, dass Vivienne nicht der Typ für Umarmungen und dergleichen war. Stattdessen zupfte Tuesday sanft an ihren wilden Locken.

Doch da umschlang Vivienne sie plötzlich und drückte sie fest an sich. »Du kommst ja bald wieder«, sagte sie mit fester Stimme.

»Ja«, antwortete Tuesday.

»Wann?«, wollte Vivienne wissen.

»Wann immer du dich in ein neues Abenteuer stürzt, Vivienne Small«, sagte Tuesday lächelnd.

»Also dann, bis morgen«, erwiderte ihre Freundin und grinste.

»So bald vielleicht doch nicht«, wich Tuesday aus.

»Na gut, wie wäre es dann mit übermorgen?«

Auf Tuesdays Zuruf kam Baxterr zurück zum Baumhaus geflogen und schwebte auf Höhe der Veranda, sodass Tuesday sich direkt auf seinen Schultern niederlassen konnte. Er bellte Vivienne Small zum Abschied zu, dann flogen sie ein Stück über die Ruhelose See hinaus, bevor sie in einer eleganten Kurve Richtung Pfefferminzwald abdrehten und auf die Nebligen Hügel zuflogen.

»Auf Wiedersehen, Tuesday!«, rief Vivienne und winkte wild mit beiden Armen hinter ihnen her.

»Auf Wiedersehen, Vivienne!«, rief Tuesday zurück.

Bei Anbruch der Nacht erreichten Tuesday und Baxterr den Park der Großen Bibliothek. Die Bibliothekarin stand draußen auf dem Balkon und schien sie bereits zu erwarten. Sie trug eine violette Robe mit einer hohen, gerüschten Halskrause und glitzernde, hochhackige Schuhe. Immer wieder spähte sie ungeduldig durch eins der Fernrohre an der Balkonbrüstung.

»Komm schon, Tuesday McGillycuddy, sonst wirst du noch alles verpassen!«, rief die alte Dame und winkte ihnen aufgeregt zu, als Baxterr auf der nebelverhangenen Rasenfläche zur Landung ansetzte. »Schnell, schnell, mein Kind! Der Augenblick wird gleich vorbei sein«, sagte die Bibliothekarin.

Tuesday war überrascht, wie sanft, ja beinahe gerührt ihre Stimme auf einmal klang. Sogar ein leichtes Zittern war herauszuhören.

»Komm und schau durch dieses Fernrohr, meine Liebe. Ich habe es bereits für dich ausgerichtet, stoß bitte nichts an.«

Tuesday spähte durch das Rohr und blinzelte. Sie sah einen Ausschnitt des dunklen, fast schwarzen Himmels. Genau in der Mitte erkannte sie einen kleinen Wirbel glitzernder Staubteilchen. Je schneller sich der Wirbel drehte, desto mehr verdichtete sich seine Mitte und schien wie ein Magnet immer mehr glitzernde Teilchen aus der Luft anzuziehen.

»Was ist das?«, fragte Tuesday.

»Das, meine Liebe, ist eine Welt, die gerade geboren wird«, seufzte die Bibliothekarin, sichtlich bewegt. »*Deine* Welt.«

»Wirklich?«

Der Wirbel sah mittlerweile aus wie ein leicht verschwommener, schimmernder Ball. Tuesday meinte, schon ein schwaches Leuchten zu erkennen, das von ihm ausging.

»Diesen Moment zu erleben ist ein sehr seltenes Privileg, Tuesday. Selten und kostbar. Die meisten Schriftsteller verpassen ihn. Ihre Welten entstehen, während sie gerade zu Hause sind und schreiben, während sie schlafen oder auf dem Weg zur Bushaltestelle sind. Aber du, Tuesday, du bist hier auf meinem Balkon und kannst dabei zusehen. Weißt du, was das bedeutet?«

»Eigentlich nicht, Frau Bibliothekarin«, gestand Tuesday und beobachtete den schimmernden Ball, der sich dort im Universum drehte.

»Was du dort siehst, ist der Kern, das Innere deiner Welt. Ihr Herz, könnte man sagen. Und jetzt, im Augenblick ihrer Entstehung, darfst du aussuchen, was du ins Zentrum deiner Welt setzen möchtest.«

»Sie meinen, so wie Loddon das Zentrum von Mamas Welt war?«, fragte Tuesday.

»Ah, eine Geschichte mit einer Moral, wahrlich«, sagte die Bibliothekarin. »Serendipity war noch ein sehr kleines Mädchen, als ihre Welt entstand. Und wer war zufällig da, als alles begann? Hm? Nur ein kleiner Grasjunge, der ihre Geschichten liebte und nie genug davon bekommen konnte.«

»Sie meinen, sie hatte gar keine Wahl?«, fragte Tuesday.

»Kaum ein Schriftsteller kommt dazu, ganz bewusst eine Wahl zu treffen. Die Welten der meisten Schriftsteller formen sich aus dem, was sie gerade auf dem Herzen oder im Kopf haben. Und es vergeht nie. Ich kannte mal einen Schriftsteller, der wie du das Glück hatte, auswählen zu dürfen, was er ins Zentrum seiner Welt setzen wollte.«

»Wofür hat er sich entschieden?«

»Es war eine Haarlocke«, sagte die Bibliothekarin, errötete ein wenig und strich über ihr silbriges Haar. »Einige Schriftsteller sind furchtbar romantisch. Andere schreiben aus Wut oder aus Angst oder weil sie andere zum Lachen bringen wollen. Überlege dir gut, was du auswählst, Tuesday. Es bleibt ganz dein Geheimnis. Sei es ein Gegenstand, eine Erinnerung, ein Wort oder eine Idee. Oder auch eine Person. Alles, was du willst, kann das Herz deiner Welt werden. Doch triff eine weise Entscheidung, Tuesday McGillycuddy. Ich rate dir dringend davon ab, Ruhm oder Reichtum in den Mittelpunkt deiner Welt zu stellen. So viel du davon auch anhäufen magst, es wird dir nie genug sein. Wähle etwas aus, das dich nährt und dich wachsen lässt. Nicht etwas Modernes, sondern etwas Klassisches. Etwas, das dein ganzes Leben lang bleibt.«

»Ich weiß nicht, was ich tun soll, Frau Bibliothekarin.«

»Doch, du weißt es, Tuesday«, entgegnete die alte Dame. »Du tust es jeden Tag.«

»Sie meinen … mir etwas vorstellen?«

»Ja, meine Liebe.«

Und so ließ Tuesday ihrer Fantasie freien Lauf, während sich ihre Welt drehte und dabei langsam größer wurde, Schicht um Schicht. Und in ihrem Mittelpunkt stand jemand, der über seinem rosa-weiß gestreiften Hemd eine Schürze trug. Er rührte etwas in einer Schüssel. Mit einer Hand winkte er Tuesday zu und – während sie noch durch das Fernrohr sah – winkte sie zurück.

Auf der vor ihr entstehenden Welt formte sich eine sanft gewellte Landschaft. In der cremig-weißen Oberfläche deuteten sich schemenhafte Umrisse von Flussbetten und Berggipfeln an, vielleicht waren es auch Orte und Städte. Es konnte eins von beidem oder alles sein. Diese Welt wartete darauf, gestaltet und mit Leben gefüllt zu werden, wie auch immer Tuesday es wollte.

»Gefällt dir deine Welt? Gefällt sie dir?«, fragte die Bibliothekarin mit leicht verschwommenem Blick.

»Oh ja«, sagte Tuesday. »Sie ist genau richtig.«

Kapitel 33

In einem gewissen Leuchtturm am anderen Ende der Welt sprang knisternd und rauschend ein Funkgerät an. Am Morgenhimmel draußen vor dem Fenster war vom Licht des neuen Tages noch kaum etwas zu sehen.

Auch für die Armada größerer und kleinerer Boote, die Tag für Tag rundherum auf dem unruhigen Meer schaukelten und den Leuchtturm belagerten, war es viel zu früh.

»Senora Smiit, Senora Smiit, bitte melden«, ertönte eine Stimme mit deutlich spanischem Akzent.

Miss Digby lag noch mit ihrer Schlafmaske auf den Augen, die Hände über der Brust gefaltet friedlich in ihrem Bett und schlief. Als Constanzas Stimme aus dem Funkgerät ertönte, sprang sie mit einem Satz aus dem Bett und ergriff das Funkgerät. »Ja, Constanza, ich meine, *sí*, Constanza. Habe verstanden«, flötete sie so frisch und munter in den Hörer, als wäre sie selbstverständlich schon lange auf den Beinen. *Wie* spät ist es überhaupt?, fragte sie sich im Stillen. »Ende«, fügte sie hinzu, als ihr einfiel, dass sie die Sendetaste nicht die ganze Zeit gedrückt halten durfte.

»Ich habe hier einen Anruf für Sie von Sarah McGiiilycoddy«, sagte Constanza. »Ich verbinde. Ende.«

»Hallo?«, meldete sich eine Stimme, die Miss Digby schon seit Monaten schmerzlich vermisst hatte.

»Hallo! Oh du liebe Zeit! Sind Sie es wirklich? Geht es Ihnen gut? Brauchen Sie mich?«

»Ja. Ja und nein. Nein, ich wollte Ihnen nur mitteilen, dass ich wieder zu Hause in der Brown Street bin und Sie sich keine Sorgen zu machen brauchen.«

»Wieder zu Hause?«, wiederholte Miss Digby einigermaßen verblüfft. »Aber wo waren Sie denn sonst die ganze Zeit?«

»Das ist eine lange Geschichte«, sagte Serendipity. »Aber ich wollte mich bei Ihnen bedanken, Miss Digby, für alles, was Sie für mich getan, für all die Zeit, die Sie meinetwegen am anderen Ende der Welt verbracht haben.«

Miss Digby sah hinüber zu dem großen Aquarium, wo Gerald, der Hummer, mit seinen Fangarmen und seinen zahlreichen Beinen einen hektischen Tanz aufführte.

»Daran solltest du nicht einmal denken«, murmelte Miss Digby und lächelte zu Gerald hinüber. Ins Funkgerät sagte sie: »Aber nicht doch, das habe ich doch gern getan.«

»Ich finde, es wird Zeit, dass Sie endlich mal wieder Urlaub machen, Miss Digby«, schlug Serendipity vor.

»Urlaub?«

»Ja, Sie haben vollkommen richtig verstanden«, versicherte Serendipity. »Irgendwo, wo es warm ist, mit vielen Menschen, Kunst und Filmen, ...«

»Ich muss zugeben, das klingt sehr verlockend«, sagte Miss Digby. »Aber ...«

»Kein Aber, ich bestehe darauf«, entgegnete Serendipity. »Ich möchte mal wieder eine Weile ich selbst sein. Wenn es Ihnen nichts ausmacht.«

»Nein, selbstverständlich nicht. Aber was ist mit all den anderen Dingen, die erledigt werden müssen? Den Rechnungen? Den Briefen? Ihrem Terminplan? Ich weiß nicht, ob ...«

»Ich habe gerade Besuch von einer meiner ältesten Freundinnen. Sie sitzt neben mir«, erklärte Serendipity. Wenn Miss Digby übernatürlich weitsichtig gewesen wäre, hätte sie durch das Funkgerät bis in die Brown Street blicken können, wo Colette gerade mit ratloser Miene und einer Haarbürste in der Hand am Küchentisch saß. Vor ihr stand ein Styroporkopf, der eine Langhaarperücke mit einer wilden roten Lockenpracht trug. »Sie wird mir für ein paar Wochen aushelfen, während Sie Ihre wohlverdiente Auszeit nehmen. Ich muss jetzt Schluss machen, Miss Digby. Nochmals vielen, vielen Dank für alles. Ohne Sie könnte ich nicht ich selbst sein, wissen Sie.«

»Also dann, auf Wiedersehen«, sagte Miss Digby. Sie klang ein bisschen wehmütig.

»Auf Wiedersehen. Ende der Durchsage.«

Mit nachdenklicher Miene schaltete Miss Digby das Funkgerät ab und ließ sich neben dem Aquarium auf einen Stuhl sinken. Dann lehnte sie ihr Gesicht gegen die Glasscheibe und sagte leise: »Gerald, du darfst das nicht persönlich nehmen, aber alles hat einmal ein Ende. Heute ist unser letzter gemeinsamer Tag. Ich weiß nicht, wie es dir geht, aber ich finde, du hast deine Sache sehr gut gemacht.«

Kapitel 34

Seit Tuesdays Rückkehr aus Vivienne Smalls Welt in die Brown Street waren mittlerweile mehrere Wochen vergangen. In der Schule und auch zu Hause hatte sie viel zu tun gehabt. Als sie am Sonntagmorgen aufwachte, fühlte sie sich matt und lustlos. Sie stahl sich leise aus dem Haus und machte mit Baxterr einen langen Spaziergang bis zum anderen Ende des Stadtparks. Sie verweilten ein wenig am See und in der Nähe des Brunnens, dann begrüßte Tuesday nacheinander jede ihrer Lieblingsstatuen. Sie entdeckte Schneeglöckchen und die ersten Narzissen, die schon ihre Köpfe aus dem Boden streckten. Sie fühlte die Sonne auf ihrem Gesicht und die kühle Morgenbrise, die vom Meer her leise wispernd durch die Stadt wehte und sich in ihren Haaren verfing. Sie spürte das Gras unter ihren Schuhen. In der Ferne rauschte leise der Verkehr.

In der Morgensonne glitzerten die Fenster der am Rande des Parks aufragenden Wohnblöcke.

Tuesday versuchte sich vorzustellen, wer hinter diesen Fenstern gerade Eier mit Schinken, Toast und Marmelade oder vielleicht sogar – Colettes Vorstellung von Frühstück – Müsli aß. Ob es wohl irgendwo Pfannkuchen gab? Sie fragte sich, ob sie jemals einem anderen Menschen begegnen würde, der bunt getupfte Brownies backen oder Schinken-Käse-Toasts-mit-extra-viel-Käse machen würde.

Sie nahm ihr Notizbuch und setzte sich auf eine Parkbank. Baxterr legte sich vor ihr auf den Boden und seine Ohren zuckten wachsam, während er die Enten, die im Morgenlicht auf dem See ihre Kreise zogen, nicht aus den Augen ließ.

Tuesday schlug eine neue, noch unbeschriebene Seite auf und strich sie vorsichtig glatt. Dann zog sie die Kappe von ihrem schwarzen Füller.

»Lieber Papa«, schrieb sie. »Ich werde immer an dich denken, wie du im Park mit Baxterr Frisbee gespielt hast. An deine Reime, die du dir auf dem Nachhauseweg ausgedacht hast, werde ich mich immer erinnern. Und wie du meine Hand genommen hast, wenn wir die Straße überqueren mussten. Abends denke ich daran, wie du immer das Licht an- und die Tür offen gelassen hast, so wie ich es am liebsten hatte. Und dass du immer wusstest, an welchem Tag ich meine Sportschuhe brauchen würde.«

Tuesday füllte die nächste und auch noch die übernächste Seite mit allem, was Denis gemacht hatte und was sie nie vergessen würde. Dann klappte sie das Notizbuch zu. Sie hatte das Gefühl, dass es noch viel mehr Wörter über Denis zu schreiben gab und dass es Wochen, Monate, vielleicht sogar Jahre dauern würde, sie alle aufzuschreiben. Doch für heute war es genug.

»Komm, Strubbel«, sagte sie und stand auf.

Als sie am Wunschbrunnen vorbeikamen, fischte Tuesday eine kleine Silbermünze aus ihrer Hosentasche und warf sie hinein. Doch sie blieb nicht stehen, um zuzusehen, wie sie langsam auf den Grund sank. Sonst wäre ihr aufgefallen, wie die Münze funkelte.

Auf dem Nachhauseweg sagte sie zu Baxterr: »Ohne Dad wird immer alles anders sein, aber das bedeutet nicht, dass es keine großartigen Tage mehr geben wird.«

Baxterr bellte zustimmend. Als es bis zur Brown Street nicht mehr weit war, lief Baxterr ein Stück voraus, sein Schwanz wedelte fröhlich hin und her und sein Fell schimmerte in den unterschiedlichsten Goldtönen. Er flitzte die Stufen hinauf und wartete, dass Tuesday die Haustür öffnete. Hier war ihr Zuhause, fünf Stockwerke hoch.

Nebenan trat gerade ihr Nachbar, Mr Garfunkle, vor die Tür. Gloria, sein neuer Cockerspaniel-Welpe, hüpfte aufgeregt vor ihm her. Tuesday winkte und Mr Garfunkle winkte zurück.

»Einige Dinge bleiben immer gleich, Strubbel, andere nicht«, sagte sie.

Plötzlich wurde die Haustür aufgerissen und Blake Luckhurst stand vor ihnen. »Überraschung! Ich bin mit dem Frühzug gekommen. Colette hat mich eingeladen.«

Er umarmte Tuesday zur Begrüßung und sie gingen gemeinsam hinein.

»Ha, da bist du ja«, rief Colette, die gerade aus dem vorderen Zimmer in den Flur trat. »Ein Glück, dass du nicht *dort* bist. Ich wollte gerade anfangen, mir Sorgen zu machen. Komm, ich habe eine Überraschung für dich.«

Im Vorderzimmer hatte Colette all ihre silbernen Koffer ordentlich in einer Ecke gestapelt. Serendipity hockte in Schlafanzug und Morgenmantel auf dem Sofa. Das Bild, das normalerweise an der Wand hing, lehnte auf dem Fußboden. Gegenüber der leeren weißen Fläche war ein Filmprojektor aufgebaut.

»Setzt euch«, forderte Colette sie auf.

Als Baxterr und Tuesday gehorsam ihre Plätze neben Serendipity auf dem Sofa eingenommen hatten, sagte Colette: »Dann werde ich euch mal allein lassen.«

»Willst du nicht bleiben?«, fragte Serendipity.

»Nein«, lehnte Colette ab, »mein Beikoch und ich müssen ein sehr wichtiges Rezept zubereiten. Das Frühstück wird im Anschluss an die Vorführung serviert.«

Tuesday und ihre Mutter sahen sich fragend an. Serendipity legte einen Arm um ihre Tochter und zog sie fest an sich. Sie drückte auf die Fernbedienung. *Für Tuesday und Serendipity* war auf der Wand zu lesen. Musik setzte ein.

Das erste Bild zeigte ein Baby mit einer schwarzen Haarlocke. Serendipity schnappte nach Luft und schlug sich die Hand vor den Mund. Als Nächstes folgte ein Kleinkind in blau-weiß gestreiften Shorts und rotem T-Shirt. Dann derselbe Junge, der an einem riesigen Keks knabberte.

»Ist das Papa?«, fragte Tuesday.

»Ja, das ist er«, antwortete Serendipity und drückte ihre Tochter fest an sich.

Ein Lächeln breitete sich auf Tuesdays Gesicht aus. Hier waren all die Jahre, in denen sie ihren Vater nicht gekannt hatte. Denis als kleiner Junge auf einem Dreirad. Denis mit einem Teddybären im Arm. Denis als Cowboy verkleidet und neben ihm ein Mädchen in einem Löwenkostüm mit gefletschten Zähnen, das die Arme vor der Brust verschränkte. Sie hatte erstaunliche Ähnlichkeit mit Colette.

»Ist das …?«, flüsterte Tuesday.

»Ja, sie ist es«, antwortete Serendipity.

Das nächste Bild zeigte Denis in Schuluniform. Dann war er zu sehen, wie er unter einem Baum schlief, mit einem Buch in der Hand. Denis, wie er als Junge einen großen Kuchen verzierte. Und wie er stolz ein Tablett mit Schokoladen-Eclairs präsentierte. Wieder Denis mit einem Kuchen. Dann mit einem anderen. Denis, der einen Preis für den besten Kuchen gewinnt. Denis bei der Arbeit in einer Restaurantküche. Denis in einem Smoking. Denis, wie er zwei offensichtlich berühmten Personen die Hand schüttelt. Denis, der neben einem hochgewachsenen Mädchen vor einem Restaurant steht.

»Da ist wieder Colette!«, stieß Tuesday hervor.

Serendipity weinte und lachte gleichzeitig.

Auf dem nächsten Bild saß Denis mit Serendipity auf einem Sofa. Denis neben einer Frau, die eine aufwendige Macramée-Blumenampel in der Hand hielt. Tuesday hatte sie auf anderen Fotos schon einmal gesehen und wusste, dass es Serendipitys Mutter war. Serendipity und Denis mit einem bärtigen Mann, in dem Tuesday Denis' Vater wiedererkannte. Serendipity umringt von Freunden oder Verwandten, *Sweet Cactus* las Tuesday auf einem Firmenschild im Hintergrund. Serendipity, die auf einer altmodischen Schreibmaschine tippte. Serendipity im Schlafanzug, die über einem aufgeschlagenen Buch eingeschlafen war.

Dann folgte eine Hochzeit, Serendipity in einem leuchtend orangefarbenen Kleid und ebenso leuchtend orangefarbenen Schuhen und Denis in einem rosaroten Anzug, wie er eine mit unzähligen Blüten verzierte Torte anschnitt. Denis und Serendipity auf einer Jacht, auf Kamelen, auf Elefanten. Denis und Serendipity zusammen mit Colette in Taucherausrüstung. Alle drei beim Skilaufen, im Hintergrund ein schneebedeckter Gipfel. Und schließlich ein Foto von dem Haus in der Brown Street, auf dem Schild des Immobilienmaklers am Zaun stand VERKAUFT.

Auf einem der nächsten Fotos war Serendipity schwanger, auf dem nächsten noch ein bisschen mehr, dann hochschwanger. Serendipity mit einem neugeborenen Baby in den Armen. Serendipity, die mit einem schlafenden Baby auf dem Schoß an einer altmodischen Schreibmaschine sitzt.

Während ein Foto auf das nächste folgte, hielt Serendipity Tuesdays Hände fest umklammert. Eng aneinandergekuschelt saßen sie auf dem Sofa. Der schlafende Denis mit einem winzigen Baby auf der Brust. Das Baby wird im Küchenwaschbecken gebadet. Kurz darauf hat das Baby flaumiges Haar, kann schon sitzen und kaut an einem Pappbilderbuch. Das Baby sitzt in seinem Hochstuhl und isst etwas, das nach Thunfisch mit Mornaysauce aussieht. Dann isst es ein Stück Wassermelone. Dann eine Mango. Ein Kuchen mit einer einzelnen Kerze. Denis, der Tuesday an einer Hand festhält, als sie ihre ersten Schritte macht. Wie er sie auf dem kleinen Dreirad hält, während sie den Flur hinunter Serendipity entgegenfährt. Wie er sie an beiden Händen festhält und sie am Meer einen winzig kleinen Fuß ins Wasser streckt. Wie er ihr dabei hilft, auf einem Kuchen in Form eines blauen Ballons zwei Kerzen auszupusten.

Dann kam wieder ein Bild von Serendipity, die eine Flasche Champagner in der einen und ein Exemplar von *Ein Mädchen namens Vivienne Small* in der anderen Hand hielt. Tuesday, die von Denis hoch in die Luft geworfen wurde. Denis, Serendipity und Tuesday beim Laufen im Park. Tuesday mit Denis in der Küche am Herd. Denis und Serendipity und zwischen ihnen die kleine Tuesday, die vor der Haustür stehen und jemandem zum Abschied winken.

Die Bilder verblassten, und auf der Wand erschien ein kurzer Satz: *Manchmal sind die Menschen, die wir lieben, unser größtes Glück.* Man hörte noch eine Weile Musik, bevor auch sie langsam ausgeblendet wurde. Tuesday und Serendipity wischten sich die Tränen aus den Augen, dann umarmten sie sich noch ein bisschen fester und weinten noch ein bisschen. Plötzlich, als sie über Serendipitys Schulter sah, erblickte Tuesday ihren Vater, der in dem Sessel am Fenster saß und sich lächelnd zu ihr umdrehte. Tuesday erwiderte sein Lächeln, dann verschwamm sein Bild vor ihren Augen und löste sich auf.

»Was hast du?«, fragte Serendipity.

»Oh, ich habe ihn eben gesehen«, sagte Tuesday. »Ich habe Papa gesehen.«

»Ja«, bestätigte Serendipity, »ich habe ihn auch gesehen. Ich finde, es ist ein schönes Gefühl zu wissen, dass er manchmal immer noch hier bei uns ist, auch wenn jetzt alles ganz anders ist.«

Aus der Küche strömte der herrlichste aller Düfte zu ihnen ins Zimmer. Tuesday atmete ganz tief ein.

Colette steckte den Kopf zur Tür herein. »Frühstück!«

Und damit lassen wir sie jetzt in dem Haus in der Brown Street zurück – Tuesday, Colette, Serendipity, Blake und Baxterr. Es ist nicht vollkommen. Das Leben ist niemals vollkommen. Es wird immer unerwartete Wetterwechsel geben, Enttäuschungen und Katastrophen. Doch es wird mindestens ebenso viel Spaß und Schönheit und Wunder geben und Geheimnisse jenseits unserer Vorstellungskraft. Und wenn wir ganz großes Glück haben, wird es für uns viele Tage mit Menschen geben, die wir lieben, und viele Freunde um einen Tisch und Blaubeerpfannkuchen bis in alle Ewigkeit.

ENDE

Dank

Wir möchten unseren insgesamt sechs Kindern dafür danken, dass sie mit so viel Begeisterung Wörter, Geschichten und Bücher – unsere eingeschlossen – verschlingen. Wir danken ihnen dafür, dass sie sich nicht beschweren, wenn wir gelegentlich mal ein wenig zerstreut oder zu beschäftigt sind. Und dass sie Verständnis dafür haben, wenn wir manchmal mit einem Fuß in einer anderen Welt stehen.

Unser Dank gilt allen jungen Lesern, denen die beiden ersten Abenteuer mit Tuesday so viel Spaß gemacht haben. Viele von euch haben wir in Klassenzimmern, Bibliotheken und Buchhandlungen kennengelernt. Andere sind an uns herangetreten. Eure Zeichnungen, Briefe, Fragen, Anmerkungen und Kostüme haben uns sehr berührt und die Welten von Tuesday McGillycuddy und Vivienne Small bereichert. Vor allem danken wir Lawrence Jeffs, Grace Middleton, Heidi Bedloe, Charmian Wallman und Matilda Verdon-Black, die das Manuskript dieses Buches gelesen und uns viele wertvolle Anregungen gegeben haben.

Vielen Dank auch unseren Verlagen – Allen & Unwin in Australien, Magellan in Deutschland und Henry Holt in den USA –, die sich von Anfang an für unsere Bücher starkgemacht haben. Und wie immer danken wir unseren Eltern und unseren großen Familien für ihre Unterstützung, die uns das Schriftstellerleben sehr erleichtert hat.

Unsere wunderbaren Ehemänner, John und Rowan, haben wahre Wunder vollbracht, Songs über Tuesday geschrieben, die bei unseren Buchpräsentationen gesungen wurden, und einen lebensgroßen Pappmaché-Verkaka gebastelt. Wir danken ihnen, dass sie Teil von Tuesdays Geschichte waren.

Abschließend möchten wir uns noch gegenseitig unseren Dank aussprechen. Bei etwas so Persönlichem und Rätselhaftem wie dem Geschichtenschreiben zusammenzuarbeiten, stellt für alle Beteiligten eine enorme Herausforderung und ein großes Risiko dar. Wir möchten uns dafür danken, dass wir diese Herausforderung so mutig angenommen haben, dass wir gegenseitig unsere Wissenslücken gefüllt haben, und dann danken wir uns natürlich – vielleicht das Allerwichtigste – für die Freundschaft, das Lachen und den Schokoladenpudding.

Mehr von Tuesdays und Baxterrs Abenteuern

978-3-7348-4702-8

978-3-7348-4707-3

Es ist ein geheimnisvoller Faden, der Tuesday und ihren Hund Baxterr an den Ort entführt, an dem alle Geschichten ihren Anfang nehmen. Dort sucht Tuesday ihre Mutter, die berühmte Schriftstellerin Serendipity Smith, trifft mit Vivienne Small die Heldin ihrer Kindheit und kämpft gegen den abscheulichen Piraten Carsten Mothwood. Sie trifft auf den Draufgänger Blake Luckhurst, lernt den mysteriösen Gärtner kennen – und wer hätte gedacht, dass Baxterr in Wirklichkeit ein Geflügelter Hund ist?

FSC
www.fsc.org
MIX
Papier aus verantwortungsvollen Quellen
FSC® C083411

CPI
Mehr Bäume. Weniger CO_2.
www.cpibooks.de/klimaneutral

Natürlich magellan©

Säurefreies und chlorfrei gebleichtes FSC®-Papier
Klimaneutral produziert
Dispersionslack auf Wasserbasis
Klebstoff lösungsmittelfrei
Zellophanierfolie ohne Weichmacher
Hergestellt in Deutschland

1. Auflage 2017

Die Originalausgabe erschien 2016 unter dem Titel *Blueberry Pancakes Forever*
bei Allen & Unwin, Sydney.
Aus dem Englischen von Anke Knefel
Umschlaggestaltung: Christian Keller
unter der Verwendung von Motiven von iStock /vgorbash, chuwy, Nataleana
ISBN 978-3-7348-4709-7

www.magellanverlag.de